后浪·陕西省第二期"百优"作家丛书

# 走向光明

安 澜 - 著

陕西新华出版
陕西人民出版社

图书在版编目（CIP）数据

走向光明 / 安澜著 . —西安：陕西人民出版社，2024.1
ISBN 978-7-224-14927-2

Ⅰ. ①走… Ⅱ. ①安… Ⅲ. ①报告文学 - 作品集 - 中国 - 当代 Ⅳ. ① I25

中国国家版本馆 CIP 数据核字（2023）第 082484 号

出 品 人：赵小峰
出版统筹：王亚嘉　党静媛
责任编辑：南先锋　党静媛
责任校对：陈　曦
装帧设计：白明娟
版式设计：蒲梦雅

## 走向光明
ZOUXIANG GUANGMING

| 作　　者 | 安　澜 |
|---|---|
| 出版发行 | 陕西人民出版社 |
| | （西安市北大街 147 号　邮编：710003） |
| 印　　刷 | 中煤地西安地图制印有限公司 |
| 开　　本 | 880 毫米 ×1230 毫米　1/32 |
| 印　　张 | 11.125 |
| 字　　数 | 248 千字 |
| 版　　次 | 2024 年 1 月第 1 版 |
| 印　　次 | 2024 年 1 月第 1 次印刷 |
| 书　　号 | ISBN 978-7-224-14927-2 |
| 定　　价 | 68.00 元 |

如有印装质量问题，请与本社联系调换。电话：029-87205094

# 代序

## 时代向前，后浪奔涌

陕西省作家协会主席、陕西文学院院长　贾平凹

纵观中国当代文学的发展格局，陕西文学创作底蕴深厚，果实丰硕。一代又一代作家的继承与接续，使陕西文学在众声喧哗的多元文化轰鸣中，有着振聋发聩的独特力量。

时代的呼唤，激起层层后浪。对中青年作家的扶持和培养，是加强陕西文学人才队伍建设、特别是做大做强"文学陕军"品牌的必行之路，也是陕西省作家协会响应陕西文化强省建设的重要之举。2021年底，陕西省第二期"百优"作家遴选完成，集结了一批有担当、有作为、有学识、有激情的中青年作家。这些年轻一代作家在汲取优秀传统文化的基础上，不断打破写作土壤板结，在创作视野、题材和手法上寻求新的突破，展现出新时代的精神气象。

为了加大精品扶持和宣传推介力度，集中展示并扩大

"百优"作家优秀作品的传播力和影响力,激发作家的创作活力,由陕西省作家协会指导、陕西文学院具体组织编选了这套"后浪·陕西省第二期'百优'作家丛书"。丛书从第二期"百优"作家近三年创作的作品中遴选出10部具有代表性的优秀作品,涵盖了长篇小说、中短篇小说、报告文学、诗歌等体裁,充分展示了第二期"百优"作家对文学艺术的坚守与追求,展现了年轻一代"文学陕军"蓬勃的创作活力与丰厚的文化情怀。

时代向前,后浪奔涌。第二期"百优"作家虽还年轻,但在文学追求和写作技法上,已经积蓄了强大厚实的力量。愿我们的年轻作家承前浪之力,扬后浪之花,秉承崇高的文学理想,赓续陕西文学荣光,勇挑陕西文学事业由高原向高峰攀登的重担,让源远流长的陕西文学之河浩浩汤汤、蔚然奔流!

2023 年 7 月

# 目录

延安著好色　山青不负人 / 001

两把镢头两代人　林地花海南泥湾 / 021

云上村庄的光明路 / 030

长安百万学子大战"疫"
——陕西教育系统校园防控阻击疫情大纪实 / 048

索洛湾答卷
——陕北一个偏远乡村共同致富奔小康的生动实践 / 065

唱支山歌给党听
——一首歌曲与一代人的命运交响 / 130

无手之战 / 216

一路向西：到祖国最需要的地方去
——中国学人62载使命传承 / 239

华阴老腔与陈忠实 / 269

后记 / 345

## 延安著好色　山青不负人

曾经的延安,是红色,亦是黄色。

红色,是延安的精神气质。这片革命圣地激励着一代代共产党人牢记使命,永远奋斗。

黄色,是延安的自然之色。延安全境地貌属典型的黄土高原丘陵沟壑。

如今的延安,却是红色+绿色!遥感图上的延安,就像一枚绿色邮票镶嵌在黄土高原上。

延安市退耕办主任仝小林讲了一件有趣的事情:被列入首批国家非物质文化遗产保护名录的安塞腰鼓,表演者要在裸露的黄土地上冲闯腾跃。那场景可谓尘土飞扬,气势如虹。但随着大面积退耕还林的实施,今日延安,满目青山,延安的植被覆盖度达到87.8%,在安塞很难找到展示安塞腰鼓原始风貌的场地。于是,特事特办,当地政府专门辟出一块黄土地,作为演出的"舞台"。这只是延安退耕还林中的一个小插曲。

另外一个坊间的传说是:电视剧《平凡的世界》在陕北拍摄时,因为需要大量的黄土高原和黄土窑洞的场景,在延安同样很难找到合适的场景。

延安市敢为天下先，1997年在吴旗县（今吴起县）开始实施退耕还林工程。吴旗决然地退耕还林，全面封山，果断放弃放牧这一唯一的经济支柱，全县羊子存栏量锐减。随后，延安在全市范围实施退耕还林工程。退耕还林，退的是耕地，还的是森林。如今，昔日满眼的风沙已不在，苍凉破碎的沟沟壑壑，仿佛被一双绿色巨手抚过，成为绵延的青山、满目的林海。

一代接着一代干，20年的汗流浃背，延安人用1077万亩的绿色，彻底改变了大地的主色调，实现了延安由黄到绿的历史性转变，走出了一条"绿水青山就是金山银山"的绿色发展道路，为全世界提供了一个短期内"生态修复"的成功样本……

## 绿色向北推移400多公里

遥感数据显示，20年间，陕西的绿色版图向北推进了400多公里。延安人民硬是用一把把老镢头让绿色崛起，不仅阻止了毛乌素沙漠的南侵，而且为其带来了绿色。

"对照过去我认不出了你，母亲延安换新衣。"贺敬之《回延安》被赋予了新的时代含义。从"木"到"林"，由"林"到"森"，绿色带来的一连串"惊叹号"，不断刷新着外地人对延安这片"黄土地"的认知。

一位北京的老林业专家惊异于延安现在的"颜值"，写起了打油诗："荒山秃岭都不见，疑似置身在江南。只缘退耕还林好，一路青山到延安。"

这位老林业专家谈道:"1996年,第一次到延安,确实感到这里的生态环境很恶劣,植被很差,车跑起来后面看不到前面的车。今天,是我第三次来延安,早上飞机降落前,在蓝天白云之上,映入眼帘的是连绵青山。"今天的延安,让全国各地络绎不绝的游客赞叹和惊喜。沟壑纵横、秃岭荒山、尘土弥漫,是过去许多人对延安的印象。可以说,席卷红色大地的这场"绿色革命"已经完全颠覆了人们对黄土高原的传统印象。

新中国成立70年来,延安最亮眼的发展成就之一是生态环境发生了很大的变化,退耕还林带来的"绿水青山"催生了"生态经济"。农村的沉睡资源变为群众增收致富的活资产,生态旅游蓬勃兴起,红色旅游产业链进一步延伸。延安先后建成省级以上森林公园8个、自然保护区7个,打造出10个绿色养生基地、12条生态旅游线路,先后获得"国家森林城市""国家园林城市"称号。

2018年来延游客6344万人,综合收入410.7亿元——延安真正实现了生态保护和脱贫攻坚一个战场、两场战役"双赢"。

如今的延安,不仅是革命圣地,还是林的海洋、鸟的栖息地、人类的宜居地、盛夏避暑的休闲地,是画家写生、摄影家拍摄的基地。一个个在青山环抱下的农家乐开门迎客,一座座森林公园、湿地公园与生态旅游景点渐成规模;在南泥湾,春花、秋叶、稻田、鱼塘形成四季不断的美丽风景,每逢节假日,参观游览者络绎不绝,带火了生态旅游。

一批物种的再现甚至新物种的出现,也是生态好转的有力证明——生态植被恢复后,山绿水清,野鸳鸯、环颈雉等许多候鸟回归了;黑鹳、金钱豹等多年不见的野生动物,近年又重现山林。2017年,黄龙县发现原麝,这是陕北地区首次发现活体原麝。原本出现在秦岭山系的林麝，竟然出现在陕北。十几年间很少见到的山鸡、野兔，如今山里洼里到处都是。鸳鸯，也于2015年现身吴起庙沟镇。此前70多年，这种吉祥鸟只活在陕北民间的绣花样上。

子午岭自然保护区，是陕北黄土高原上第一个国家级自然保护区。保护区负责人说："现在延安已经发现8种国家一级野生保护动物，有金钱豹、林麝、丹顶鹤、褐马鸡、金雕、大鸨、黑鹳，还有白鹳。"老百姓还好几次看到金钱豹的踪影。

种种数字可以看出来，延安不仅在绿化，更在美化，绿色环保的生活理念已经根植于延安干部群众的心底。

## 母亲河黄河水清

黄河是世界上含沙量最大的河流。

流淌了160万年的母亲河，从青藏高原巴颜喀拉山出发，一路浩荡向东，万古奔流。因植被破坏，流水像切豆腐块一般，把世界上最大最厚的黄土高原侵蚀得支离破碎，同时大量泥沙进入黄河，使黄河前进的脚步变得沉缓，千沟万壑的黄土把这条大河涂抹成了黄色。

资料显示，20世纪末，延安水土流失面积高达2.88万平方公里，每年流入黄河的泥沙有2.58亿吨，约占入黄泥沙总量的1/6。

"下一场大雨剥一层皮，发一回山水满沟泥"，脆弱的生态环境严重制约延安经济社会的可持续发展。"山是和尚头，臭水沟里流。"当地人说，"过去我们这里的人，男的不敢穿白衬衫，女的不敢穿白裙子，出去转一圈，回来就剩土色了。过去，家家门后都挂着个掸子，进门头一件事就是拿了掸子在门口掸土。"

志丹县永宁镇71岁的李玉秀仍然会想起45年前被洪水冲走的婆姨。20世纪六七十年代，没树没草的秃山留不住雨水，一下大雨就容易发山洪，牲口都能被冲跑。山沟里的村子都安有大喇叭，一下雨，村里就有专人在喇叭里通知村民"跑洪水"。

"那年，二十来个人一起上地，山里下大雨发了洪水。大家四散躲避。等洪水过了，发现少了我婆姨，寻来寻去，只在河沟边找到一只鞋。"李玉秀老泪纵横。这个让人悲伤的故事，却是当时的延安经济发展与生态脆弱之间关系的真实写照。

延安自1999年全面实施退耕还林工程迄今累计完成2000多万亩土地绿化，退耕还林使全市的林草植被明显恢复，生态环境显著改善，森林覆盖率达到46.35%，植被覆盖度达到87.8%，陕北地区的绿色整体向北推移400多公里。水土流失锐减，流入黄河的泥沙不到以前的零头，黄河由浊变清，壶口瀑布每年有两个月竟然呈现出"清流飞瀑"的景观。

资料显示，延安年平均沙尘日数减少，城区空气"优、良"天数从2001年的238天增加到2017年的313天。入黄泥沙量从退耕前的每年2.58亿吨降为0.31亿吨，年平均降水量从300多毫米增加到550毫米以上。

在水资源紧张、栽植难度大等恶劣条件下，延安人自力更生、艰苦奋斗，一张蓝图绘到底，终于破解了延安千年来生态环境整体脆弱的发展难题，扭转了生态环境不断恶化的被动局面，取得了"绿色革命"的重大胜利，取得了显著的生态效益。如今的延安，春日山桃山杏盛放，落红成阵；夏日青山吐翠，碧草如茵；秋日层林尽染，硕果累累。

过去，有人说延安的群山就像是一笼笼蒸熟的黄馍馍。如今，从延安 2000 年至 2018 年的 19 张卫星遥感图中，人们会惊奇地发现，在延安大地上仿佛有一支妙笔，饱蘸绿色颜料，运用国画中的晕染技法，从大地中心向外层层染绿，原来黄的部分变绿了，原来绿的部分更深了。

2013 年 7 月份，延安遭受百年不遇持续多轮强降雨袭击，总降水量为往年同期降水量的 5 倍。由于退耕还林大大提高了延安承受自然灾害的能力，山上树木大部分成林，林下有附着物，对水的吸纳性非常强，让大多数地方水不下山、泥不出沟。这么长时间的强降雨，一个月下了一年多的雨量，如果不是退耕还林、森林涵养水源能力增强，延安一定有很多地方暴发洪水，带来更大的灾难。

亲人被洪水卷走的痛楚，依旧停留在李玉秀的记忆深处，偶尔会翻起。李玉秀说："亏了山上有树，水不下山。"十多年来，他始终执着地扛着铁铲上山种树。看着亲手种下的小树慢慢成林，光秃秃的山峁逐渐变了模样，李玉秀感到欣慰："现在，村里人再也不用跑洪水了。"

山丹丹花开红艳艳，22 年的生态成果尽染延安的沟沟岔岔。绿的情怀、绿的故事叙说着圣地延安今天的收获和未来的希望。李炳智，2007 年 12 月到 2013 年 12 月任延安市退耕办主任。还林实施期间，他是延安大地由黄变绿的见证者。

退耕还林十周年时，李炳智的一首诗歌《青山作证》写道：

　　我喟叹丘陵沟壑的瘠贫

因为你没有植被

羞怯地裸露全身

当大地沐浴着温柔的春风

你扬起的沙尘

让儿女美目难睁

当上苍将甘露降临

你掀起的山洪

把大地冲刷得处处伤痕

在年年犁了又耕的黄土层

我们世世代代播种着汗水

越垦越贫

越贫越垦

几十代人重复着同样的人生

纵使我们广种万顷

收获的梦想几近难真

全国退耕还林20年后，李炳智又写了一首诗《为了人类生存家园的安全》，被收录于国家林业和草原局退耕还林（草）工程管理中心主编的《退耕还林在中国——回望20年》一书。诗中写道：

当共和国的大地上

5亿多亩坡耕地和荒山披上绿装

当祖国千沟万壑泥不下山水不出沟

一方水土得到涵养

当黄河间或变清

长江碧波荡漾

当大江南北沙尘天气减少

黄土不再恣意飞扬

当亿万农民告别广种薄收

从繁重的体力劳动获得解放

当高效农业和科学养殖

饱了退耕农户的钱囊

我们怎能忘记 1999

怎能忘记在"十六字方针"召唤下

全国 25 个省区

掀起绿色革命的滚滚热浪

这场波澜壮阔的伟大变革

源于 1998 长江、黄河、嫩江、松花江

特大洪灾敲响的警钟唤起的力量

20 年啦

变兄妹开荒为兄妹种树

为了一棵苗木的成活

一年栽二年补三年浇水再培土

晨起暮归肩挑背扛

用汗水浇灌出满眼的绿色和希望

20 年啦

坚持封山禁牧

发展舍饲养殖

调整林分结构

抵御自然灾害

经济林果五洲飘香

生态林区绿韵流淌

产业链一天天延长

林农受益百业兴旺

森林碳汇大幅度增加

林分积蓄逐年增长

世界最大的生态工程

展示中华民族实现人类命运共同体的责任与担当

退耕还林

退去的是光山秃岭

还的是满目葱郁山清水秀

退去的是落后生产方式

还的是现代农业科学技术

……

可以感受到,一个基层林业工作者通过这首诗展现的宏大格局和高尚情怀。

诗歌有如此的格局和情怀,原因在于作者亲自参与和见证并站在保护人类生存家园的高度观察这一世界超级生态工程。

## 延安之北

奇迹不仅仅发生在延安,还扩至延安以北的榆林。2000年的卫星遥感图上延安北面几乎看不到绿色,延安自身也是一半黄一半绿。把 2000 年到 2018 年 19 张卫星遥感图进行对比就会发现，延安逐渐实现"全域绿"，并且绿色继续向北，把毛乌素沙漠也晕染绿了！

2016 年，黄土高原上的延安成功拿下"国家森林城市"称号，延安北面的榆林市也没有闲着。

延安是"一油独大"，榆林则是"一煤独大"，两地的人均生产总值、人均财政收支也都差不多，属于黄土高原的富裕地带。榆林的目标是到 2020 年完成植树造林 2400 万亩，森林覆盖率达到 36%。

毛乌素沙漠是中国四大沙地之一，位于陕西省榆林市和内蒙古鄂尔多斯市之间，总面积达 4 万多平方公里。此前，网友发布的一条名为"中国真的要干成一件前无古人的事情，毛乌素沙漠要被灭了"的微博，引发了热议。毛乌素沙漠的对比照也被网友公布在了网络上，前后的变化让人心潮澎湃。

资料显示，在 1949 年以前的 100 年里，现榆林市所在的地方深受土地沙化之害，村庄、农田、牧地，被吞没的就有 4000 处以上，当地百姓的生活受到很大影响。自 1959 年起，政府开始大力实施改造沙漠工程，采取兴建防风林带，引水拉沙，引洪淤地等措施。21 世纪初，已经有 600 多万亩沙地被治理，止沙生绿。80% 的毛乌素沙漠得到治理，水土不再流失，黄河的年输沙量足足减少了 4 亿吨。

由于有了良好的治理，如今的毛乌素沙漠已经很少能见到大面积的沙丘了，取而代之的是随处可见的树林、草滩和湖泊。榆林市还累计新辟农田 160 万亩，从知名的"沙漠之都"变成了"大漠绿洲"。

种树人用一棵一棵树来染绿毛乌素沙漠并不是一蹴而就的，而是无数当地人长期共同努力的结果，尤其是那些数十年如一日扎根在荒漠中的无名英雄。

石光银是全国知名的治沙英雄，他从小在沙窝里长大，饱尝风沙之苦。从20岁担任生产队队长开始，他便踏上了漫漫治沙之路。1984年，国家出台政策鼓励个人承包治沙，他毫不犹豫地带着妻儿搬到沙区，过上了"上面太阳晒，下面沙子烤，饿了啃干馍，渴了喝冷水"的日子。

树木是沙漠中的希望，也是治沙的必备物资。为了种树，石光银四处借钱，欠款最多时达到1000多万，但不管有多难，他都没有放弃治沙。如今，石光银已联合周边农户承包治理沙漠30万亩，种植树木近3000万株，在毛乌素沙漠南缘营造了一道近100公里长的"绿色屏障"。2017年，以他为原型的电影《大漠雄心》获得了第50届休斯敦国际电影节的最佳故事片白金雷米奖，片中主人公的勇敢与执着打动了每一位观众。

在艰苦的治沙路上，石光银并不孤独，殷玉珍就是他的伙伴。1985年，19岁的殷玉珍离开陕西老家，嫁到鄂尔多斯乌审旗一个荒无人烟之处，方圆几十公里除了他们的家，就只剩望不到头的沙漠。只要一起风，房子随时会被沙漠吞掉。为了生存，丈夫经常冒着生命危险穿梭在沙海中捡死去的猪羊，有时一个月都见不到一面。

受够了沙漠生活的残酷与艰辛，殷玉珍暗下誓言：宁肯种树累死，也不叫沙欺负死！栽下的树苗并不是每一株都能成活，但是被风沙吞噬了也不怕，夫妇二人会一直种到成活为止。30余年，他们栽植了近200万株树，在沙漠中开辟了3条简易公路，筑防风沙屏障5万多亩，7万多亩荒凉的沙漠因此变为绿洲。

治沙是全人类共同的责任。这样的"治沙英雄"还有很多，王有德、石述柱、苏和、牛玉琴……

## 始于吴起

古代的延安水草丰茂、牛羊衔尾。明清以来，滥垦、滥牧、战乱使生态环境几近崩溃，农村经济陷入了"越穷越垦、越垦越穷、越牧越荒、越荒越牧"的恶性循环。

1935年10月19日，中共中央和中央红军胜利到达吴起镇，从此，吴起成为中共中央和中央红军长征胜利的落脚点。

1998年之前，吴起县是中国黄河中上游水土流失最为严重的县之一，陕北信天游中唱的"开一片片荒地脱一层皮，下一场场大雨流一回泥，累死累活饿肚皮"就是实况。吴起的气候条件、自然条件在整个延安地区也是最差的，海拔高、无霜期短。海拔最高点是1800多米，海拔最低点也在1200多米，无霜期最短不足百天，无法满足庄稼正常生长的需要。又因为靠近北边的毛乌素沙漠，土壤沙化严重、盐碱大。过去当地农民种烤烟，春天烤烟育苗的时候，吴起河里的水不能用来浇地，一浇秧子准死。这水连牲口也不喝，为什么？因为水里面的盐碱含量太高。

当时，吴旗是延安地区最贫困的县，石油工业刚刚起步。1995年，郝飚担任吴旗县人民政府县长（后任县委书记）的那一年，县上的财政收入只有1072万元，困难可想而知。人们把到吴旗县工作视为"危途"。当时有一句顺口溜这样说："宁向南走一天，不向北挪一砖。"

脆弱的生态环境实实在在地摆在郝飚面前，但困难再大也得干，让当地农民尽快脱贫致富是当时的首要任务。

长期以来吴旗县农村几乎家家户户都养羊，羊对自然环境的破坏是很厉害的。当地农民形象地说羊身上带了"四把刀子一把钳子"。"四把刀子"指四只蹄子，专门刨食草根，"一把钳子"指羊的牙。冬天没草，它就用四个蹄子把草根刨出来，然后用牙把草根拔起来；春天树和草的幼苗刚长上来了，羊过来一口吃了，这个树或者草就没了。因此，放羊会导致生态逐渐恶化。

郝飚敏锐地发现，尽管吴旗的自然条件差，但掠夺式经营、广种薄收和过度开垦、过度放牧才是导致生态环境严重退化的重要原因。吴旗的农业几乎走进了死胡同，如果再不修复生态，农业生产就没有出路了。

1996年，郝飚在新寨乡杨庙台村"抓点"的时候，就给群众说："把村里25度以上的山地全退了。"

群众反问他："退下来，口粮问题怎么解决？"

当时还是县长的郝飚说："如果你们退了吃不上粮，我给你们发粮，全县人吃的面我发不起，一个村子的粮还是发得起的。"

就这样，这个政策在杨庙台村执行了以后，第二年农业经济不降反升。实践证明这条路子是可行的。

在1996年大量调研的基础上，1997年，郝飚得出一个重要的结论：破坏吴旗生态的有两大元凶，一个是过度开垦，一个是过度放牧；扼制这两大元凶的办法也只有两条，一是退耕还林，二是封山禁牧。

困厄之中，绝地求生。溯退耕还林之源，敢为天下先的是吴旗。

既然不适合种地，那就干脆封山禁牧、退耕还林！吴旗县四大班子成员达成共识，痛下决心，发誓要走出"怪圈"。于是，1997年起，延安市在吴旗县开始实施退耕还林工程。吴旗是封得最早、退得最快、还林面积最大、群众得到实惠最多的县份，成为全国退耕还林名副其实的第一县，这是后话。

我问郝飚：吴旗当时人均有十来亩土地，却为何养不活自己？

郝飚答：吴旗的优势就是土地面积大，正因为土地面积大，优势变成了劣势，广种薄收就成了吴旗农民的传统耕种方式。吴旗十年九旱、十年九灾，遭年馑是常有的事，过去老百姓之所以广种，是因为种三年两年都收不了，但是有一年抓住了也能吃几年。因此，农民在种地上投入的精力就特别大。

问：这种严重依赖自然的生产关系，是否就把农民牢牢地束缚在土地上了？

郝飚答：从开春到秋后，一年四季都在地里忙活：春天开始，种一茬玉米，不下雨死了；再种一茬豆子，不下雨还是死了；再种一茬糜子，要是还不活，到了六七月份就再补种一茬荞麦。我到吴旗那一年，9月6日降霜，把荞麦花都冻死了，当年荞麦绝收了，冬天里荞麦秆还长在地里。所以说，与天斗，人永远不是老天爷的对手。而且人也被折腾得够呛：翻一遍、耕一遍、种一遍、锄两遍，五遍下来，劳动强度很大，这还不算把庄稼从山上背下来颗粒归仓的过程。

问：吴旗县的发展思路为什么是"封山禁牧、退耕还林"，而不是发展苹果或者其他的产业呢？

答：在陕北，尤其是吴旗这个地方，光靠种粮，农民肯定富不起来。但发展苹果产业在吴旗不可复制，主要是因为吴旗无霜期短，种苹果的话，4月8日前后降一次霜或下一场雪，苹果正扬花呢，花全冻死了，那就不行。黄河沿岸的红枣、花椒、核桃种植也形成了气候，但是这些经验做法在吴旗都不适用。已经在延安地区、关中地区或者其他地区被实践证明相对成熟的思路在吴旗都不适用，所以我们必须立足吴旗实际，走出一条有自己特色的发展路子。

从1998年开始，村、乡干部要求采取断然措施，实行完全封山，谁的羊都不准上山，同时大力扶持舍饲养羊。

在禁牧之初，不理解的基层干部说："几千年农民就这么生存，你新来个县委书记，就要给我把一项产业硬生生掐断了。"

有农民想不通："凭啥老祖宗几辈里都放羊，现在你就不让放了？不让上山放羊，是要断了咱老百姓的活路吗？"

有人甚至扬言要赶着羊到郝飚的办公室去。

只要找到他办公室的，他都把人请进来，倒杯水，发根烟，开始算账。

郝飚说："你养四五十只羊，一年也就收入几千块钱，光羊倌工资就3000多，根本不划算。你把地种成林子，稍微带一点山桃、山杏等干果，收入咋都比这多。"郝飚把这笔账反复算给来找他"算账"的群众听。

"你能算过我咱就不改了，就按你的来；你算不过我，你按我的来。"

"你说老祖宗几辈都放羊，那你富了吗？你要富了，就按你的路子走；你要没富，就按我的路子走。"

通过反复地摆事实、讲道理，群众心里的疑虑慢慢化解了，当时没有一个人再到市里上访。

后来，又有人心存怀疑：退出吃饭的田地，在自家田里种树，粮食和补贴真能给到咱手上吗？

当时，吴旗的退耕还林一开始就立足自力更生，没有打算靠国家。底气在哪里？因为吴旗的土地面积大，回旋余地也大。当时定了用5年到10年时间把25度以上的坡地逐步退下来，同时把王洼子和铁边城两个乡（镇）留下来没有退，作为参照系，准备日后和退耕还林的乡镇做比较，看看效果到底怎么样。

有理不在声高，关键要有科学依据。结果到1998年11月，这两个乡（镇）说，这条路子很对，如果把他们继续留下来不让搞退耕还林，他们将来非落后不可。后来，在这两个乡（镇）也推行了退耕还林。

2001年，吴旗县一次性给农民发放了3年的钱粮补贴，每亩折算160元，此后年年如期兑现。过去，辛辛苦苦劳作一年，每亩地的收入还不到30元；现在，不用上山耕种，政府还给补贴这么多钱，群众一下子吃了定心丸。

吴旗当时的改革步子跨得很大，作为"第一个吃螃蟹"的地方，外界的质疑声、挖苦声始终没有断过。但是，吴旗县从上到下实施退耕还林的决心是坚定的，一致认为推行退耕还林是符合吴旗县情、遵循自然规律的举措。

大自然表现出了惊人的自我修复能力，吴旗退耕还林的当年，山青羊肥，效果显著。后来，农民人均纯收入也从1997年的887元，增长到了2016年的11538元。

20年后的今天，站在吴起胜利山上看林海，站在吴起县杨清流域山顶极目远眺山川中的松树、沙棘，虽是隆冬时节，但漫山遍野密密的草丛和树木构成独特的风景，山川真变了；河水变了，"一碗水半碗沙"成为历史；农民变了，吃"生态粮"让他们"腰杆硬了"，袋中有钱心中不慌。

在距离吴起县城约一公里的一个山沟里，坐落着一座国家级展览馆——退耕还林展览馆。展馆内，一张卫星遥感植被指数图格外醒目。沿着绿色植被出现的方向，吴起县域版图基本被深绿颜色勾勒了出来……

## 改变的不只是山水

大江大河，往往发端于一条不起眼的涓涓细流，辉煌的历史常常源于一个小的机缘或地域。

1999年，"退耕还林（草）、封山绿化、以粮代赈、个体承包"的"十六字方针"在延安提出，大规模生态建设工程、退耕还林（草）工程启动。也是这一年起，退耕还林这趟"列车"开始从延安驶向全国！

我们将目光从延安移向遥远的华北——塞罕坝，这片世界上面积最大的人工林，被誉为"河的源头、云的故乡、花的世界、林的海洋"，是"华北绿宝石"。2017年，塞罕坝林场建设者荣获联合国环保最高荣誉"地球卫士奖"。

但是，历史上的塞罕坝，由于过度开垦伐木，在百年间由"美丽高岭"退化为茫茫荒原，漫漫黄沙。20世纪50年代，塞罕坝已是"飞鸟无栖树，黄沙遮天日"的荒凉景象。几十年来，林场人发扬"牢记使命、艰苦创业、绿色发展"的塞罕坝精神，种下一棵棵落叶松、樟子松、云杉，建成一道道绿色屏障，创造了沙地变林海、荒原成绿洲的人间奇迹，生物多样性也得到恢复。

为什么塞罕坝从"美丽高岭"变成"茫茫荒原"？为什么它又从"沙地荒原"变回"林海绿洲"？

中国的退耕还林还草，改变的不只是山水。

它引发了整个经济社会发展的深刻变革，农民的思想观念、生产方式、生活方式发生了根本性的转变，千百年来面朝黄土背朝天的农民从繁重的体力劳动中解脱出来，直起了腰身，生产力得到极大的解放，"植树造林就一定能过上好光景"已成为老百姓的普遍共识和自觉行动。

退耕前，盲目地毁林开垦和在陡坡地、沙化地耕种，造成了严重的水土流失和风沙危害，使得洪涝、干旱、沙尘暴等自然灾害频频发生，国家的生态安全受到严重威胁。困境中，人们开始认识到：牺牲生态换生存，其结果是连生存也保不住——这就是违背自然法则的恶果。此时，退耕还林还草的战略决策，让人们得以重新审视人与自然的关系。"树上山，粮下川，羊进圈，该种粮食的地方种粮食，该种草的地方种草，该种树的地方种树"，退耕还林还草通过这些"退"和"还"的方式，将人类欠下的生态账补偿给自然，将"舍得"这一古老的中国智慧巧妙运用于调整人与自然的关系中，由过去的征服自然、改造自然转变为顺应自然、尊重自然和保护自然。

退耕伊始，人们担心退耕会导致粮食减少，进而威胁到粮食安全。实践则表明，由于生态环境和生产条件的改善，退耕地区粮食单产水平的提高足以弥补退耕地产量的减少。近年来，全国粮食产量持续增长，西部退耕还林比较多的省份粮食总产量非但没有减少，有的还增加了。可见，退耕还林还草改善了生态环境，促进了林茂粮丰，助力中国人把饭碗牢牢端在自己的手里。

现在，走绿色发展道路，建设生态文明，实现可持续发展，已经成为当代中国的发展共识。中国人民从退耕还林还草中享受到"满山尽是聚宝盆"的生态红利，让昔日的贫困与荒凉渐行渐远，越来越多的人认识到"绿水青山就是金山银山"的真谛。

集中力量办大事是社会主义优越性的体现。20年来，中国累计实施退耕还林还草5亿亩，累计投入5112亿元，相当于三峡工程动态总投资的两倍多，退耕还林还草工程已成为中国乃至世界上资金投入最多、建设规模最大、政策性最强、民众参与程度最高的重大生态工程。

新中国成立70年来，不断加大自然生态系统保护和修复力度，生态状况显著改善，绿色发展成为中国向全世界亮出的新名片。

持续增绿，森林覆盖率显著提高。今年2月英国《自然·可持续发展》杂志上发表的一篇论文指出，从2000年到2017年全球新增的绿化面积中，约1/4来自中国，居全球首位。

持续治沙，荒漠化沙化趋势逆转。自2004年第三次全国荒漠化和沙化土地监测实施以来，连续三次监测结果均显示：我国荒漠化沙化面积呈持续缩减趋势。"沙逼人退"转变为"人进沙退"。

持续减排，温室气体排放大幅降低。

美丽中国，不仅是山清水秀、天蓝地绿，而且是留住乡愁、守望相助的生命家园。走绿色发展道路，建设资源节约型、环境友好型社会，实现经济繁荣、生态良好、人民幸福，这既是建设美丽中国的时代图景，也是实现中华民族伟大复兴的历史使命。

驰而不息，久久为功，中国生态保护和建设不断取得世界点赞。

一滴水里观沧海,一粒沙中看世界!

通过延安,我们可以看到:在华夏大地生态环境显著好转的背后,是一场生态文明理念和发展观的深刻变革。

——原载《人民日报》(海外版)2020年5月9日

## 两把镢头两代人　林地花海南泥湾

家住南泥湾镇南泥湾村的73岁老人侯秀珍藏着两把老镢头：一把，是公公刘宝斋当年在南泥湾大生产运动中战天斗地时曾用过的；另一把，是自己20年来退耕栽树，重建家园时用过的。

从开荒种地到植树造林，时光荏苒，人间巨变。

南泥湾，在延安城东南45公里处，是延安的南大门。抗日战争时期，荒草遍山、黄土满沟的南泥湾见证了一场大生产运动。1938年到1940年，陕北连续三年大旱，严重的自然灾害使本就落后的经济更加困难了，加上国民党经济封锁、军事"围剿"，军队给养成为大问题。面对严重的财政经济困难，陕甘宁边区在中共中央、毛泽东主席领导下开展了一场轰轰烈烈的大生产运动，"自己动手、丰衣足食"，打破了经济封锁，解了燃眉之急，创造了一段不老的传奇。

背枪上战场，荷锄到田庄，一面开荒生产，一面保卫边区。1941年3月至1942年，三五九旅在王震旅长、王恩茂政委率领下，分四批开进南泥湾。不久，其他各团及三五九旅旅部也进驻垦区。随后，中共中央和中央军委各直属单位也来到南泥湾参加垦荒。

一时间，在南泥湾掀起了开荒生产的热潮。三五九旅在南泥湾的生产自给搞得最好，为边区大生产运动树立了一面旗帜。

"南泥湾呀烂泥湾，荒山臭水黑泥潭。方圆百里山连山，只见梢林不见天。狼豹黄羊满山窜，一片荒凉少人烟。"刘宝斋和三五九旅的战友们刚到南泥湾时，面临的就是这样一幅景象。当时南泥湾荒无人烟，狼多、兔子多，没有粮食，战士们吃野菜；没有房子，在梢林里搭帐篷，晚上在土崖上打窑洞；闲暇之余编织草鞋，炉火炼铁自制生产工具。三五九旅广大指战员辛勤劳动，逐步实现了自给，大生产运动取得了显著成绩。1941年，他们开荒11200亩，收获细粮1200石；1942年，三五九旅耕种面积达到26800亩，收获细粮3050石。

一把把镢头磨短了，南泥湾却彻底改变了模样。

短短3年时间，战士们用鲜血和汗水，在荒山野岭中开辟出万顷良田，使昔日的"烂泥湾"变成了稻田翻绿浪，窑洞满山腰的陕北好江南。最出名的就是"气死牛"的故事。有次进行劳动比武，几十个开荒能手聚在一起，看谁开荒多。有个名叫郝树才的战士，一连3天保持了每天开荒4亩地的纪录。有一位农民不信，牵着自己的牛来比赛。结果只耕了1亩多地，牛就口吐白沫累死了，而郝树才那天创造了开荒4.23亩的纪录。于是人们给他起了个"气死牛"的外号，他还被评为特等劳模。南泥湾大生产运动临时展览馆详细记录着这段开荒种地的历史。著名秧歌剧《兄妹开荒》就是以南泥湾开荒大生产为创作背景的。

己亥年冬至，我们冒着严寒在陕北采风。冬天的高原，辽阔而冷峻，连绵的丘壑在蓝色苍穹下似一窝黄金。到南泥湾时正是清冽的早晨，侯秀珍老人在镇卫生院治疗腰椎病，听说有人来听南泥湾的故事，遂拔掉输液管，匆匆而归。

"1946年，王震带走了两个团南下，1949年全国解放，部队在陕北会师。我公公刘宝斋给组织说他不走了，要留下来保护战士们开垦出的这20万亩红色的土地，一起留下来的还有十几位老红军。我公公留下来种地，此后没有给组织提任何要求，到老都是农民，还担任省政协委员，一直劳作到1984年去世……"

侯秀珍是15岁时一家七口从老家河南新密来到陕北南泥湾的。

"你问咋知道的南泥湾？此前我有个姨在富县，她给河南捎话说，实在活不下去了到南泥湾去，地多，人少，只要有力气就能有饭吃。土崖上都是以前红军开荒住过的窑洞，想住哪个就住哪个……"侯秀珍说，"我们一家到了南泥湾后，找到了公社副书记兼大队长刘宝斋，分了地，落了户。刘宝斋把我认作干女儿。他以前当过副连长，在新中国成立后留在了南泥湾。"

侯秀珍的公公刘宝斋是三五九旅七一九团的一名副连长，南泥湾的不少粮田都是他和战友们一起开垦出来的。他是第一批走进南泥湾垦荒的人，大生产运动结束后，他就留在这里继续建设南泥湾。1963年侯秀珍与刘宝斋的儿子结婚。

"我公公刘宝斋一眼就看中我当他的儿媳妇！他一辈子大公无私，但是在这事上有点'自私'。我当时不满18岁，参加村里的识字班，我公公悄悄劝人家以年龄大为由拒绝我入学，他是害怕我认了字，走出南泥湾了给他当不成儿媳妇了……"爱说爱笑的侯秀珍说，"但，这辈子进了这个家门，我没有后悔过。这是心里话。"

从南泥湾村妇联主任、村民小组组长到村委会主任，再到村党支部书记，侯秀珍任村干部15年。

改革开放后，随着当地人口的增长，为了口粮，许多农民上山开地。但是，山扛不了风，地保不住水，他们一年到头面朝黄土背朝天，却常常连播下的种子都收不回来。南泥湾生态系统到了崩溃的边缘，绿色成为南泥湾村民记忆中的乡愁。

当地人说："过去这里山上都是耕地，就像那首《南泥湾》唱的，'到处是庄稼，遍地是牛羊'。但庄稼种得多产量低，牛羊满山啃得草都长不上来。一下雨，山上的水冲得川道里的稻田也种不成。人穷得没办法。"

"那时候，这些山几乎都是秃的。去山上种地，连一棵能遮阳的树都找不到。然而，地越种越多，山越耕越荒，村里人的腰包却越来越瘪，陷入'越垦越穷，越穷越垦'的怪圈。"侯秀珍说，"一下雨，挡不住的山水冲下来，冲到川道里，田也种不成。下大雨，坐在窑洞里，听见雨声和泥石流的吼声，操心村里其他村民安危，我整夜整夜睡不着觉……"

直到1999年，延安开始实施大规模退耕还林，侯秀珍二话没说，扛起镢头上山种树，实施退耕还林，建设美好家园。她要改变南泥湾的山乡面貌，誓把粮田变树林，直至变成森林。有人想不通：不让上山放羊，是要断了咱老百姓的活路吗？有人存疑：退出吃饭的田地，在自家田里种树，粮食和补贴真能给到咱手上吗？但慢慢人们发现，山地退耕种树，国家给补贴，把人手空出来了，还能出去打工，一人能挣两份钱。有些人更因为种树，变富裕了。

从父辈开荒到后辈种树，近20年，南泥湾迎来了一次大建设。开始，侯秀珍一个人栽树；后来，变成全村人齐上手。封山禁牧，植树造林，她带着群众上山挖坑栽树，她要求方方一米，树小坑大，要保证成活率。栽了多少树侯秀珍不记得了，这里有多少个山头她却记得清清楚楚，仿佛脑子中有一张地图。1999年到2006年，南泥湾几十万亩田地退了下来，都栽上了树苗。

让土地不再荒凉，生活不再贫苦，成为一代代延安人民的渴望与求索。当时，有的群众晚上偷偷把羊赶到山上去放，羊啃过的树苗，三年长不起来。侯秀珍带着村干部们晚上去守着，把羊主人和羊带到一个大院子，人羊分离，给人做通工作，羊主人公开做了保证，才能领走自己的羊子。

"老一辈当年保家卫国，不开荒站不住脚；现在我把树补回来，给子孙留个好生态。"自家十多亩山地全部退耕，南泥湾变成了林地花海，侯秀珍也很骄傲。

侯秀珍看到，虽然公公曾经开垦的粮田没有了，但山青了，水清了，农民不再广种薄收，劳力也腾出来了，国家还有退耕还林补助，村里人的日子越过越好。这几年，村里的孩子们上学了，不仅出了大学生，还出了研究生、博士生。乡亲们的思想观念、生活方式也发生了根本转变，从过去舍不得放弃山上的耕地，到现在哪里需要种树就去哪里栽。

南泥湾大生产是一部民族复兴的英雄史诗，南泥湾大建设又是一曲开天辟地的慷慨赞歌。

南泥湾变美了。目前南泥湾人均新增收入中15%来自生态产业。通过精心打造"生态经济"，让春花、秋叶、稻田、鱼塘形成四季不断的美丽风景，"绿色"与"红色"旅游相映生辉，来南泥湾参观游览者络绎不绝。

南泥湾用自身优势，正着手打造国家级AAAAA景区，建成省级文化旅游名镇，发展林果、棚栽、杂粮、水产、香紫苏特色产业，建设现代农业示范基地，建成旅游服务集散地。

南泥湾走过了两条截然不同的道路。很难想象，脚下这片美丽的绿地，曾经一片荒凉，是一个"杂草丛生、野兽出没"的"烂泥湾"。

在南泥湾村的一条山沟里，史映东老汉感慨地说，过去就知道个种地，把地掏了，树砍了，却越种越穷，现在南泥湾人也明白怎么搞经济了。他和几个村民合伙办了合作社，散养着一群猪，足有700多头。他说，林下经济能致富，让村民燃起了希望。目前，家里种着3亩田，光这个养猪场，一年纯收入17万元，日子过得越来越红火。他还说，像他这样的养猪户在村里有5家，个个富了起来。

林草涵养了生态，生态催生了产业，产业使农民致富。广大农民从繁重的体力劳动中解脱出来，转向二、三产业，延安农民年人均纯收入从退耕前的1356元提高到2019年的12028元。

在延安这片红色土地上，绿色生机正蔓延至每一个角落……

"'解放区'的天当真是晴朗的天啊！"有人打趣地说。

"延安的天为什么会这么蓝？"更多人这样问。

"因为我们有'黄土绿'！"很多延安人都会这样说。

卫星遥感图显示，20年间陕北地区绿色整体向北推移了400多公里，林草植被覆盖度达到87.8%，植被增加带来的雨水把延安的天冲洗得越来越蓝，黄河水变得越来越清。

这一天，站在高原灿烂的阳光下，站在侯秀珍家金黄色的玉米垛前，我们依次和老人合影，老人手里拄着那把著名的岁月斑驳的老镢头。

73岁的侯秀珍思路清晰，除长年劳作导致的腰椎病外，身体健康。平时出行独自开三轮车，在乡镇医院看病时从不因为身份特殊而不排队，平日在山梁山峁上开了七八亩边角荒地，种着玉米、糜谷、荞麦，自种自收。女儿在延安工作，南泥湾镇的干部苏婷就成了她的"干孙女"。研究生毕业的苏婷是一位爱说爱笑的好姑娘，在基层工作了九年。苏婷把老人的上百个荣誉证书翻拍下来，存在手机上，她还思谋着给老人建一个小型的讲述家史村史南泥湾史的博物馆。

公公刘宝斋去世后，曾经听故事的侯秀珍，成了讲故事的人。

严重的腰椎间盘突出，疼的时候让她连腰都直不起来。自家小院里，侯秀珍正在沙发椅上闭目养神。突然，苏婷来电："侯奶，又来了几个大学生，想听您讲南泥湾的故事，看您方便不方便？"

"方便，方便。他们什么时候来？"老人边接电话，边抓着椅子扶手站起来，开始忙"接待事宜"。她把身上的病痛暂忘一边。

"到处是庄稼，遍地是牛羊。孩子们，庄稼是怎么来的？那可是一镢头一镢头种出来的……"

在她的深情讲述中，人们的思绪被带回那段火热的岁月，感受到了当年波澜壮阔的南泥湾大生产运动，革命战士战天斗地的豪情和气魄……

中国延安干部学院请侯秀珍给来自全国的党政干部讲了几百次课，每次，她的开场白就是："我不是来讲课的，我是来和大家聊天的。为什么你们来延安学习？是因为这地方有大学问哩……"

"南泥湾在20世纪60年代也来过知青，60多个人就住在以前红军开荒住的窑洞里，我给他们帮忙缝补衣服，他们也听我公公和我丈夫讲南泥湾的故事，建立了深厚的友谊。后来，还有人每年回来看望我们。我丈夫在世时，有一年，他们把我们两口子接到北京，嘘寒问暖，处处照顾，晚上还亲自给我老伴洗澡。"

几十年来，从给村子里修路、建学校到种树，从带领大家致富到调解矛盾纠纷，侯秀珍在南泥湾积攒下不可替代的威望。

"在南泥湾几十年，提起我侯秀珍，上到老人下到孩童没有人不知道，那时，我就在村口的树桩子上一站，一喊开会，人都聚过来了。"

"我虽然只有一个女儿，没有儿子，但是我丈夫去年去世时，村里27个小伙子披麻戴孝跪下磕头。村里人都给我说，你这辈子对乡亲们好，乡亲们也没有亏待你！"

侯秀珍家里四孔窑洞，其中两孔是当年三五九旅的战士们挖掘的。依着窑洞墙壁放着两把老镢头，公公垦荒，儿媳种树。两把镢头，两代人，中间是几十年的光阴和不一样的人间。

老镢头已成为侯秀珍家的"传家宝"。拿着老镢头，侯秀珍风趣地说："这把老镢头不知跟着我上了多少回电视。"原本一尺宽的老镢头，如今被磨得只剩下三寸，沾满了泥土。

如今，前来找侯秀珍听故事的人越来越多，她总是不厌其烦地一遍一遍讲着熟稔于心的南泥湾"两把老镢头"的故事。家里刚盖好的几间新房，侯秀珍准备建成家庭展览室。"要把老父亲的东西展览出来。哪天我讲不动了，来这里的人还能看看南泥湾的故事。"

高原的天是蓝格莹莹的天。冬天的高原，静谧、肃穆，一片金黄。寒冷让窑洞更显温暖，站在窑洞前的人们，心里都滚动着暖流，头顶脚底全散发着热气和新生活的喜悦……

其实，你仔细寻寻，就会从南泥湾村民家的窑洞里找到好多这样的老䦆头。

其实，每一把老䦆头，都有讲不完的奋斗故事！

——原载《光明日报》2020 年 6 月 5 日

# 云上村庄的光明路

从大理漾濞彝族自治县（简称漾濞县）驱车向东，上苍山西坡，一路翠林竹海，一路九曲十八弯，海拔逐渐升高，车至山顶便是光明村。这里，生活着彝、汉、白、傣、傈僳五个民族的居民；这里，被一万多株百年以上古核桃树的巨大树荫覆盖，常年笼罩在云海绿荫之中，被称为"云上村庄"。

## 村官张会祥的"理想"

光明村核桃种植历史悠久，古核桃树众多，全村树龄百年以上的古核桃树达一万多株，两百年以上的古核桃树有6000多株，近年来全村又培植了许多核桃树新苗，连片种植面积达万亩。

在3000年前的苍山崖画中有一幅采摘图，形象地再现了漾濞江流域土著先民攀高摇竿敲打果实和树下众人捡拾果实的场景。专家推测，当时这里就有核桃树生长，采摘图反映的即是打核桃的场景。春去秋来，夏归冬至，白云依旧守候着核桃树林，树林始终庇佑着树下的村庄。如今，一棵棵高大古老的核桃树分布在房前屋后，每棵树上都挂着"身份证"。村子中央的空地，可见一棵异常高大粗壮的核桃树，这棵"核桃神树"是整个村里树龄最长的，已经有1165岁了。

光明村现在有七个村民小组，304户1296人，村民们敬奉神树，在树的周围修建了广场和祭台，每年村庄都会举行一次庙会，聚集在神树下打歌、跳舞、请神、迎神、祭神、娱神、摆流水席、耍龙舞狮。

"多年前这里交通闭塞，村民沿山梁分散居住，受地形限制耕地较少，农业发展水平低，经济发展落后。虽然是远近闻名的'核桃村'，但是核桃价格上不去，待在家里没有经济收入，年轻人就留不住，都出去打工了，村子一片凋敝……"

58岁的张会祥以前在光明村担任过十年的党支部书记、村委会主任，现在还担任鸡茨坪小组村民组长。据他介绍，以前车是到不了山里来的，因为有传统的核桃产业基础，要想办法把核桃卖出去，2004年他就动员村民们硬是修通了一条上山的硬化路，举办了核桃节。此后核桃价格开始上涨，村民的日子颇为红火。但是好景不长，2013年以后受市场供求关系影响，核桃价格一路下滑，且打核桃属于高空操作，要请人来打，价格不低，有的农户卖核桃还收不回打核桃的成本，村里年轻人都纷纷外出打工去了。

张会祥有两个儿子，也都随大流出去打工。大儿子结婚后和妻子去城市打工，孩子丢在老家，小两口分居两地，时间长了就离婚了，这件事让张会祥多少年都想不通。这种情况在外出打工的年轻人身上很普遍，一般不在一处打工，婚姻慢慢都出现了问题；生下的孩子都送回村庄里让爷爷奶奶带着，也出现了许多教育问题、社会问题。

张会祥焦虑地看到在村子里种地的人少了，地头的路没人修了，水渠也垮得没个形状，收种时机械也来不了，村道垃圾、污水随处可见，一片凋敝……

这位基层干部一直在琢磨：这个村庄穷，但是我们世世代代都在这里，我们是走不掉的，只能反反复复努力发展，寻找村庄发展的新路子。能不能有这样一种好事情——让年轻人留在村庄里上班赚钱，夫妻都守在一起，老人有人赡养，小孩有人教育，大家都过上稳定、幸福的日子呢？

2015年的一天，张会祥主动去找吉小冬。

吉小冬何许人也？

苍山石门关峡口两座峭壁拔地而起，对峙如一扇推开的巨门，人称石门关，是外乡人吉小冬把它开发成了景区。景区所在地叫金牛村。金牛村和光明村相距不远，两个村子村民人数、土地等基本情况相当，发展水平在苍山西镇十六个村中处于中下游，两个村子的发展一直处于你追我赶的"竞争"状态。

自2012年吉小冬投资建设石门关景区以来，几年间给金牛村带来翻天覆地的变化，公司300多名员工中有一多半都是漾濞当地人，农户实现增收和家门口就业，其中26户33名建档立卡户成功脱贫。这让张会祥看在眼里羡慕在心里，他主动去找吉小冬，看能不能和光明村合作开发乡村旅游。

张会祥永远也忘不掉那一天，他带着助手去石门关景区工地寻找吉小冬，进了景区，老远看见一个身穿休闲服的高个子，手里拿了一把剪刀，边走边修剪沿路的树木花草，身边还跟着一个流浪狗。这个被他们当作园艺工人的老头儿其实就是他们要找的大名鼎鼎的吉小冬。吉小冬身材魁梧壮实，见人呵呵一笑，一脸厚道，没有一点大企业家的架子。从最早的丽江牦牛坪索道，到大理的感通索道，再到如今异常火爆的石门关旅游景区，吉小冬已在大理这片土地上从事旅游业20多年。

由于光明村坐拥森林覆盖率达85%的好生态，加之有树，有花，有核桃，那一天，他们达成了共识：真正能拉动一个地方发展的，还是产业。乡村振兴，要留住年轻人，吸引年轻人，必须要靠产业。光明村要转变发展策略：利用村里的好环境，尽快把生态旅游办起来！

### 产业振兴：从"卖核桃"到"卖风景"

"企业要真正用心，踏踏实实去做点事情，要让老百姓实实在在赚到钱，才能真正地助力振兴乡村。"这是吉小冬一贯的观点。

2015年，大理漾濞苍山石门关旅游开发集团有限公司（简称石门关旅游公司）首先投资开发了光明村核桃生态旅游村建设项目，同时鼓励村民开农家乐和客栈。作为配合，光明村党组织协调村民把150多亩土地经营权以入股、出租或流转的形式转让给旅游公司。在吉小冬的旅游企业运营下，生态旅游村建设初具规模，集农业种植、产品加工、农业观光、休闲度假为一体，在光明村鸡茨坪建成核桃主题民宿客栈、核桃山庄、核桃主题广场、云上四季花海、草坪咖啡馆、帐篷酒店等乡村旅游项目景点。

光明村疏疏朗朗地散布着古朴的院落，本来村里各家各户就有种树栽花的习惯，但都被高高的围墙挡住了。与自然隔绝，是多数城市病的根源，城市人需要精神上的乡村，需要在乡村找乐子，农村人需要挣钱。而搞旅游就需要"开墙透绿"，让游客觉得敞亮舒心。鸡茨坪小组景区核心区的60多户人家绝大多数把围墙给拆了。当时，一听到村里通知，张瑞华立马把家里围墙换成了栅栏，他说，让游客"一眼看穿"我们的美丽庭院，多好！

2019年，光明村一时成了旅游"网红村"，高峰期每天接待游客四五千人。游客越来越多，但村子里还没有供游客住宿的地方，留不住人——查洪祥家有一个停车场和一个牛圈，吉小冬琢磨着怎样在这块地上盖一座客栈。这就是"云上老查家"客栈设计的缘起。

查洪祥是村里的致富带头人，他去过很多地方。十年前，在外做生意的他，回到村里开了漾濞县第一家农家乐。这次，为了更好地示范带动村里的旅游发展，精明能干的他以私人宅基地土地入股，第一个和旅游公司合作，在老屋原址上盖起了这家现代夯土木结构精品客栈。

"在村里，我第一个和吉总合作，以前村民不理解，现在证明是对的。现在有许多人羡慕我，说明我走对了，走得光明正大，带动了群众发展。"每每说起当时的选择，查洪祥都会为自己的"超前眼光"而自豪。

从第一张草图到客栈建成，这第一家民宿耗费了吉小冬两年的时间。他完整保留老查的旧院，形成两个L形的新院落。整个客栈由11套大小不同的房间组成，有紧凑的榻榻米房，也有三层的院中院，一个水庭，一个树庭，最大限度地留出室外活动的场所，因为这里最有价值的风景是清风、明月、核桃树和远山。

修客栈过程中，吉小冬做事追求完美，要求严格，给查洪祥留下很深印象，也常常让施工方觉得苛刻和为难，所以大家都在尽力地一点一点做，进度缓慢，但是慢却让客栈建筑更加精细。现代夯土技术是从昆明理工大学购买的专利，没有过多的装饰，土墙黛瓦。泥土色本来就是谦虚的颜色，不时尚，不夺目，不张扬，保留了质朴和宁静。一片瓦上有时间，有目光，有泥土涅槃的全部过程，它能通天接地，可以呼吸。城市人进村一看到瓦就变得安静了，就变得本真了……如今的这座夯土木结构的"云上老查家"已成为光明村的精品民宿。

地理位置偏僻的光明村，绿水青山终于转化为金山银山：以入股、出租和流转等形式转给旅游公司的150多亩土地，使得42户农户有400多万元的年收入。并且，村民实现了家门口就业的梦想。鸡茨坪小组73家农户近百人在家门口的旅游公司就业，增收180多万元；其中4户建档立卡户24人全部在公司工作，3000多元的月均工资解决了他们的贫困问题。

58岁的周银兆一家四口都在旅游公司工作，弟弟周银春50岁，在公司也是老员工。最早时，弟兄两个走出家门外出打工，修建高速公路，每天50元钱，后来回到家乡给人砸石头，工价太低，养不了家，现在弟兄两个每个月都能拿到3000多元。周银兆大儿子阮大卫在公司开电瓶车，属于运营部，二儿子在景区干零活，砌花台。虽然二儿子的婚事愁人，但是大儿子两个小孩都在附近上学了，日子终于看到了希望……

为了统筹村里的资源，避免无序竞争，光明村对农家乐做了一户一品的规划，烤全羊、烤鸡、烤乳猪、魔芋豆腐、核桃宴，应有尽有。

"我家农家乐菜都是野菜,鸡、猪都是自养的,生意火爆。最近我们家又盖了新房子,重新扩大了院子……"1974年出生的查守丽是"丽明农家乐"的老板,她干活有条不紊,饭菜干净可口,总是一副开心的神态,总是用最好的食材招待客人。周围是众多的大山,开门就见山,四周山环绕。每到夏天,一场暴雨袭来,松树下、草丛中,偷偷摸摸长出各类野生菌。朽木上长出乌黑的木耳,红土地上不时冒出一窝一窝鸡枞菌,灌木林里常常长有牛肝菌、奶浆菌、青头菌、鸡油菌、松茸等菌类。为了准备食材,查守丽通常要起个大早,摸黑上山。天黑的时候山里有雾气,植被长势好,遮天蔽日,但是她坚持这个时候去采摘野菜,就是想让每一个来到店里的客人都品尝到最原始、最本真的味道。

查洪祥大儿子查守荣是当时的建档立卡户,依托父亲的客栈,查守荣和弟弟查守杰各自开了一个农家乐,老查家老品种土鸡远近闻名。原料是关键,兄弟两人特意在山上围了一片空地,在核桃树下养鸡,让鸡自由自在地捡食,放养的生态鸡和饲料喂养的不同,味道独特。同时,头脑灵活的查氏兄弟从冬天便开始腌制火腿或腊肉,放入料酒、盐,置于大缸中,经过几个月的时间后再挂到通风、阴凉的地方晾干。每逢游客至,就用松针熏烤,嗞嗞作响,香味四溢。据他介绍,云上村庄最多一天来了一万多游客,自己和弟弟的农家乐一天就卖出去400只土鸡,最旺期三个月民宿分红和餐饮收入达400多万元。那段时间,村民都把自己的土特产拿出来在门口卖,一家村民卖烤包谷一天就卖了数千元,最少的一家一天也能卖500元。

2019年4月30日,漾濞全县实现脱贫摘帽。累计脱贫出列两个贫困乡,24个贫困村,脱贫退出建档立卡贫困户3897户。

漾濞彝族自治县人民政府县长李庚昌接受采访时形容，石门关旅游公司和光明村的合作，既是旅游项目，又是脱贫攻坚项目，带动了村民增收，带动了村民就业，实现了"三产融合"，助力了乡村振兴，是把"矿石"变成了"钻石"，把"稻苗"变成了"金条"……2020年，经专家审核遴选，光明村入选了农业农村部中国美丽休闲乡村名单。

**人才振兴：从"外出打工"到"返乡创业"**

现代化农业、绿色农业、休闲农业、农村电商等如雨后春笋般蓬勃发展，乡村振兴，需要一大批新型职业农民！

村庄里有了产业就有了稳定的经济收入，有了游客就有了人气，有了人气就会吸引年轻人回到自己的故乡！

集聚在村庄的，首先是人心。农民成为让人羡慕的好职业，村庄成为城里人来了就不想走的好去处。集聚起新动能的，是人气。村子里有情怀的年轻人多起来，拒绝在一线城市做一朵"锦上花"，而是选择回家乡当一块"雪中炭"，越来越多怀有理想、情怀，带着创业梦想和智慧才情的年轻人投身到了乡村，回到最熟悉的最需要自己的地方，挥洒激情和汗水。

"这才是最长久的硬道理！"张会祥终于找到了"留住年轻人"的密钥。

张会祥说，前几年村里土地没人种，村庄和麦田，飘着一种清冷的气息，成了名副其实的"空心村"。近两年来，成效来了，更多的村民尝到了甜头，纷纷和旅游公司合作搞民宿，腰包也鼓起来了；村民不用外出，在家门口用自己的双手也能脱贫致富；民宿里管家和服务员的收入不比城里低。有了民宿，有了好工作好收入，何愁青年不回乡？

"需要核桃果和核桃苗的朋友们可以下单了，这两天有现货了。"这天一大早，35岁的李斌先在自己的抖音平台上发了几个消息，然后来到隔壁孤寡老人老张家里，"叔，这是我在网上帮您卖鸡蛋的钱，您收好了。"

李斌是土生土长的光明村人，20岁刚出头就外出打拼，走过很多城市，有许多故事。通过自身努力，终于在大城市立足、生活。后来，随着漾濞彝族自治县脱贫攻坚和乡村振兴工作的推进，光明村开始发生改变，李斌心里很受触动，决定回来创业。

"我回来后的第一件事，就是创办了光明农庄合作社，主打核桃和苗木产业。为了提升村里的核桃销售，我开通了网络销售，帮村里搭了电商平台。现在我是光明村电商服务培训中心的负责人，帮助大家了解政务、服务、旅游、技术等各类资讯，让村里的产品都能入网销售，解决销售、就业、创业中的困难。这两年，光明村的电商销售额达到了400多万元，今年还会有一个更大的增长……"

李斌最大的感受是村里人观念的转变。最初开始做电商的时候，村民认为在网上做生意不靠谱，上网是一件花钱的事情，是不务正业。随着农村与互联网连接，电商这趟"高速列车"给乡村生活和发展带来实实在在的巨变，好像一夜之间，核桃树苗、兰花、乡村老物件、布鞋、草垫什么的，都能变商品，外面都稀罕买。随着销量的一点点扩大，越来越多的村民向他"取经"。

返乡青年常宏春，是光明村第76个到旅游公司上班的人。

2005年从大学毕业的他，干过保安、家电销售、游轮舵手，一次过年回家，看见了乡村的荒芜，村子靠近路的新房一把把锁无一例外地生着锈。这是因为人们都在外边打工，挣到钱盖了这些房子，只是在阴历年时才可能回来住几天。只有逢年过节，家家户户在外打拼的子女返乡时，村里才有短暂的生气。过年过节，他们急急忙忙走亲戚，寒暄两句，扔下礼物就走，过去那种聚族而居、同气连枝的生活方式，只存在于他的儿时回忆里了。2015年，常宏春从村庄和旅游公司的合作中看到了希望，他毅然留下来参与到家乡如火如荼的建设中。社会经验丰富、工作能力很强的他，目前已经是旅游公司副总经理，负责云上村庄的业务板块。

返乡青年陈佳汝，大学毕业在外打工五年，回来当了鸡茨坪小组副组长。

"在学校的时候我一直关心国家大政方针，国家提出乡村振兴战略之后我就一直有回乡创业的想法，但还是没有下定决心。毕业后到检测公司上班，上班期间感觉自己不喜欢城市生活，后来听说旅游公司和村上合作投资生态农业旅游，在村干部张会祥的一再动员下，我便辞去了城市工作，投入到家乡的振兴事业中。"陈佳汝说，"随着村里核桃和旅游产业发展得越来越好，村里开了许多农家乐，我回到家乡第一年就做民宿客栈，发展都比较顺利，后面受疫情影响，暂时比较艰难。但是我对未来还是充满信心！"

返乡青年周素雅是陈佳汝的爱人，毕业后在县城当幼师。作为教育工作者，她悲哀地发现：家乡的问题是青壮年劳力普遍在外打工，农村只剩下了老人和孩子。老人在家里没人照顾，孩子也没人管，他们成了留守老人、留守儿童。年近七旬的老人，又要照顾孩子，又要打理家务和农活，"隔代看护"成为留守儿童看护的主流模式。终于，对家乡一直怀着眷恋感恩的她回来了，在最近一次的选举中担任光明村党总支副书记……

年轻人回流了，乡村有了希望。家园曾经荒芜，如今阡陌交通；家园曾经面容模糊，如今新的样态依然能寄托乡愁……

我们看到，一个强有力的基层党组织，像一块强大的吸铁石，把在外的游子吸引回来，把村民优秀分子紧紧吸附过来，潜移默化地改变村民们的思想认识乃至整个村庄的精神风貌，在乡村形成人才、土地、资金、产业汇聚的良性循环。

村干部由村民选出，他们的一言一行对村民影响很大，他们是党和政府密切联系群众的桥梁和纽带。一个梦，一条心，一根筋，一股劲，这个沉寂落后的高原小村，在新老村干部的合力带动下发生了由内而外的链式"裂变"。

## 生态振兴：从"捕鸟人"成了"护山员"

"以前出门看山，满眼都是光秃，村民们每天上山砍柴烧，没有经济来源，成群结队上山抓鸟、挖兰草，廉价卖给山下……"张会祥回忆起多年前村民受利益驱使盗猎、售卖动物的情形，眉头紧锁。如今，村庄不同季节有不同的景致，白云之下满山绿油油的一万多亩核桃树连绵不尽，满山的大核桃树上，鸟巢筑满枝头。

据介绍，在附近的大山上大概有200多种珍稀的鸟，常见的就有70多种，还有狐狸、麂子、蛇等野生保护动物。它们是土生土长的动物，它们是大自然的一部分，和土地是最亲密的盟友。光明村良好的生态环境除了赋予游客亲近自然的田园生活体验，还给众多珍稀野生动物打造了绿色家园，让它们不受伤害，让它们健康地成长，让它们安全地迁徙。

72岁的村民李永安，老伴多年瘫痪，早些年他过着出门一把锁，进门一把火的生活。三个孩子要读书，一家几口要吃饭，万般无奈之下，他就干起在苍山西坡捕鸟的营生。他在山上采摘一种植物，捣碎，制作成黏性特别强的"胶水"，涂在一条长棍上，放置在深山空地上有水源的地方，鸟类过来喝水时羽毛就粘在棍子上摆脱不了，最多的一次就粘了100只不同种类的鸟，这些鸟以低廉的价格卖给了山下的酒店和食堂。石门关旅游公司进驻后，倡导保护野生动物，进行景区生物多样性保护，他被断了"财路"，出外打工年龄太大也没有人要。正在踌躇熬煎时，一天，吉小冬亲自找到他，要聘请他加入护山队，让他继续凭借熟悉鸟类习性、生活轨迹的经验，与其他三个队员每天在设在深山处的四个保护观察站巡视，深入了解白腹锦鸡等珍稀鸟类的生活规律和习性。每人月工资3000多元，解决了他和老伴晚年的生活之忧。

李永安说："以前捕鸟，是实在没有办法生活下去，偷偷摸摸，昼伏夜出几十年，像个山贼；现在领了固定工资，光明正大，我就要好好保护苍山上的鸟，还账！"

细心的张会祥发现，李永安变得性情开朗，爱热闹起来了！原先见到哪里热闹总是躲得远远的，而如今变得哪热闹就喜欢往哪凑。见了熟人也总是高高兴兴地主动上前打招呼。日子变好了，经济上也正在翻身，心里没有压力了，心情自然好了……

核桃园小组的村民杨建，是光明村生态管理委员会副主任，同时也是护山队队长。"如今，偷猎动物、盗伐林木的行为也销声匿迹了。"杨建介绍,"封山育林后,荒地长了树,麂子、野鸡、老熊等常能见到。光明村设了金安寺、小花园两个检查站,九名护山队员轮流上山巡查,不许人们随意上山取土采石挖兰草。"

从大理电视台退休的记者郭亚林是爱鸟人士,一直关注着苍山白腹锦鸡的种群保护状况。他说:"吉小冬的旅游公司与村民融合,带领村民保护环境,保护珍稀鸟类,人与自然和谐共生,走的是乡村绿色发展之路,提升了当地村民对自然的爱。他对大理不只是商业的投资,而且给深山老百姓带来了一种新的生态理念和生活方式。"

从事旅游20多年,当选为全国工商联旅游商会会长的吉小冬赢得了众多的社会荣誉与声望。

"良好的生态环境像空气一样重要。没有生物多样性,就没有真正意义上的好生态环境和旅游产业……"这是吉小冬时常挂在嘴边的一句话。在大学时攻读生物专业的他,始终认为人是自然之子,自然永远比人类伟大。人类生命应该遵循、顺应自然之道,不能破坏和支配自然。

怀着对自然的敬畏,对社会的责任,吉小冬循序渐进地开发商业项目,没有急功近利的紧迫感。他尊重自然,敬畏生命,不挖山,不填塘,不砍树,不截断河流,不取直道路,视林如子,视山如父,这些其实是他骨子里的东西。你如果去景区工地找吉小冬,他要么踩在水泥沙子里与工程师沟通方案,竭力要保全一棵大树,要不就是猫着腰捡拾乱石,把它们放在景区最合适的位置。这些别人看来不起眼的细节,他都要亲力亲为,他对细节的审美诠释着他对生活独特的感悟和理解。

他说:这个地方产玉,大理的"理"字,按照《说文解字》的意思，是顺着璞玉的纹路一点一点把玉剥开，让玉的质地暴露出来。如果把玉粗暴地解剖开，可能就伤了玉石的质地……

在大理的村庄里都流传着"本主"的故事，一个本主，就是一个村子里的神。在村民们心目中，笑容可掬的吉小冬就是他们的本主，他经常去关怀、接济孤寡老人，他给村民带来了稳定的幸福和持续的财富。

吉小冬的夫人顾健是一位善良、美丽的女性，她曾经面向全球掀起了一场轰轰烈烈的"云上村庄百年网红核桃树认养"活动，目的在于助推消费扶贫，带动村庄的经济收入和旅游；她还帮助老乡把初级农产品加工成商品，把核桃做成核桃酥、牛轧糖、核桃油，卖到北京的大超市，年销量多达三万多公斤；她还经常挤出时间，给村民们做各种讲座和培训，教她们礼仪、化妆、摄影、插画。

年前，村民杨家萍还在百米外的田地里劳作，如今，经过多次培训的她已经是"云上三十三间堂"民宿酒店里的餐饮主管。她说，顾健大姐对大家的影响是"润物细无声"的，以前村里人躲游客，现在都爱主动和外面的人交流了，以前山里有的媳妇脸都懒得洗一次，现在她们却学会了化妆和穿搭……

### 光明村的"光明之路"

坐拥好生态，发展生态旅游，光明村终于蹚出了一条绿色发展的"光明路"：产业兴旺、生态宜居、乡风文明、治理有效、生活富裕！

专家分析说：产业振兴，使得光明村一、二、三产业融合发展，催生了一大批新的农村市场主体，增加了农民就地就近就业机会，提高了农业综合效益，增加了农民收入；生态振兴，保障了光明村生态环境优势和农产品质量安全，减少了污染，农村经济充满生机与活力。

光明村"走向光明"的经验，漾濞彝族自治县县委书记张世伟将其凝练成五句话：产业振兴，提升了村庄的"市值"。以前核桃产业资源丰富，但是市场小，价值效益很低，现在辐射全国范围，含金量变大。农房变客房，农家小饭馆变成旅游大餐厅，农民就近上班。人才振兴，提升了村庄的"价值"。引进了有情怀，致力于三农产业的石门关旅游公司，引导本土致富带头人，吸引返乡大学生和各类人才回到乡村，有实力、有办法，发挥了大作用。生态振兴，提升了村庄的"颜值"。垃圾处理、污水处理、厕所革命，森林防火、生态保护、鸟类保护，以前破破烂烂的村庄变好看了，臭烘烘的传统旱厕变成了干净整洁的水厕，太阳能发电，村民再不砍伐山上的树林了。文化振兴，提升了村庄的"气质"。民族文化、乡愁文化、养生文化、饮食文化，村庄有了灵魂。组织振兴，提升了村庄的"基质"。基层党支部恢复了活力，倡导"龙头企业＋合作社"的模式，发挥了村规民约作用，村民自我治理自我约束，村子获得了"全国民主法治示范村（社区）"称号，被云南省委、省政府命名为"文明村"。

心败则衰，心胜则兴！

新农村发展，需要企业的帮扶，需要政府政策支持，更离不开广大农民的进取之心。要让农业成为有奔头的产业，让农村成为安居乐业的美丽家园，根本在于村民自身的作为，需要扫除

"等靠要"的精神惰性,补足农民自信自强的"精神之钙",需要"振兴之心"。

光明村发展乡村生态旅游的过程,也是所有村民和干部振奋精神、培育自信、锤炼意志的过程。光明村创新乡村治理体系,走乡村善治之路,发动群众,成立护林、河道水源、道路交通、民俗民风、环境卫生、生态保护、规划管理、调解和治安保卫八个自治组织,委员都是热心村民,进行自我教育、自我管理。同时,凡是关涉群众切身利益的问题,都由村里"百姓议事堂"协商讨论,发挥民主,百姓的事百姓议,村里的事情村民自己决策,确保乡村社会充满活力、安定有序。

"村民的精气神和言谈举止都在变,以前见了生人就躲避,现在无论在哪里碰见游客,都会礼貌地主动上前问好……"光明村党总支书记杨雪明感慨地说。

"以前开村民会凑不齐人,现在开会你漏通知哪家,哪家就有意见。有时候一家还来两个人,生怕错过啥重要信息。"光明村村委会副主任魏定奎感慨道。

我们看到,光明村通过实现致富脱贫到全方位的建设,精神风貌、人居环境、生态环境、社会风气都焕然一新,使村民走上康庄之路——

太阳能发电、垃圾处理、污水处理、厕所革命,以前脏乱的村庄变得时尚美观了,原本臭烘烘的旱厕变成了仿生态"核桃根"和"核桃果"星级艺术公厕,与周边景观和谐相融……村民们过上了令人羡慕的田园生活:晒着温暖的阳光,在自家院里的核桃古树下摆上一溜茶桌,招待客人喝茶,品尝饱满的核桃,再搭配上一小碟口感醇厚的土蜂蜜,大人们聊天,小孩子们在古树下嬉闹,等待农家宴席开席。也有村民在阅览室看书，不少村民在家里练毛笔字，几个老人在下棋，怡然自得，其乐融融。

宅基地入了股，儿子农家乐收入高，自己还在企业上班，让查洪祥的生活很富足。生活的巨变，让他深感吉小冬就是光明村的大福星，他还和吉小冬喝了鸡血酒、拜了弟兄。

查洪祥的幸福生活，是光明村全体村民幸福生活的缩影，他对吉小冬的感激，代表着光明村全体村民对吉小冬的心意！

## 未来的路：走向光明

未来的路如何走？光明村如何持续发展？

核桃产业是光明村发展的基础产业，目前村民人均拥有100棵古核桃树，村里还与漾濞彝族自治县林业局联营成立了国社林场，创办了582亩的核桃试验林场和100亩的示范样板基地。村民借助旅游延伸核桃产业链，与相关企业、厂商对接合作，把核桃原果加工成为游客乐于带走的美味，和核桃根艺、核桃壳工艺品等旅游商品。

未来，光明村将继续推动核桃产业发展，扩大核桃种植与加强技术研发，使得核桃生产成为当地可持续发展的特色产业，继续探索"旅游入村、土地入股、核桃入社、产品入网、院子入景"的"五入"模式，由乡村生态旅游延伸到有机农业、休闲农业、青少年研学等产业化新模式。

这几天，村两委班子正忙碌着跟村民协调土地，用来修建石门关景区到光明村的休闲步道。休闲步道是漾濞彝族自治县优化光明村云上村庄乡村旅游路线的一个举措，可以真正地把石门关景区观光旅游区到光明村生态乡村旅游区贯通起来，形成闭环，吸引"流量"，延伸光明村产业链，真正实现"一、二、三产业有机融合"。这项规划得到了村民的全力支持，在不到一个星期的时间里，所有涉及的村民都签了字。

核桃树也能入股、分红、养老，您听过吗？

这几天，村里"百姓议事堂"正在酝酿光明村的养老模式——用上万棵古核桃树作为资本入股旅游公司，增加村集体的收入和村民年底分红，目的是为了彻底解决村里老人的赡养之忧。

相关专家将其命名为"核桃养老"。

专家指出：每个村庄都有自己的禀赋，光明村先前以地入股，分享生态旅游、加工流通带来的收益。现在又以村庄独特资源——古核桃树入股，村民携股参与一、二、三产业项目开发，用村集体的收入分红解决村里赡养老人问题，是一个创新的养老模式，值得全国推广。

我们看到：从"卖核桃"到"卖风景"，从农业村到生态村，交通闭塞的光明村，终于蹚出了一条"光明路"！

我们相信：在"光明模式"的示范下，在全国乡村振兴的号角声中，漾濞的白羊村、河西村、脉地村、安南村、平坡村诸多高原古村，将次第走向光明之路！

——原载《人民日报》（海外版）2022年7月30日

## 长安百万学子大战"疫"

### ——陕西教育系统校园防控阻击疫情大纪实

2021年眼看着就要到年底，新一轮新冠疫情却突然在陕西撕开了口子，最先冲击的是高校校园，瞬间把长安大学卷入了"风暴眼"，此后西安多所高校相继出现确诊病例！

一敌突起，举国惊悚！陕西是教育大省，200余所大中专学校正处于期末复习考试阶段，有114万师生还被封闭在宿舍管理。加之广大家长心系校园，社会各界十分关注，不容有半点差池。唏嘘叹惋间，全国都为陕西捏了一把汗！

猝然面对异常紧迫、复杂、棘手的校园疫情防控形势，陕西省教育系统按照省委、省政府和教育部的决策部署，采取了有力阻断措施"转运隔离"涉疫学校学生，遏住了疫情严峻的势头，还抽出手组织了10万人的全国硕士研究生招生考试，并有序组织100万学子安全返乡——这是一场赳赳老秦与新冠病毒的较量，更是一次检验治理能力和治理体系的"大考"。"长安大学疫情阻击战""研究生考试组考攻坚战""涉疫学校学生隔离转运突击战""百万学生寒假返乡大会战"，打得艰难，打得精彩，获得了全国点赞！

## 阻击战:"风暴眼"在长安大学

2021年12月14日,首先被卷入疫情旋涡的是长安大学,该校封校最早,各校区被划定为封控区域。一时间,学校面临数万师生疫情防控及维护正常教学生活秩序的艰巨任务。

面对严峻复杂的疫情防控形势,党中央、国务院和陕西省委、省政府高度重视,孙春兰副总理亲临学校调研指导,省委书记刘国中、省长赵一德、副省长方光华等省市领导多次指挥调度、现场办公,教育部副部长钟登华也专程指导,就做好学校疫情防控工作提出明确要求。陕西省成立了长安大学疫情防控联合指挥部,省委教育工委、省教育厅7位厅级领导、15名处级干部作为第一批"逆行者"进驻长安大学南、北校区,连夜召开专题会议,研判风险,与西安市、雁塔区、未央区、经开区第一时间在长安大学南、北校区组建了疫情防控工作专班,迅速开展流调、转运、隔离、消杀工作。

在工作专班的统一领导下,长安大学上下开展了最为广泛的疫情防控动员、最为有力的隔离阻断措施、最为严密的管控排查工作:

实行校园严控政策,分区封闭化管理:停止所有线下教育教学和校内聚集性活动,组织开展在线教学、在线办公、在线会议,最大限度减少人员接触。

停课不停教,停课不停学:所有学生在宿舍开展在线学习;教职员工利用校内外一切资源开展线上教学,保证云端授课"不掉线"，线上学术讲座"不断档"。

组织开展全员核酸检测工作：对重点管控区域和重点人群进行上门检测；根据公寓楼分布情况组织学生分时段进行检测，最大限度减少人员流动。

所有学生实行宿舍最小单元管理：学校增配热水器，解决学生饮水问题；组建物资配送志愿者团队，为线上下单的同学配送生活用品；各学院组成工作专班，及时调研了解学生需求，主动提供代购服务，确保学生学习用品和生活用品充足适用；做好学生公寓内消杀工作，及时转运生活垃圾，保持室内卫生清洁，避免公寓内感染；夯实"晨午检"制度，确保打卡率百分之百，保证及时处置学生发热等异常情况；加强防护物资储备，确保体温计、口罩、防护服、手套、消毒液等防疫物资充足。

疫情防控期间，学校饮食中心全员昼夜不停准备餐食，组织800多名送餐志愿者，每日累计为3万多名同学按时配送三餐，日送餐量达11万份。

同时，学校高度重视生命健康和大爱教育，举办"抗疫心连心"系列讲座，组织学生在宿舍进行体育锻炼，保持规律作息和良好状态；协同陕西师范大学心理咨询专业师资力量，线上对学生进行人文关怀和心理疏导，帮助学生正确认识疫情防控形势，消除恐慌感。

面对肆虐的疫情，在学校疫情防控关键期，高校自身资源无异于"杯水车薪"！隔离酒店房间和床位、护目镜、N95口罩、外科口罩、医用帽、防护服、防冲击眼罩等防护物资，都是稀缺的。

面对种种困难，陕西各高校星夜驰援，风雨同担——陕西中医药大学紧急抽调75名医护人员和流行病学专家参与核酸采集及流行病学调查工作，提供18名专家组成的会诊团队，为在校隔离的学生提供免费医疗问诊服务；西安医学院附属医院抽调集结医护骨干进驻南校区，为师生提供医疗保障服务。

得知抗疫物资紧缺的消息，西安翻译学院立即通过各种渠道多方联系，连夜筹到10万只医用口罩、1000套防护服、300套医用隔离面罩以及消毒液等价值10余万元的防疫物资，火速运达……

非常时期，这样的感人场景在陕西高校不时上演。

在长安大学疫情阻击歼灭战中，校外集中隔离师生累计6417人、校内隔离1961人，终于遏制住了病毒，实现管控后校园和社会面"零传播"，长安大学抗疫初战告捷！

此役之意，在于增强了全省教育系统的抗疫信心，为后边的几大战"疫"积累了宝贵的临战经验。

### 突击战：隔离转运数万名涉疫学校学生

疫情迅猛，长安大学之后，陕西省石油化工学校、陕西师范大学、陕西工商职业学院等十余所学校相继发生疫情……

学生陷入困境，社会出现焦虑。陕西省委书记刘国中强调，高校疫情防控形势严峻复杂，要严之又严抓实高校疫情防控，确保师生安全健康。省长赵一德要求，按照"一校一策"与属地部门联合组建专班，进驻学校指导、协调、督促防疫工作。

消灭病毒的办法是找到病毒载体。而要全歼敌人必须先包围敌人。面对校园学生密集、生活轨迹多重交叉、学生次密接人数庞大、校园内缺少大规模隔离场所的实际困难，省委、省政府及时决策，在校园流调工作的基础上，迅速组织实施了"涉疫学校学生隔离转运突击战"。

自 2021 年 12 月 27 日至 2022 年 1 月 3 日，安全转运西安航空学院等 4 所涉疫学校 1.2 万名次密接师生，到全省 42 个区（县）的 114 个隔离酒店进行集中隔离。各市、区（县）党政一把手亲自指挥、主动作为，为隔离师生提供了本地最好的酒店，组建了强有力的工作专班，全程提供精细温馨的保障服务。经过共同努力，全省 114 个师生隔离酒店未发生一起交叉感染事件。自 1 月 11 日起，这些师生陆续解除隔离和观察，采取"点对点"闭环转运方式返校回家。事实表明，将师生"转运隔离"的举措，对阻断校园疫情传播链起到了至关重要的作用。这些师生转运隔离后虽然出现多例确诊，但皆因隔离及时而没有发生扩散。

陕西工商职业学院是涉疫学校之一。该校为"一校六区"，横跨西安城，有雁塔、碑林、莲湖、长安、高新多个属地，管理难度大。2021 年 12 月 15 日，一名学生在潘家庄吃了一碗面被感染，6 名 A 类学生同住一个宿舍，12 月 16 日该校封校，学生不出宿舍不出楼。封闭管理期间在校学生 7900 余人，各类教职员工 600 余人。其中学生 B 类 91 人，C 类 717 人。教职工及其他人员 B 类 58 人，C 类 6 人。

按照统一安排，该校合计 878 人被及时转运至三个地市的 18 个酒店集中隔离。对于该校的这次疫情防控工作，陕西省副省长方光华予以称赞：整个过程管理得很好，自始至终就一个宿舍感染，再没出现新的传染。

"学校设立了一个身份审核组，逐一核实学生身份和乘车信息。学校的南广场这几天变成了一个巨大的调度站，标示出发方向和车辆编号，大家能很轻松地找到自己的位置。每辆车上都有一名老师全程跟随护送学生。学校提前对接了地市，学生一出站就由安排的车辆继续闭环接送到指定酒店。一些交通出行不方便的同学甚至还吃了'小灶'……"李丽是陕西工商职业学院一名学生志愿者，从学校出现疫情她就参加了志愿者活动，她评价这次转运工作"温暖、有序"。

"出发时，龙治刚校长上车对我们说：'孩子们，不要担心，我们仅仅是避开高风险区，去一个没有疫情的地方待几天，配合主战场打赢这场疫情阻击战，我们会平安回来的……'在去平利的途中，没有以往的吵闹和开心，大家心情都十分沉重。步入酒店房门的那一刻，干净的床单、充足的生活用品，还有为我们准备的小零食，精细周到的准备，瞬间安抚和温暖了我们原本焦虑的心。每天定时的核酸检测，询问体温和自身情况，让人感到无比温暖，提醒着我们是一直被关爱的……"陕西工商职业学院护理学院2020级护理一班学生牟睿革，和同学分别被转运到安康市平利、岚皋两县共8个酒店，经历了21天的隔离生活。

"隔离的同时，我们没有忘记学习网课，积极参加了'我们在一起'——高校百万师生战疫云端大课，每一期的《京陕抗疫心理课堂》讲座。每天早上按要求对房间进行消杀，开窗通风，闲暇时间跳舞，锻炼身体。"陕西工商职业学院护理学院2021级护理二班崔琳婕说，在这次校园疫情防控中，她感觉到了自己的成长。

"得知我是密接，莫名的恐惧将我包围，不敢摘去口罩，不敢触摸房间里的物品，躲进自己世界的我，变得小心翼翼……"在宝鸡市太白县隔离的一名西安航空学院的学生说，经过酒店专班心理人员与学校随队老师开展的一对一交流等一系列心理疏导活动,"我开始锻炼打卡增强免疫力,让每一天都充实起来,这次疫情让我学会了坚强。"

……

据了解,根据各高校疫情发展变化,陕西省委教育工委、省教育厅先后向12所院校的14个校区(区域)派驻14个工作专班,10名委厅领导带队,累计选派57人驻校协调、督促、指导防控工作。

西安全城封控后,全体委厅领导,处长、副处长和每个部(处)室至少1名干部,吃住在办公室,24小时在岗在位,全身心投入工作。在疫情最严重、组织研究生考试最紧张的时候,从主要领导到干部职工,一连几天几乎不眠不休连续作战,全力遏制疫情在校园蔓延。

## 攻坚战:10万人"史上最难考试"

2021年12月23日,西安市按下了暂停键,大小城市街道静悄悄,人影难觅。疫情却依然扩散蔓延!而此时,距离2022年全国硕士研究生招生考试只剩下两天。

这次研考全省报名16.8万人,其中,在西安市参加考试的考生约13.5万人。在陕参加考试、报考招生单位人数,设置考点数均为历年最多,加之西安市疫情进入病例高发期,研考组织和疫情防控任务繁重,3300多名外省和滞留考生、4000余名封控区考生如何应考也是难题。古城疫情中的这次考试,因为需要处理的问题错综复杂，风险相互交织，极易引发系统性风险，被评价为"史上最难考试"。

千头万绪，从何下手？

"研考如期进行，是党中央、国务院的决策部署，是省委、省政府对全社会的庄严承诺，也是政治任务，更是民生工程，没有退路，必须全力以赴保证安全顺利考试。"陕西省委教育工委书记王建利强调。

"特殊时刻，一切工作简化流程，有问题直接来问我。"协调大会上，陕西省教育厅厅长刘建林一遍遍询问是不是还有没解决的问题，他能解决的立刻解决，解决不了的协调各部门也要解决。

在前期摸排考生报名信息、协调滞留考生借考等工作基础上，陕西省教育考试院按照"分类处置"原则，制定"一校一策""一地一策""一生一策"，确保实现"应考尽考"目标。

针对因疫情带来的考生送考、考场调整、送考上门等难点工作，工作专班列出任务清单、问题清单、责任清单，确保每一个具体问题都有联系人、负责人、解决人、报告人，实行闭环管理、逐项解决。

处于疫情"风暴眼"的长安大学在这次研考中备受社会关注。12月25日凌晨3点，西安上空飘起了鹅毛大雪，长安大学各校区已是一番忙碌景象。身穿防护服的工作人员冒着飘飞的雪花，穿过漆黑的夜色，装货、卸货、环境消杀、岗位巡查……这一切忙碌只为今天的这场考试。

原定在长安大学考点考试的考生有8177名。受疫情影响，校外考生4957名无法进校考试，被紧急安排在西安交通大学城市学院设立的临时考点考试。校内考生分别在校内的113个普通考场、18个隔离考场参加考试。

长安大学转运至隔离点的密接和次密接考生共262人，分布在26个隔离酒店。做好这批考生的送考上门服务是另一个巨大挑战。学校坚决按照"应考尽考"和不因组考发生疫情传播的原则，采取"一人一策、送考上门"方式，西安汽车职业大学组织300名考务人员，为这些隔离酒店中的考生送考上门。

西安建筑科技大学为全省唯一的新冠肺炎确诊考生"送考上门"；西安交通大学28名教师带着行李前往酒店，为14名隔离考生监考；西安电子科技大学成立"送考上门"专班，为每名隔离考生配置6人工作组；针对考点1名B类、5名C类密接考生，西安财经大学组织3个送考工作组，手持摄像机，身着防护服，护送试卷上门。

作为全省考生规模最大的一个考点，西北大学设有3个考区、354个正常考场、5个隔离考场，安排考生共11779人。学校成立党员教师干部突击队，仅半天时间招募112名党员干部，负责落实省内市外2174名考生的借考及B、C类考生送考上门等工作。

承担1280名考生就地借考工作的陕西理工大学，成立校地考试及防疫工作领导小组。汉中市委、市政府领导进校部署，为外地来汉考生每人指定一名出租车司机，一直服务到离开；学校指定专人与外地考生一对一联系，并为每人配备3名志愿者全程服务。

当考研遭遇疫情，又叠加大雪，通往考场的路更多了一重考验。西安市公交、地铁、出租车、网约车等公共交通正常运转，5000多辆出租车和网约车爱心司机一对一服务封控区考生。西安理工大学动员全校力量，提前安排专用大巴和教职工私家车，分20条路线接送在外校考点参加考试的530名考生。

12月25日上午，在全省1.3万余名考务人员的全力保障下，这场"史上最难考试"顺利开考。全省46个考点、5400多个考场的监考教师们身着防护服，走进一个个考场，严格按照疫情防控和研究生考试的各项规定，耐心、细心、热心地认真完成监考工作，确保每一名考生安心完成自己人生中这一场重要的考试。

12月27日上午，2022年陕西研考顺利落幕。

"这次考试看起来是我一个人走进考场，实则身后有万马千军。"西安电子科技大学考生丁睿说。在这些考生的背后，一个个党员冲锋在前，坚定地站在疫情防控第一线，先锋岗、服务岗、党员突击队、送考组，无数志愿者为打赢这场战"疫"默默奉献。

三天来，西安公安多警种协同作战，累计出动警力4000多人次、车辆700多台次。西安市公安局对全市82家隔离酒店考点安排警力值守，交警部门在全市主次干道、重点路口、43个考点门前安排警力加强疏导，全力为考生服务。

研考结束后，部分考生因疫情滞留西安，遭遇生活困难。陕西省委教育工委、省教育厅向社会发出公告，兜底式摸排滞留考生。1月2日将省内西安市外有返程意愿的746名考生由10个地市调集的77台车辆接回属地集中隔离，并将省外滞留西安的210名考生转运至西安市经开第一中学集中安置，组建专班保障服务，提供免费住宿和平价三餐并每日进行核酸检测，在疫情趋缓后有序安排返乡。截至1月15日，这部分外省滞留考生均安全返回。

## 大会战：百万学生寒假"点对点"返乡

全省疫情得到有效控制后，大中专学校能不能放假、何时放假成为广大学生、家长最关注的事和最迫切的愿望。陕西省委、省政府多次研判疫情态势、研究放假方案，确定了分批、错峰、鼓励就地、科学精准、一校一策、有序放假的原则，组织开展"百万学生寒假返乡大会战"。

要在最短时间内完成百万大学生的离校返家工作，绝非易事。按照疫情防控要求，学生回家需要签订安全承诺书、持返乡证明，还要接受多次核酸检测。学生来自四面八方，各地对异地返乡者的隔离政策各不相同，学生需要乘坐的交通工具各不相同，大学生返家工作成为考验陕西应急管理能力的又一张考卷。

全省各地党委、政府和交通、公安、卫健、教育等部门密切配合，坚决落实省委、省政府决策部署，形成全省一盘棋，开辟绿色通道，科学调配铁路、公路、航班等各种运力，为返家学生开通专列、包机、包车和市内接送公交车。同时，陕西省教育厅与省交通厅增派厅领导干部在西安北站和西安火车站坐镇指挥，打通学生返家的各个"堵点"，千方百计帮助学生安全顺畅返家。

为打通学生返家的最后一公里，临潼、蓝田、鄠邑等西安周边县区和商洛、咸阳、渭南、安康、榆林等市的部分所属区县，统筹组织包车来校迎接；宝鸡、铜川、汉中、延安等市则在当地火车站组织集中转运，确保学生"点对点"闭环回家。

"得到可以回家的消息，同学们都非常开心，兴奋的感觉已经不能用言语表达。整个楼道都是欢呼声！"调查清楚生源地疫情防控要求、摸底学生返家计划、建立台账摸清底数、安排接驳车辆、对接铁路部门……全省各大中专院校积极行动起来，广泛发动干部师生，主动对接工作，落实闭环转运措施，各高校在校内常设核酸检测点，为办理完离校审批手续的学生进行核酸检测，配发医用口罩、消毒湿巾等防疫物资爱心大礼包，确保学生顺利离校。

1月10日起，陕西省内西安地区以外的大中专学校（含技校）陆续放假，离校学生33.5万人；1月16日起，西安地区低风险学校有序放假；1月20日起，西安地区大中专学校校园均被确定为低风险区，省内学生开始离校返家；外省学生在学校所在区（县）降为低风险区后也已陆续离陕返乡。

2022年1月17日凌晨，静谧多日的长安大学渭水校区灯火通明，80辆大巴车将学生们"点对点"闭环集中转运至火车站、高铁站和机场。在经历了一个多月的校园封闭生活后，几万名学生陆续踏上了返乡之旅。

1月18日一大早，西安科技大学地环学院的学生陈文斌就兴冲冲地给妈妈打电话，告诉家人他马上将搭乘学校包机回海南过年。当天西安科技大学将24名海南籍学生通过大巴车"点对点"闭环方式运送至西安咸阳国际机场，学生搭乘HU7266航班返回家乡海南。这是学校在咸阳机场的帮助下，联合其他兄弟高校和海南航空公司为学生们返回海南开通的第二趟包机。此前，已经有39名西安科技大学学生和来自西安工业大学、西安医学院的同学们一起搭乘包机平安抵达海南。

1月20日中午，从西安飞往乌鲁木齐的长安航空9H6007航班上，西安石油大学的292名学生，和来自西安工程大学、陕西科技大学、陕西国防工业职业技术学院、西安科技大学、陕西中医药大学的62名同学，一起乘坐由西安石油大学联系安排的两架包机平安返家。

1月22日下午，西安航空职业技术学院的139名士官生踏上了特殊的"返家"之旅，他们的目的地是青海西宁，前往他们的新家——军营。因西安突发疫情，453名原本要前往部队服役的空军、陆军定向培养士官生无法如期前往军营。在西安疫情防控持续向好的情况下，学校积极联系相关部门，争取在春节前将士官生们送往他们一个月前就应该报到的"新家"。

王彦黎是西安航空学院湖北籍考研学生，因2020年初武汉疫情的原因，家庭居住地对此次从西安返乡的学生要求极其严格，他一直处于办理返回家乡手续的沟通、协调与能否回家的纠结中。学校工作专班张永成老师得知情况后，为了王彦黎能与家人团聚，积极与学生家庭居住地疫情防控部门沟通了解各项返乡要求，与学校、社区、街道办及疫情防控指挥部沟通协调20余次，想方设法开具各类证明材料，帮助王彦黎研究返乡路线和交通工具，最终王彦黎顺利坐上返乡的列车，安全到家。

截至1月23日12时，累计有西安地区大中专学校56.5万名学生离校返家。加上此前省内西安地区以外的大中专学校离校学生33.5万人，已有90万名学生离校返家。

## 共筑"铜墙铁壁" 交出优异"答卷"

任何一起重大突发公共卫生事件，对一个城市的治理和应急能力、社会的生活秩序和心理压力都会形成巨大挑战。从疫情防控、转运隔离、物资保障，到信息公开、知识科普，到舆论引导、组织动员，每一个环节、每一个细节都决定着这场战役的成效，都是一次大考！

几十天来，陕西对疫情形成重兵"围歼"之势，一个山头一个山头地攻，一场战役接着一场战役打！相继打赢了"长安大学疫情阻击战""研究生考试组考攻坚战""涉疫学校学生隔离转运突击战""百万学生寒假返乡大会战"。

城市治理者、医护人员、志愿者、城管、人民警察……在残雪未消的街头，那些逆行者奔波的身影、那些沉重的脚步，构成了时代洪流下个人生活的拼图，终于交出一份优异的抗疫"答卷"。

这次大考，"白衣卫士"于危难之处伸援手。"只要医院有需要，我们随时都能上岗！"得知核酸检测人员不足，西安交大一附院17名退休老同志立即报名参加，再次披上"白色战袍"，成为坚守抗疫一线的"银发志愿者"。考虑到疫情的严峻程度，援助队多包括医护、管理、预防三类人员。各"兵种"各司其职，有的放矢，以便在最短时间与高校做好配合，捋顺流程。

"以一身白衣，舍一己安危，守一方平安！"疫情肆虐时，西安交大一附院勇挑重担，全力以赴，500余名医护人员驻扎西安市胸科医院，全力救治新冠肺炎患者。在医院本部，采用非急诊患者全预约线下开诊模式，智慧好医院App线上门诊全天候为患者提供医疗服务，急诊科、儿科急诊、发热门诊24小时开放。同时满足急危重症患者的诊疗需求，筑起了一道坚强的重症救治防线。

这次大考，各高校数十万教师主动请缨。先锋岗、服务岗、党员突击队等纷纷成立，志愿者坚定地站在疫情防控第一线，不少高校教职员工"舍小家，顾大家"，甘做校园师生的"守护者"。

面对学院许多老师居家隔离、人手不够的现状，西安财经大学法学院院长史卫民，强忍父亲因病救治无效突然离世的悲痛，带领学院圆满完成了1名B类、5名C类密接考生及全院147名考生的研究生考试保障工作。校园全面启动学生在宿舍制动后，西安理工大学辅导员聂高扬将待产的妻子托付给父母，半个多月一直坚守在校园防控一线，直到母亲打来电话才知道自己做了爸爸。

"我坚守是因为我的学生需要，也是因为家人给了我冲锋在前的力量。"疫情发生以来，西安外国语大学辅导员解甜雨"全家总动员"，投身于学校抗疫一线。不仅她驻扎在一线陪学生，得知学校后勤人手短缺，4位家人志愿到后勤帮厨，身为退休医生的妈妈也去一线帮忙做核酸检测。

"这个时候，我们一定要陪伴在学生身边，让他们安心。"1月1日，因疫情防控要求，陕西师范大学部分学生被送往临潼区隔离，10名教职工主动一同前往隔离。学校在各隔离点成立了8个临时党支部，31名党员干部担任负责人，带领党员教职工忙碌在送餐、清运垃圾、服务学生的第一线。天气寒冷，担心学生的饭菜会变凉，每日三次取餐送餐他们常常都是一路小跑。

连日来，陕西各高校都有教师开私家车送学生到车站、机场或者直接"点对点"送到家的事迹涌现，这是各高校闭环运输学生返家的一个缩影，一切付出的背后，是责任，更是爱。在返家工作中，各高校不光有速度、有预案，还有力度、有温馨、有关怀。西安交通大学学校领导班子和广大党员干部发挥示范带头作用，近3000名师生志愿者主动报名、挺身一线，周密部署、细致安排学生离校工作；西安工业大学把学生寒假返家工作当成一场硬仗来打,第一时间成立领导小组,组建工作专班,庖丁解牛分解任务,抽丝剥茧设计细节,周密部署,精细实施,"一生一策"为学生规划行程,确保每一位学子都能踏上回家的路。

寒冬里,陕西高校校园里充满了丝丝暖意!

每一项举措准确得当,每一个考量体贴入微,背后是工作人员对所有流程和细节的反复商讨、再三落实,是各高校以生为本,切实为学生着想的初心和期望。

这次大考,也考验每一位学子的心力、智慧和韧劲。截至1月23日,西安高校共有数百万人次志愿者响应号召投身于秩序维护、宿舍送餐、物资运输等相关疫情防控工作。

疫情暴发后,陕西工商职业学院青年志愿者协会第一时间在学生中招募近千名志愿者,成立疫情防控一线临时党支部、团支部,配合学校加强隔离酒店专班力量,紧急招募疫情防控工作预备队,加强重点领域和重点岗位人员配备;西安交通大学800多名学生志愿者为考生提供入场核验、行进路线、核酸检测引导等暖心护考服务;长安大学马克思主义学院2019级本科生黄靖思的那句"穿最帅的衣服,做最可爱的人"成为长安大学青年的时尚口号,他们积极踊跃争当志愿者为同学服务,800多名送餐志愿者高效完成了日送餐量11万份的艰巨送餐任务;西安外事学院学生张腾飞,每日志愿服务超10小时,日行3万步;西安电子科技大学通信工程专业的高永凯发挥专业所长,开设了"疫情互助文档",通过数千名同学的共同编辑,用最短时间收集到了大量实用信息,涵盖学习场所、快递点、桶装水配送、营业打印店等诸多方面,目前访问量超过30万人次,成了疫情防控期间同学们的校园生活"宝典";西安电子科技大学计算机专业学生张玉鉴开发的一款小程序，为全体隔离在宿舍的同学提供"云选餐"服务，上线不到一天，点击量已超 3 万人次。

……

疫情散去，晴空朗朗；菁菁校园，生机无限！

2021 年 12 月 31 日，西安地区高校广大青年学生通过收听收看习近平总书记新年贺词，开展线上网络文化活动等形式，度过了一个平安、温馨的跨年夜。2022 年 1 月 7 日上午 10 时，陕西省委教育工委、陕西省教育厅组织的"我们在一起——西安高校百万师生战疫云端大课"准时开播，高校学生齐聚云端，同上一堂战疫大课，播放量达 129 万人次，再次凝聚起高校师生战疫必胜的昂扬斗志。

我们看到，每经历一次困难，每个学子就会坚强一次，成长一次；每一次灾害过后，一个民族就会变得更加强大！

2022 年 1 月 23 日，距西安封城已过去了整整一个月。这一天，天降大雪，飘飘洒洒，古城西安小区解封的喜讯次第传来，经济社会秩序正在逐渐恢复。皑皑白雪之下，三秦大地显得宁静而有序！

回暖的大地上，一幅春景，大局巍巍！长安，常安！！

——原载《光明日报》2022 年 2 月 19 日

## 索洛湾答卷

### ——陕北一个偏远乡村共同致富奔小康的生动实践

**题记**

"帮钱帮物，不如帮助建个好支部。"……

——2017年2月21日，习近平在十八届中央政治局第三十九次集体学习时强调加强贫困村"两委"建设

索洛湾，曾水恶山穷。高原挤挨着、臃肿着，连绵不绝，把索洛湾挤压在一个犄角旮旯里。

原上一圈圈的梯田如上帝指纹，优美却寂寥。千百年来，在这土塬深壑窄狭的褶皱里，人们匍匐如土虱，在大自然的威力之下种谷、牧羊。

"索洛湾，索洛湾，吃油筷子数点点，吃水深沟往回担。"

"地少不保收，挑水半里路。雨天两脚泥，人往外面跑。"

多年前，陕西省黄陵县子午岭索洛湾，土厚川狭，靠天吃饭，贫瘠萧瑟远近闻名。这些民谣，不知是邻村人的客观创作，还是索洛湾人的辛酸自嘲。

"嫁人莫嫁索洛湾，缺粮吃来还少穿。"30年前嫁来的周金莲，提起往日叹息连连："我1990年生孩子，连5元钱的奶粉都买不起。老人教育娃娃：'不好好念书，你就一辈子窝在这穷山沟里！'"

时间到了1999年，一件事一下子让索洛湾炸了窝——柯小海突然决定返乡，竞选村干部。

乡人皆惊：这小子！有人说他掂不来轻重胡成精，还有人说他年龄太小没定性。

柯小海何许人也？

柯小海：土生土长的索洛湾人，24岁，四个姐四个哥，他是老九。自小能折腾，浑身都是胆，脑子爱琢磨事，几年前走出了大山去城里打工，在外已经闯出一番光景。

老支书路建民劝说道："你要想好，自个儿生意正红火，好不容易跃出了农门，村里人都羡慕你哩！"

"索洛湾这块石头太重！"父亲更是担心，"你怕扛不起来，还伤了自己！"

"在城里单打独斗做生意，每天一睁眼就是算计着如何赚更多的钱，一闭眼就陷入到了会不会赔本的焦虑中，人不由得变得狭隘了、自私了！这样的日子活着有什么意思？……"柯小海起了执念。

穷则思变！心胜则兴！

自此，柯小海挑起了索洛湾村的大梁，在奔腾不息的沮河右岸，一个偏僻小村的脱贫画卷就此波澜壮阔地展开了……

## 第一章　第一把火

### 01

索洛湾村在黄陵县城以西47公里处、沮河上游的凹形山峦中，是一个拥有96平方公里土地的村庄。

很久以前，村里有一棵老树，传说这棵树是玄奘大师从大唐长安一路向西万里迢迢到天竺国取经，带回娑罗树种子，种在沮河岸边成长千年而成。这个村因树得名，后来传来传去便有了索洛湾这样一个名号。

"1999年，我被选为索洛湾村的小组长。当时，村上有102户412口人，底子很薄，群众长期挣扎在贫困线上，没有一户村民家里的米缸是满的，乡亲们几乎每个月都要去邻村借米、借面。90%的村民都还住着靠山挖进去的土窑洞。也有个别住瓦房的，那是祖上留下的产业，却因年代久远，无力翻修，早就烂得千疮百孔……村里姑娘外嫁尚好，小伙子就惨了，外村的姑娘不愿意到穷窝子来受罪，不少小伙子30多岁了还单身。"这是当年真实的索洛湾村，柯小海回忆起来总是感慨万千。

村民生病了怎么办？

"自己挖一些草药胡乱喝。用土办法针刺放血，用生姜擦太阳穴。实在挨不过才请赤脚医生……"

生了大病怎么办？

"没有办法，基本上等死。"

20世纪七八十年代，柯小海家里人口多，负担沉重。父母是能吃大苦的人，哥哥姐姐们也都十分勤劳，可一年到头累死累活总是吃不饱肚子，动不动就揭不开锅。为活下去，母亲常去远亲近邻家借粮食，借油盐酱醋，乡亲们都很厚道，母亲从未空手而归过。那年月，家里的日子就是这样熬过来的。故而，他对贫穷和饥饿的记忆是深刻的，对乡亲们的慷慨施赠永怀一颗感激之心。

十几岁走出村庄打工的柯小海，先是给人打零工、做小工，挑水、和泥、搬砖、垒石，全是最苦最累的活儿，但他干得很踏实，能养活自己，还有余钱。有了点积累后，在朋友的帮助下，他贷款买车，做起了拉木材和煤炭的运输生意，因为聪敏机智又为人诚实，深得雇主喜爱，把生意做得风生水起，每年都有四五万元利润。五年以后，存款接近20万元，这在当时当地都算是天文数字。从这个势头看，他完全可以乘势而上，把生意做得更大更强，"百万富翁"已不是梦。

虽然自己已经小有财富，小日子足够滋润，可乡亲们都还穷着啊！

"一个人在外富了，想着村里人还受穷，我岂能安心？"

在柯小海看来，故乡的贫穷，遥远荒僻、自然条件差是一个原因，人们的思想封闭、观念落后、习惯贫穷、麻木不仁才是主因。如果有一个人，他能以一己之努力，给这片沉寂的山水注入活力，给人心灵以提振，把大家从一个陈年老梦中唤醒，激发出他们的内生动力，一切皆有希望。他就要充当这个角色！

就这样，在刚刚摸清生意门道，拥有了广泛的人脉资源时，他却断然撒下生意回到村上。

在这片黄土高原上生存了上千年，又磨砺出了自力更生和艰苦奋斗精神的陕北人，上天或许赋予了他们身上不安分的基因。

## 02

经过一番调研，小组长柯小海列出了索洛湾长长的"问题清单"：学校四处漏风、村道坑坑洼洼、村委会软弱涣散、缺产业致富无门……

柯小海首先提出修学校、改村道，想把这当成提振乡亲精气神的"第一把火"。

早些年，村庄最兴旺时，全村人都有一股子精神劲，上学时校长要敲击挂在树上的一块生铁，听到这生铁的声音，村民的一种敬仰、敬畏之心油然而生。当时，这所学校似乎是整个村庄的精神殿堂。现在，带着乡愁回归的柯小海眼前一片凋敝——这所村办小学是20世纪70年代普教时期的产物，历经20多年风蚀雨浸，14间大瓦房已经千疮百孔摇摇欲坠。夏天，外面下大雨教室下小雨；冬天，寒气从四面缝隙猛烈灌入，刀子似的往人身上扎，小学生冷得根本握不住笔……迫于无奈，在恶劣天气里，学校就放假，学生们的功课备受影响。校长多次找村上要求解决，皆因没钱被长期搁置。

为什么搁置呢？因为穷！上过高中的都没有几个，为啥？因为条件所限。群众没有文化、水平低，只能挣下苦钱，恶性循环。

富不富在支部，干不干看干部！有群众经常说，你看过去那谁当一个组长，还给咱弄了一个电磨。村干部弄了一盘磨，老百姓都能记到心里，说明干部还是要为群众干事，只有干了事，群众才能把你记起来,才能愿意跟你干。所以,我们看到柯小海1999年当选村小组长后做的第一件事,就是修学校。只有让群众思想解放了,有文化了,村子发展才有希望。

可是修学校却没有钱,咋办?

当时估算了一下,需要十几万元。柯小海先是每家每户走访,给群众说了很多掏心窝的话。

"你当你的干部,我种我的地,和我有啥关系?"群众对村上的发展不抱希望。

把群众叫来开会,谈了想法,没想到就有群众跳起来坐在桌子上,激动地说:你才多大一个娃,还能得不行!这一个下马威,柯小海无论如何也没有想到。

群众为啥这么激烈地反对呢?其实,村民心里对村干部压根不信任,怕村干部以修学校的名义把钱装进自己的腰包。

"靠天靠地不如靠我们自己。咱们村民义务出工,起码能把工钱省下来。非花不可的钱,如砖瓦、沙灰、石子啥的,由我来出。"村委会会议上柯小海当时就表态,村上修学校坚决不让大家拿一分钱,保证短时间内把学校修好,但是要投工投劳。

村委会主任张军朝说:小海呀,你的钱也不是风刮来水漂来的,凭啥往这个穷坑里甩?再说,现在包产到户以后,群众没了集体意识,只怕调动不起来。

柯小海说:村干部和党员带头,发挥引领作用。村民中的大多数是明事理的,只要把利害讲清楚,大家会配合的。

村支书路建民说:冲着小海这份心,行不行也得试。

其实,群众就怕收钱,说投工、投劳都是没有意见的。第二天,每家出一个劳力,拉土、挖地基,学校修建工程就开始了……

正值酷暑，骄阳似火，路建民、张军朝、党员阮怀林、陈安平、向奎林、岳淑平……20多位党员第一时间开赴工地。柯小海一马当先，赤膊上阵，最苦最累的活儿抢着干，每天都是第一个来最后一个回去，脊背上的皮脱了一层又一层，很有一股拼命三郎的劲头。

柯小海回忆说：我是农村娃，做墙、盖房子这些体力活都没问题。我和林场商量，让群众帮他们修路，换取学校所需的木材，又把一些木材拉出去换回来砖瓦。学校盖了40多天，我就在工地上守了40多天。群众看到了变化，也看到了我们干事的决心，积极性都调动起来了。

"咱不出力，学校修好了，孩子好意思进校门？"村民们看着党员挥汗如雨，起先是三三两两地来了，很快便全部出动，填土、拉车、抡铁锨，100多人参与的劳动场面热烈壮阔，动人心弦。索洛湾一改多年冷清，变得热气腾腾……由此看，群众是通情达理的，是能够组织起来的。

学校翻修用时46天，改造了14间大瓦房，还有围墙、大门，柯小海个人垫资3万多元。当一座崭新的校舍呈现在眼前时，孩子们欢天喜地，村民们笑逐颜开。

"这个功劳应该记在柯小海头上！这个后生，还真有点本事！"村民们伸出大拇指。

路建民从柯小海身上看到了一个年轻人与众不同的潜质。路建民感慨：这件事，让人不由得想起大集体时代的许多事情。群众能这么快地投入进来，这是我没有料到的……

柯小海说：毛主席说"团结就是力量"，其实大集体时代有许多不该丢失的好传统、好作风。

现在想来，修学校这件事对柯小海成长的深远意义在于让他心里有了底:"只要你一心为公,就没啥难事!"

学校修起来了,柯小海又跑到王县长那儿汇报。在此之前,他多次汇报,王县长就是没有给索洛湾批一分钱。看到新修的学校,王县长却很高兴,一次性给村上拨了3.5万元。

王县长说:小海,我如果当时把钱给你了,也不知道你要干啥事,担心学校没修起来,就把你修到监狱去了。

柯小海自忖:当干部,就得给老百姓干事情!你看,只要你干了事,领导就能支持咱,你不干事,领导也不敢支持你。——这是通过修学校柯小海的第二个心得。

03

索洛湾之所以被称为"烂杆村",贫穷固然是一个原因,而村街里猪圈、厕所乱建,畜粪遍地,杂物乱堆,其脏乱差也是一个不容忽略的原因。索洛湾穷,但再穷也不能不讲秩序不讲卫生。路修通后,柯小海又把注意力放在了改善村容村貌上。

当时的村民习惯把自家的院落、牲口圈和村道相连,遇到雨雪天气,村里常常是污水横流,村民们的入户路和连户路泥泞不堪;邻里之间时常因乱搭乱建问题产生矛盾。柯小海决心整治。他挨家挨户地排查,苦口婆心做"钉子户"的工作。

街道改造是一个更艰巨的工程,坑坑洼洼、曲折不平,连绵几里,并且与一部分人的切身利益息息相关,毕竟是伤筋动骨。相对此前的学校翻修,村街改造还是费了一些周折的。

在村民动员大会上,不少人当场表示反对,说索洛湾祖祖辈辈一直就这样子,并没妨碍啥事,为什么没事找事给人添乱?再说猪圈厕所不放在大门外又放在哪里？你总不能不让人上厕所不让人养猪吧？其实这些人的思想大家都心知肚明——他们都认为猪圈厕所所占地皮是自己的，一旦拆掉就等于把占有了许多年的地皮弄丢了。

柯小海激动地说：不知大家想过没有，外面人把索洛湾作践为"烂杆村"，把索洛湾人看作"烂杆"，究其原因就两个字："穷！脏！"其实，穷并不可怕，怕的是自己不争气，心甘情愿当"烂杆"。

柯小海又说：有一个概念一定要当众弄清楚。任何人都应该明白，你家大门外的每一寸土地都是集体的而不是个人的；你们说猪圈、厕所没有妨碍村上的事，这说法是错误的。村庄要改造，环境要改善，形象要树立，而你们的猪圈厕所挡在那里，这不是妨碍是什么？你们没有眼光，只盯着巴掌大点儿并不属于你的地皮，这叫一叶障目，连一寸也看不出去……你们没有进取心，没有公德意识，只一门心思地守着自家的坛坛罐罐、柴柴棒棒，这叫自私狭隘没有出息。大家为什么就不这样想想，当我们把村街治理得平整端直又干净卫生时，当我们的村庄形象有了明显改善时，谁不高看你一眼？

会议开得还算成功，大多户很快拆除了厕所和猪圈。可是，人们担心的钉子户还是冒出来了。他不拆不挪，纹丝不动。柯小海知道短期内难有结果，为不影响整体工作，建议工程先动起来，钉子户的工作慢慢做。最终，这几户钉子户还是被小海不温不火、不厌其烦地磨下来了……

村民再次参与，全是义务劳动，推土机、大小拖拉机、几十辆架子车自东往西摆开来，义务投工的百余村民挥镢舞锨争相出力，马达轰鸣，人声鼎沸，整个村庄焕发着昂扬的活力。

与以前频频说风凉话相比,这次村民热情似火,男女老少齐上阵,几乎每天都是全部上阵,每天干到深夜。吃饭时各回各家,吃自家的饭。

灯火通明,在热火朝天的索洛湾,村民们这样议论——

"只要能干活的都去了,不去感觉到丢人,感觉到是落后的。"

80岁村老也赶来帮忙,柯小海劝他回家。

"我要再看看!"村老说,"我年轻的时候修大坝见过这场面,现在又看到了,再不看,我可能就没有机会看了……"

柯小海已经几天没有合眼,浑身是泥浆斑点,两眼发红,像一匹狼。除了外出联系材料,他几乎每天都守在工地上,直至完工。这项工程他又贴进去了3万多元,赊欠在外的部分材料款还不算。

当一条宽阔平坦的水泥路东西贯通,当村容村貌第一次以规整洁净的面目出现时,几乎所有人都长吁了一口气,自豪感和成就感油然而生。

这两项工程是在柯小海上任不到两年时间内完成的,在索洛湾历史上堪称壮举,也引起了外界的普遍关注和镇上的高度重视。

"可别小看这俩工程,村里的精气神,完全不一样了!"老村主任张军朝竖起大拇指,"小海发动群众一起干,改变了大家。把大家的心和力气凝聚起来了。索洛湾,大有希望!"

"有钱办不成的事,没钱却办成了!"

"当大家都不讲钱的时候,奇迹就出现了!"

而柯小海却由此看到了更深层的东西:两件事都办成了,变化虽小,但能变就是好事,这说明索洛湾人的精神萎靡期已宣告结束!说明发动群众、依靠群众的办法是切实可行的!

人心黑天就黑,人心亮天就亮!心齐就是力量。

村还是索洛湾村,人还是那些人,分散了,谁也看不出一个村有多大力量,集中起来,真的能愚公移山——这也是善思的柯小海悟出的更深一层的道理。

看着平坦宽阔的水泥路穿村而过,听着明亮校舍里传出的朗朗书声,穷惯了、懒散惯了的索洛湾人感觉到,村里正生出一股劲儿!

## 第二章 找产业

### 04

即使是一条破烂的渔船,也需要有人掌舵。

2000年初,村里正盼领头人。加之村支书路建民极力推荐,在村里逐渐积累起威望的柯小海当选为索洛湾党支部书记。

在这里,需要特别强调的一点是,老支书路建民在接班人之事上虚怀若谷、主动让贤。

20年来,柯小海和路建民达到了难得的默契,一个眼神就知道对方的心思。对于老支书的帮助,柯小海也很少言谢。其实,他内心很感激老支书对自己的信任,常常有一种"士为知己者死"的私人感情在里边。

"小海脑子活,胆子大,看得远,能干事,没有私心。"后来,路建民经常这样评价柯小海。在村里人看来,从"娃娃支书"到一步步赢得村民的信任,柯小海凭的就是"没有私心"。

在路建民的心里,柯小海有一颗坚定不移为民的心,想得到做得到，雷厉风行，不拖泥带水。同时，他有思想、有见解、有智慧、有眼光，有慷慨无私的奉献情怀，有脱皮掉肉的实干精神。不是吗？学校翻修是非常急迫的大事，谁都能看到谁都办不到，但柯小海办到了，用时仅仅46天；村街改造那是所有人想都不敢想的事，但柯小海想到了也做到了。他能为村集体的事两次垫付六七万元，请问，能做到这一点的人在索洛湾还能找到第二个吗？基于这样的认识，他在村民中宣传鼓动，数次找镇上推荐，又鼓励柯小海做好准备，挑起村支书这副担子。

2001年10月，张军朝因家庭突发重大变故，无法继任村委会主任。经村民选举，柯小海又被推到了村委会主任岗位上。至此，这个由116户435人构成的山区村落的发展和生计重担，沉沉地压在了时年只有24岁的柯小海肩上。

村貌焕然一新，可柯小海另有心事——校有了，路通了，村上环境面貌有了变化，但是村民还是没挣到钱，怎么办？

大家都知道，索洛湾村之所以穷，穷在靠天吃饭，农作物种植种类单一。村底子很薄，群众长期挣扎在贫困线上，真是穷到底了。

没有产业，无法增加群众收入，脱贫致富就是一句空话。当务之急就是要给村民找产业、找发展的路子。

可是干什么呢？从索洛湾当时的现状看，似乎是昏天黑地铁锅一口，严严实实扣着索洛湾，连一点钻出去的明缝都没有。担任支部书记后，柯小海没有一天不在思谋着给村子寻找发展的路子。村党支部多次组织党员群众赴外地考察学习，开阔视野增长见识，先后引导村民发展过特色种植业和庭院经济，但都起效不大。

为寻求适合村上发展的产业，柯小海曾自费带着老支书路建民赴外地考察，增长见识，激发灵感。他明白在索洛湾这个小圈子里踅摸是找不到门道的。

说是考察，其实主要是到杨凌基地参观学习人家现代化的蔬菜、粮食、苗木的种植培育和畜牧等技术，咨询专家教授，遴选适宜在本地发展的产业。

考察期间，个人自费，住的是附近的私人小旅店，一个两人间一天20元；饭是一人一盘面，不够再加个饼子，一顿饭两个人绝不超过10元。在杨凌基地，随便走完一片棚菜区，不下十几里地，走完一两个畜牧场少则七八公里多则十几公里。本来从一个基地到另一个基地有专用电瓶车可乘，但为了节省那几元钱，他们在十多天里都是步行，一天下来不下二三十公里，腿脚都浮肿了。活生生《创业史》中梁生宝买稻种的重演！

回到旅店，小海给路建民打来洗脚水，歉疚地说：叔呀，你本来退下来无官一身轻，让你跟上我受苦了！

路建民说：话不能这么说，为村上的事，你个人自费，也是一天跑到晚，你就不苦吗？再说，你小小年纪就有这么大雄心，我感动都来不及哩。

小海眼中似有泪光在闪，他说：叔呀，您要把我"扶上马送一程"啊，我小海从上任的第一天起，就把自己的一切都交给索洛湾了，只求选准路子，尽快走出第一步……

路建民深受感动，他说：叔年长你20多岁，只要这把老骨头不要麻达，我一定尽我所能，把你支持到底。不为别的，就冲着你这份执着的公心！

两人坐在床边泡着各自脚上磨出的老茧，路建民心里暗忖："小海为了乡亲遭这罪，全凭一颗公心！这娃能干成！"

## 05

索洛湾的产业路子一直在探索中延伸，养过蘑菇、栽过速生杨，还养羊、养猪、养鱼，村上也成了乡上和县上产业发展的试验田，但这仅仅只是解决了群众的温饱问题，要想致富，还得谋求新的发展。

眼界一开，收获不小。经过多次外出艰辛考察，与专家们反复论证、商榷，索洛湾终于找到了几种适合当地气候土壤条件的作物和畜牧水产品。考察结束后，小海立即召开两委会班子会，并请镇上的主管领导和农林牧技术人员参会，研究讨论具体实施方案，形成了"多业并举，稳步推进，积累经验，惠及全村"的战略思路。

在村民大会上，柯小海正式宣布：经过村、镇两级研究，我们要从三方面入手。一是引进优质蘑菇、香菇培植技术，这两种菇是饭店和城里人餐桌上的常备物，需求量很大，前景大好，收益比粮食高出几倍。二是建设蔬菜大棚。咱这里空气清新，灌溉方便，如果能种出四季鲜嫩的蔬菜，源源不断地卖向城镇，效益一定很好。三是发展畜牧养殖业，山里面水肥草美，养牛养羊养鸡养鱼的条件得天独厚，如果加以利用，搞出具有大山特色的畜牧水产品，那可是赚大钱的事。这是目前最适合我们走的路子，请大家积极报名，踊跃参加。

索洛湾人祖祖辈辈都是种庄稼的，要上这些新项目，首先要落实参与的家户和一定数量的土地面积，这等于是改变土地用途，村民的脑子能转过弯吗？

围绕这个决定，村民们闹哄哄乱糟糟说了许多话，多是对悲观情绪的宣泄。不外是家家把粮食看得比命都重要，对粮食以外的任何东西都不感兴趣，况且一家比一家穷，没钱折腾！

"这也不行那也不行，照你们的逻辑就这么干瞪眼死守着贫穷？遇到困难不想办法克服，只想着逃避，你们不觉得自己无能窝囊吗？我告诉你们，天上不会掉馅饼，世界上从来就没有免费的午餐，幸福是等不来的。这么下去，索洛湾再过20年还是现在的烂样子，甚至比现在还烂……"柯小海情绪有些激动，语气也有些咄咄逼人，"'穷则思变，要干，要革命'这是毛主席的话，他老人家说出了一个真理啊！没钱我们可以争取政策支持，可以借，可以贷，可以通过多种渠道想办法……"

村上一位老人说："都是些戳牛后半截的山民，种一辈子玉米，成老习惯了，你让他腾地上新玩意儿，他害怕赔钱，心里没底，这一点你得理解。一镢头挖不成个井，一口吃不了个胖子，你得慢慢来。"

柯小海说："不能慢，要快！和山外比，咱们已经很落后了。我是支书、村主任，大家的眼睛都盯着我，那我今天就表个态——我腾出二亩地建蔬菜大棚，再养两头秦川牛，给大家带个头。另外，我建议两委会班子成员都必须根据各自情况选一个项目，党员干部决不能落到人后！"

"当时，索洛湾村村民把粮食看得很重，除了种粮食，他们对种任何东西都不感兴趣。"张军朝回忆当时的情景说。

"堂"上面是太阳，下面是房子，中间是人，下边是土地。农耕文明就是种田，田人合一，传宗接代，建房筑祠堂。为改变全体村民的观念，县、镇蹲点干部和两委会班子十多人帮忙分头谈话，遇到的情况几乎一模一样，十之八九都是一个面孔，一个腔调。概括起来，理由是一样的：种庄稼保险，搞其他冒险，我们不冒险！

有的村民话说得很难听：我从生出来到现在50多年了，索洛湾人一直在种玉米，穷是穷点儿，但心里踏实，这不挺好吗？书记、村长、村委会主任我经历过十多个，谁也没像柯小海这么瞎折腾……地是我的，我就爱种玉米！

面对如此"老顽固"，小海只能将其暂放一边。好在在大家的耐心鼓动下，有22户人家参与进来了，加上班子成员，共有29户接受了新事物。虽是一小部分，但这一小部分人承载着索洛湾的未来啊！

自此，索洛湾的这群先行者，迈出了艰难而勇敢的步伐！

## 第三章　合作社

### 06

2004年的时候，柯小海带着群众去河南省南街村参观学习。南街村是索洛湾很多群众梦寐以求的一个地方，经常听人说有多好多好，从来没去过。村里的一个60多岁的老人说，他连黄陵县城也没有去过。柯小海就决心把大家带出去看一看，一方面让大家见见世面、开开眼界，另一方面也让大家看看人家是怎么发展的，学习学习人家的经验。

到了南街村，晚上8点多，大家吃了最奢侈的一顿饭。吃的是每人20块钱的自助火锅，由于那时候村里条件不好，很多人都没吃过，有的人吃了歇，歇了吃，就感觉那火锅特别香。

这顿饭，让柯小海非常难过，当时就流下眼泪，他一定要想方设法带领群众过上好日子，群众生活没有翻天覆地的变化，就誓不罢休。

在柯小海和村两委会班子成员的耐心说服下，索洛湾村共有29户尝试产业发展新路子。当务之急，得先干起来！他要带着这些先行者，尽快搞成几个项目，用铁的事实去教育大家。

深知自己倡导的这次行动对索洛湾来说具有革命性意义，柯小海非常注重两委会班子的集体领导作用。

在一次有县、镇干部参加的会议上，柯小海给两委会班子郑重地强调了三点要求，颇为精彩：一是心齐心正心无私。我们是全村的带头人，所有思想行动都要集中在这个核心目标上，把它当成整个索洛湾的事业去搞，而不是只顾自己的一亩三分地；一个人做好不是目的，让29户跟着我们先走一步的人都能成功，通过示范引领把全村人都发动起来参与进来才是目的。二是互帮互学互推动。这回不是种玉米，各个项目都具有一定的科技含量，在实施过程中，除了专业技术人员的现场指导以外，大家在经验、技术、信息等环节要互通有无，挽起胳膊一起走。三是敢作敢为敢担当。路选好了，就坚定不移地跨步走，不怕跌跤，不怕失败，义无反顾，永不回头。

"如果挣了钱，是大家的，赔了算我的。"目标定下了，可柯小海夜夜都睡不着觉了，经常听着田里的虫鸣到天亮。他也落过泪，却是在人看不见的地方。

小海在外面熟人多、关系广，29户的涉外事务全托付给了他，主要是贷款。由于户数多，份额小，手续十分繁杂，整天都是求爷爷告奶奶到处跑。那时，出山的路十分糟糕，因为前川分布着十多个煤矿，每天都有成百上千辆车往返，腾起的蹚土和着煤尘漫天飘荡，两三米以外视物不清，人是吃着土末煤渣行进的。去一趟镇上7公里，去一趟县上47公里，无论去哪里，只要你在路上走，刹那间就成了黑人。小海骑一辆旧摩托车，在县上镇上不停往返，一天下来，除了眼睛和牙齿是白的，全身上下黑得掉渣。

此时，村民们心疼地给小海取了个外号：野猪娃儿！意思是不知疲倦，跑得快。

## 07

功夫不负有心人。在不到一个月时间里，索洛湾村先后建成了40座蔬菜大棚，培植了600平方米的蘑菇、香菇。当年5月第一茬蔬菜上市时，这两个项目就有了很好的收益。

榜样是最好的动员令。当村民们看到一筐筐鲜嫩的蔬菜运往山外时，当柯小海的蔬菜大棚不到两个月就收入了7000多元时，当大家算清了一茬玉米生长期需半年，亩产值却不足300元，而大棚菜生长期仅有两三个月，亩产值却能达3000元这笔账时，没搞大棚蔬菜种植的村民就后悔了。

同时，结合县上的川道产业开发，索洛湾尝试搞秦川母牛养殖。当时还是没有钱，就贷款，用了十几家的户口本贷款买了40多头秦川牛。

牛买回来了怎么养？看到单家独户养牛很不方便，饲养和技术都有问题，村里立即着手建集体牛舍，把牛集中起来养，把群众解放出来，养牛的收入一分不少地分给群众。县上技术员离索洛湾非常远，来回不方便。柯小海就想，让每户给村上交500斤草，每天一户轮着养。一年下来，索洛湾村的养牛经验出名了。村里也成了乡上和县上的养殖示范点。

第二年，村民蜂拥而起，索洛湾村先后建成蔬菜大棚116座，实现户均一座棚。随后，村民中出现了稻田养鱼专业户、养鸡专业户、养牛专业户，村民张青的万只鸡场达到月均收入6000余元。

"过去紧抱玉米，现在烤烟、水稻、棚栽等多元发展。"柯小海说，"思路一转变，就能充分挖掘出土地的经济价值。"善于总结的柯小海把索洛湾的起步阶段称之为"草创期"。

实践证明，索洛湾29户先行者选择的路子是正确的。

在村两委会开会时，柯小海强调值得牢记的经验有三条：一是班子团结凝聚形成的战斗力不可估量，在今后的工作中要继续发扬光大。二是变单打独斗为抱团发展，一改过去单一的种玉米为多业并举，充分开发利用了土地的经济价值。三是村民团结协作所爆发出的智慧、能量，激发出的内驱力、创造力和蓬勃旺盛的拼搏精神更值得珍惜！

是的，索洛湾在草创期就于自觉或不自觉间形成了集体主义观念，这个观念被后来的发展反复论证，百试不爽，成为索洛湾激发内生动力的法宝。

当时的延安市委书记王侠来县上调研时安排的一个点就在索洛湾。王侠到索洛湾一看，说牛养得不错，问还有什么困难，柯小海说没有。

王侠高兴地说：我走了一路啊，大家都说各自的困难有多大。唯独在索洛湾，啥都不要，小海是个干事的人，这样干事的人才要支持！

王侠环顾左右同来的领导干部们说：今天扶贫，怎么帮扶都不为过，关键是农民自身要产生内生动力。我看索洛湾这股劲，这就是内生动力出来了，要支持！此后，市上就安排给了村上10万块钱。

## 08

长期以来，中国的农村有一个现象——生产队解体后，村里只见个人不见集体，青壮年都出去打工了，村不村，组不组，家不家，村里落后的环境缺少人去改造。青壮年都走了，留在村里耕种的老人、妇女很辛苦。光靠种粮，解决了吃饭，穿衣看病孩子上学都需要钱。这也是许多人出去打工的原因。

村支部大会上，柯小海皱着眉头分析说：我们折腾了几年，为啥富起来这么难？是因为我们没有组织起来，没有好产业就留不住人，村里只剩下妇女、儿童和老人。我们要依靠群众发展。我们要组织起来，成立合作社。

见众人神色犹疑，柯小海动了情，他说：世界上所有的贫穷都是守旧懒惰造成的，所有的富裕都是勤劳苦斗换来的；世界上所有的路都是人走出来的，所有的奇迹也都是人创造的。我们索洛湾人不呆不傻，也不缺少力气，为什么就不能脱掉穷皮当富人？

路建民说：小海说到根子上了，全村抱成团，成立合作社是对的。

"我们索洛湾，三到五年基本脱贫；五至十年，实现小康！"柯小海一番豪言壮语，惊呆了大伙。

路建民却一字一顿笃定地说：小海这话，我也信！

产业慢慢有了，柯小海敏锐地进行了两项关键的改革：第一步是调整产业结构。就是在现有养殖种植的基础上，把原来在外打工又返乡的人组织起来，搞建筑公司、运输公司。第二步就是成立合作社。

合作社在索洛湾已经不是新话题，早在20世纪50年代就有互助组、合作社，土改后家家都有地了，可是村里有妇女意外失去丈夫的，老年丧子的，全家患病的，分到了土地缺少劳力耕作，但是节气不等人，春耕了，地没有种下去就要耽误一年。于是，有劳力的帮助缺劳力的，有耕牛的帮助没有耕牛的，从邻里互助扩展到同村互助，从季节性生产互助发展到固定的互助合作，之后就发展到几十户人的生产合作"初级社"。这些最早出现的互助组、合作社，更多的是"弱弱联合""穷穷联合"，最后发展到"强弱联合"，而不是多年后媒体上见惯了的"强强联合"。发展的结果是这些穷人联合起来，显出了集体的力量，干得轰轰烈烈。

党的十八届三中全会关于全面深化改革的决定里说，农民有承包经营权，这个经营权可以向专业大户、家庭农场、农民合作社、农业企业流转。柯小海牢牢地记住了"流转"这个新词，他要把索洛湾分散的、零碎的，甚至被人撂荒的土地都集中起来，搞规模经营，实现效益最大化。

索洛湾棚菜和养殖业已形成规模，为了更有效地协调好产销关系，村党支部研究决定：成立经济合作社！棚菜合作社＋养殖合作社＝党支部领导下的联合经营公司。

这个模式的创立，实现了有计划的生产、有计划的销售，经济效益连年提高。

在这些产业稳步推进的同时，多谋善断的柯小海又提出筹建一座粮食加工厂的建议。

索洛湾的大米筋道、油性大、口感好、有余香，玉米糁则色泽光亮、黏而不腻、甜香爽口。山外求购双龙大米和玉米糁的人很多，每年都有总量的60%销往山外。但价格太低，农民收益太少了。形成对比的是，冠以"雪国之王"的袋装东北大米，包装精美，售价惊人，单价是双龙大米的数倍。这种东北大米做熟了品尝，确实好，颗粒均匀，滑爽筋道，香味浓淡相宜。但与之相比，双龙大米也绝不逊色。如果加工手段先进，包装新颖时尚，形成品牌，打出山外，双龙大米价格将数倍增长。再加上广受欢迎的玉米糁，如果把这两个牌子打出去，辐射带动整个后川，必是一项长久的、前景可观的事业。

大家一拍即合。于是，一座由村上投资9万元，年加工量25万公斤的现代化粮食加工厂很快建成运营，袋装"双龙大米""双龙玉米糁"顺利进入市场，供不应求，当年赢利50余万元。此举还带动大院子村、官庄村、河浦村筹建了豆制品加工厂，搞起中蜂养殖业。

为了更有效地协调生产和销售的关系，柯小海带领村民整合了原有的3个初级的小合作社，成立了黄陵县索洛湾轩辕土特产专业合作社，吸纳成员58人，通过提供产前揽订单、产中助管理、产后帮销售服务，帮助村民科学种植养殖，共同打造索洛湾农产品品牌。合作社还积极开展线上线下销售，在淘宝、乐购等电子商务平台开办了6个网店，在西安、延安、宜川等地开办了8个实体店，实现了农户与消费者"双赢"。

乔生富的家在村东头。这是一个大院子，院内的平房前是一个塑料大棚，透过塑料薄膜可以看到里面生长的绿色蔬菜。乔生富家共有7口人，两个儿子和儿媳都在合作社打工。他说，今年全家收入要超过50万元，年底村上还有几万元的入股分红。十几年来，他已经给两个儿子分别买了商品房。

我们看到，索洛湾人对自己的"村社一体，合股经营"的合作社有更多的体制自信。当村民在这个集体中过上有尊严的劳动生活时，才感到主人的地位，这是产生内生动力的真正源泉。

## 第四章　村集体的第一桶金子

### 09

产业刚有起色，索洛湾人又面临新抉择：2003年，黄陵矿业公司二号煤矿开始筹建，打算征用索洛湾村东的部分土地。

柯小海敏锐地感到这是个好机遇，煤矿原煤产量大，煤需要往外运，运输方面大有文章可做。这是一个千载难逢的机遇，一个能使索洛湾实现大转折、大发展、大繁荣的历史性机遇。

"年产1000万吨的大矿搁村里，咱的发展机会，只会有增无减！"支部会上，柯小海兴奋不已，"村民在家门口就业，一盘棋就活了！"

柯小海认为这是机遇，但乡亲们并不认同，心里没底，来找他的人一拨接一拨，络绎不绝，都是诉说失地之忧。

老实说，一次征那么多地，大部分人心里都没底。

索洛湾之所以穷得太久，就因为人们对粮食过分依赖，亘古迄今都秉持农事是万事之本，粮食为立命之本，对种粮食以外的行业，大家都会本能地排斥，甚至视之为不正之业。他们谨慎老实，守几亩土地，与世无争，与人无争，与天无争。土地是农民的命根子，失去土地就等于失去了一切，万一将来出现某种不测，仅靠一次性补偿的征地款远远不够，那是坐吃山空啊！而把土地紧紧抓在手中，情形就大不一样，人心是踏实的。

为了减轻群众心理压力，柯小海在村民动员大会上这样讲：那么大一个矿搁咱这儿，势必会拉动与之配套的新生产业的发展。这叫土地流转，我们把土地转租给国企，价值只会有增无减，因为它能为我们创业和富余劳动力就业提供许多机会。如果把二号煤矿比作一艘航空母舰，我们就是停在它的甲板上随时起飞翱翔蓝天的战斗机！

由于前期工作认真扎实，征地进展十分顺利，用了不到一个月就地款两清，没有任何后遗症。

中国14亿人口，18亿亩耕地为底线，人均耕地是一亩二分，平均亩产320公斤，按此计算，一亩二分耕地的粮食产量约380公斤，以人均粮食370公斤计算，18亿亩耕地也就是中国人的"口粮田"，这也是"底线"。土地承包制实行近40年了，土地上也积下不少纠纷，原因五花八门。如今确权、重新丈量、流转……过程琐碎而艰难。

二号煤矿负责人梅方义动情地说：你大概也听说过，以前为征地，我们吃尽了苦头，一说征地就头疼，你们村好啊。

征地款属于个人部分的，分文不差，很快付清。

发展初期，合作社、村集体95%的利润都用于给群众分红。这种"分干吃净"的分红办法，后来村上觉着行不通，不利于村子长远发展。于是，这次属于村集体的80余万元没有按人头下发，而是作为创业基金暂存起来留待后用。可是群众有猜疑，担心这笔巨款会被村干部贪污或挥霍掉。

这是个敏感问题，不容忽视。一位县委主要领导曾在农村改革工作会议上分析了全县农村党支部，大多面临着前所未有的信任危机。其中的原因当然很多，但主要原因是制度缺失，监管乏力。一些村干部背离了起码的理想、信念，脱离群众，无所作为；个别村干部道德沦丧，独裁专横，目无法纪，十分嚣张，影响极坏。农村工作是全县改革的重中之重，干部队伍要纯洁，班子建设要加强，就必须把那些党性强、觉悟高又能真心为民办事的同志选拔上来，要制定切切实实的管控制度，这个制度的执行落实情况必须直接接受村民监督，权力运行必须公开透明。只有这样，党支部的威望和信誉才能提高！

平心而论，以时下政策说，群众要求分钱是合理的。但是，一次性发下去，集体没有一分积累，往后要上项目，搞实业，钱从何来？

黄陵矿业公司早于数年前就征用了前川好几个村子的地，有的村子把钱按人头一次性分完，群众用所得的钱自由折腾，开饭店的、办商店的、跑运输的、搞企业的……五花八门，风起云涌，由于缺乏领导和统一管理，形不成规模，成不了气候，最后大多自生自灭，有的人甚至沦落到赔光老底连吃饭都成问题的惨境。

其中的教训是什么？当然是失去了党支部的坚强领导，没有形成一套统一的科学的管理机制，村集体没有积累，没有实业，党支部、村委会很难发挥好作用，任由个人单枪匹马地进行江湖式经营，其结果只能是失败。也有的村子，虽然截留了一定数目的发展基金，皆因说不清道不明的原因，短短几年时间，钱没了。

由此看，群众的担心也是有道理的。

有那么一段时日，柯小海陷入了沉思——既然如此，倒不如全发下去，群众的眼睛再也不用老盯在这笔钱上，村上也用不着背着这个大包袱让人指指点点，落得个清静安然又有什么不好呢？可是发了以后会是什么局面？肯定是散兵游勇式的零敲碎打，本来可以集中使用办点大事的资金一经分散就撒了胡椒面，什么事也休想办成。

怎么办？发还是不发？

柯小海思考的最终答案是：不发！

不发就要对群众有所交代，就要把这笔钱的一分一文都花在刀刃上，让所有人都心服口服。这是一项重中之重的工作，这一课必须补，必须尽快解除群众的信任危机。

柯小海做人行事从来都是雷厉风行，在他的主持下，很快为村干部制定了"三不三要三化"原则，即"不贪不占不拖拉，要勤快要务实要敢负责，理论学习经常化、事务决策民主化、财务管理透明化"。在财务管理上还有更具体的规定："村集体支出的每一笔钱，必须经由班子成员集体签字通过，重大支出必须经由村民大会表决通过。每半年公布一次账务，所有财务活动必须置于群众的强力监督之下。"这一举措一出台，在使群众完全放心的同时，也成了党支部、村委会永远的铁律。

同时，针对农村产业发展困难、集体经济管理模式滞后的问题，他提出了"支部牵头、企业管理、村民参股、市场运作"的工作思路，并首创了党员值周制，推行"板凳轮流坐、都来当'村官'""小事支部研究、大事集体决策"，实现了村务管理由"为民做主"到"由民做主"的转变。

现在看来，柯小海约法三章有深远意义——一开始就树起了班子形象、凝聚了全村人心，为快速发展打下了牢固基础。

10

建矿之初，矿区并不愿意跟村上合作，担心群众不讲理、胡搅蛮缠，工作不好弄。柯小海在和矿上交往的过程中，也猜到了他们的心思和顾虑。这么大的国有企业能落户村里，这是多好的机遇呀！为了给企业创造良好的建设环境，打消他们的顾虑，从矿上征地开始，柯小海就努力做群众的思想工作，说服群众坚决不能漫天要价、围堵阻挠施工，并主动上门和矿上沟通，慢慢地就和矿上建立了良好的关系。

有一年，一场洪水淹没了索洛湾村崖头庄小组，柯小海不顾腿脚多处受伤，带领全村35名党员干部及时转移群众和抢搬财物，使受困的15户45名群众全部安全转移。当得知黄陵矿业二号井的一个工队所住房屋进水，需要转移时，他又发动村上党员干部腾出40间房子，让百余工人有了临时住处。

当时二号矿建设得很快，很多车来拉煤，但没有地方去停车。上百辆大家伙因找不到停车场到处乱停乱放，本就逼仄的公路常常摆了一条扭七捩八的数千米长的黑龙阵，行人和其他车辆过往极不安全，剐蹭、磕碰的事经常发生。

柯小海就想，为什么不能办个停车场？既能解决二号矿的停车问题，又能增加村上收入。村上以停车场为主体，发展与之配套的产业诸如洗车、修车、住宿、餐饮、商店等，富余劳动力就业、村民自主创业等一系列问题便迎刃而解，一盘棋一下子就走活了。况且这是一次投资，长期受益的事业，简直妙不可言。

但是，这件事必须和矿方协商，取得人家的同意和支持才行。

小海去和矿长谈的时候，人家挺为难的：他们正在计划筹建停车场，以解决部分子弟的待业问题。

小海说：你们是国企，摊子大、底子厚、岗位多，问题好解决。可我们就不一样了，失去土地的村民无事可干，游手好闲，后续发展问题已成燃眉之急，如果解决不了，会给我们当下造成克服不了的困难。为了农民兄弟，你们就发扬发扬风格吧！

矿长本来就认同柯小海的为人，又明白这是为一大批农民兄弟出让利益，便爽快地答应下来了。

经过与村民商议，柯小海提出"依托矿区，搞好三产，增加收入"的发展思路。征地时他挨家挨户动员，并向乡亲们承诺："大伙把地给我，就是把命给了我，我绝不会辜负这份信任！"

仅用两个多月，总投资90万元，一座"支部牵头，企业管理，集体控股，村民参股"的大型现代化停车场就建成投用了。洗车场、修理厂、综合运输公司、住宿、餐饮、商店等步步跟进，一条衔接紧密的产业链不到一年就形成了。

彼时，村民纷纷疑惑：建设停车场有没有用呢？村上把停车场建好后，果不其然，事情就按照群众的担心来了。拉煤车都停在公路边，就是不往停车场里停，还告村里乱收费！

在这期间，矿上的拉煤车也是越来越多，公路窄狭，经常造成堵车现象，结果就被媒体给曝光了。这件事也引起了县上的重视，柯小海借此给县上领导汇报了村上建设停车场的情况。为了规范有序停车，解决道路拥堵问题，柯小海又多次跑到矿上沟通，和交警队协商。最终，有了矿上和交警部门的支持，所有的拉煤车都很自觉地停到了索洛湾的停车场。

通过这个停车场,索洛湾村集体收获了第一桶金!

有多少?当年,项目收入70万元;次年,利润超过100万元。后来稳定为年收入400余万元。

看到这么多钱,群众高兴得不得了。这条路柯小海也就走通了,也就解决了一系列问题。后来,矿上也给了村里大力的支持,依靠矿区煤炭运输,索洛湾还采取集体控股、全民入股的形式,成立了洗车场。随后几年,柯小海又带领本村及周边村子组建运输公司,公司年收入达到1000余万元,村集体收入也就越来越多。

## 11

村是一个小社会,怎么能没有集体资产?村是中国最基层、分布最广的群众性自治单位,缺集体经济,村子就涣散了,紧密不起来。

大河有水小河满。集体经济要发展,必须让群众参与进来。大家拧成一股绳才有劲儿!他们就商量,村上整合所有可以利用的土地,让村民以土地承包经营权入股,又将部分集体土地或资产再租给村民,将村民所付的承包金纳入集体收入。这样一来,群众的收入增加了,积极性更高了,也促进了村子长远发展。

经过十多年努力,目前索洛湾村集体资产壮大到近亿元。村集体经济日渐殷实,柯小海领着村干部,制定了财务管理新规:村集体支出,须经班子集体签字通过,重大支出由村民大会表决,及时公布账务。这项规定,至今都是索洛湾两委的铁律。

不到十年,索洛湾一改"姑娘外嫁喜洋洋,小伙娶妻愁断肠"

的恓惶面貌，实现了"资源变资产、资金变股金、农民变股东"的历史性步子。

索洛湾人终于有钱了！

自2005年起，实现人均年分红5000元，人均年收入25000元，公共积累1800万元，是2000年以前的十多倍。

柯小海一诺千金。他用铁的事实兑现了"三到五年基本脱贫"的诺言，也向世人庄严宣告：索洛湾人选择的"发展集体经济，走共同富裕的道路"是正确的。

毋庸讳言，索洛湾第一次经济腾飞得益于土地流转。因了这次成功的流转，实现了"资源变资产、资金变股金、农民变股东"的历史性转折。

柯小海心里有了底。在决定索洛湾前途命运的一次支部会上，他果断提出："团结起来，图变图强，坚定不移地沿着发展集体经济之路阔步前进！"你可以把它解读为口号，也可以把它看作索洛湾今后的道路模式。与之配套的还有"党员垂范，积极奉献；心无私念，集体至上；咬定目标，全力以赴"，这是党支部、村委会的精神标识。就这两条，他请大家谈谈看法。

老支书路建民第一个发言：这两条体现的是公道公平公正公心，完全体现了党的宗旨，我赞同。

阮怀林说：咱们索洛湾需要走这样的路，只要是一心为集体，就不会走偏。

岳淑萍说：集体发展，共同富裕，肯定是我们党的一贯主张，这样走才是对的，我举双手赞成。

柯小海说：在发展模式上，该变的一定要变，不变就没有出路。但是坚持党支部的全面领导这一条千秋万代都不能变！

其实就是从这时起,索洛湾人就解决了自己从哪里来、走什么样的路、要向哪里去的问题。

集体经济发展壮大了,村上成立运输公司、工程公司、旅游公司、停车洗车餐饮龙湾汽车服务公司,吸纳300多人就业。群众的就业机会增多了。村上利用运输队,每年组织劳务输出70余人,协调周边矿业公司招录工人50余人,依托薰衣草庄园、沮河漂流、生态餐厅等项目,吸纳48户村民就业。村民一边按人头在集体经济收入中分红,一边又以劳务输出的方式打工赚钱,可获得分红和务工两份收入。从2008年开始,索洛湾村村委会开始为村民统一配发电视机、电脑、冰箱等家用电器,缴纳养老保险金和新型农村合作医疗费用,按月给村民发放米、面、油和洗漱用品等。每到年底,每个村民还能领到5000元的集体分红。村里引上了自来水,铺设了环村水泥路,安装了太阳能路灯……

## 第五章　巧借大船小船出海

### 12

2013年,陕西黄陵国家森林公园开工建设,索洛湾村的发展再次有了新的机遇。

陕西黄陵国家森林公园建设工程拉开帷幕,入口本来定在别的村子,但因土地租用问题谈不拢,被搁置下来了。柯小海获知情况后,立即找到公园总负责人刘玉高,主动要求把公园入口建在索洛湾。

他说：你们唱大戏呢，能不能让我们村借您的台子唱个小折子戏？

刘玉高因在征地问题上屡屡碰壁，有点不大相信，问他：这么简单，靠谱吗？

柯小海说：我还没做过不靠谱的事哩。你只要愿意来，我会向你提供全方位支持，且条件优惠，租金最低。

刘玉高十分高兴，说：早就听说你这人豪爽、干脆、大气，果然如此。时间很紧，十天拿得下来吗？

柯小海的回答是：三天。三天就够了！

其实柯小海找刘玉高是经过深思熟虑的。此前，他曾不无遗憾地说过这样的话：森林公园是篇宏伟壮阔的大文章，围绕她可以做许多精美的小文章，可惜出入口都不在咱这儿！

现在公园入口谈妥了，但是困难和阻力比他预想的要大。开群众会的时候，部分群众就有意见了，说：每亩租金只有1200元，比给二号煤矿的租金低不少，我们吃了亏。

这一情况的出现让柯小海多少有些意外。

柯小海给大家说：这次出租的全是荒地，闲置着一分钱价值也没有。1亩地一年1200元，10亩地1.2万元，100亩120万元。为什么要把地流转租给森林公园？原因只有一点，把景区修到咱们村口，那么咱们村就是景区。只要有景区，我们就能挣钱，譬如开旅店、农家乐，还有工艺品、文化产品开发，等等。如果森林公园景区办公区修在索洛湾，就是整个的旅游服务中心在索洛湾，带来的效益还不止这120万元。再说，公园一旦发展壮大起来，我们周边的山水必然得到规范化治理，人居环境将会得到根本改善，而这些投资无须我们花钱。我们低租金流转土地并不是丢弃利益，而是变废为宝。大家都在心里算算账，好好琢磨一下，这到底是不是好事，划不划算。

经过他这么一分析，有顾虑的群众都开心了。不到两周，地的事就办好了。

通过这件事儿，刘总觉得村里的人不胡来，有诚信、可靠，才开始和柯小海班子打交道。

第三天下午，他和公园方确定了入口引进方案。

在公园建设期间，柯小海闲暇时总去附近的沟沟岔岔、梁梁峁峁到处转。貌似逍遥，其实是在搜索和寻找其中的契机——如果索洛湾把国家森林公园建设作为发展自己的依托，完全有条件发展属于自己的旅游产业，虽说目前还没有成熟方案，但优势是明摆着的。顺着这个思路，他又联想起村子西头向北伸去的窨子沟，那是他儿时的乐园。

窨子沟不算深，约2000米，也不宽，最宽处不过百米，但风景却极神秘、奇特，有两眼清冽的泉水，流量充沛，二泉之水相汇，像一条白练似的小溪伸向沟口。一入沟口，地形活脱脱一个巨大簸箕，赭红色危崖高处，凸现几十个大小不一的石窟，距地面两三丈，想必是上古先民们为躲避灾祸架着云梯开凿出来的藏身之地……可是因没有可以攀爬的路，谁也没上去过，这便使人对此怀有永远的神秘感。往后走，就是世外桃源一样与世隔绝的峡谷寨。要想从窨子沟到峡谷寨，以前必须借助特殊的绳索或者吊篮才能进入。再往后走，地势忽然开阔起来，大桥山以西山脉清晰可见，云遮雾罩，犹如置身桃花源中……如果把它开发出来，与黄陵国家森林公园景观和河道漂流接通，那不就是一条浑然天成的风景链吗？！

村民一听柯小海乡村旅游的思路，纷纷摇头："几辈人都守着这山沟沟，有啥逛头？"

"咱们的每一分钱都来之不易，并没有富得流油，咋能随随便便就往荒山野谷里扔？那得砸进去多少啊！再说，那种玩玩乐乐的洋活事就不是咱农民该干的……"党员陈安平和柯小海年纪相仿，自小海上任以来就如影随形，不离不弃，亲身经历见证了柯小海的每一次决策，是最坚定的支持者之一。但是这次，他明确表明了自己的意见：我不同意！

副支书阮怀林说：我同意安平的意见。你说依托黄陵国家森林公园搞一搞餐饮、住宿、农家乐、工艺品、文化品开发的思路我是赞成的，但要另外上那么大的实体项目，以我们现有的财力来说根本不现实。眼下，咱们的新区建设正在进行中，总投资好几千万，我问你，你是该集中力量建新区，还是建一条什么也不是的破荒沟？

阮怀林说的"新区"，是索洛湾村民翘首企盼的新家。自2005年以来，索洛湾有了可观积累后，首先考虑的自然是基础设施建设。按村民要求，经县、镇两级批准，村集体投资在老庄基南面平整出60亩土地，建设一座古典特色与现代人文理念相辉映的新农村规范化、标准化新区。建成投用以后，每户只需交纳10万元就可入住上下两层200多平方米的小洋楼。此工程已于2011年开工，完成了主体建筑，工程正在紧张进行中。在这样的节骨眼儿上提议开发景点，首先是资金无法分配，这也是事实。

"那么多地方搞旅游都发了，咱好山好水，咋就不行？"柯小海倔脾气上来，一家一户做工作。

峡谷漂流、卡丁车场、农业观光园……柯小海的蓝图终于打动了淳朴的老乡。

于是，磕磕绊绊，索洛湾开始调整规划，把双龙古镇规划到村上，这条"小船"借人家陕西黄陵国家森林公园这艘"大船"，发展起了乡村旅游，先后建起了峡谷寨景区、沮河漂流等项目。

此后，村民们在村委会的带领下开建特色民居192套，实施了峡谷寨（窨子沟）景点开发、沮河漂流、仿古牌楼建设等项目；完善旅游产品开发和接待服务，建立了山核桃工艺品加工厂、半亩田生态园、生态花园餐厅和采摘园等，打造吃、住、娱、观光旅游的产业链。功夫不负有心人。如今索洛湾已是小有名气的乡村旅游景区，当地上百位村民吃上了旅游饭。

我们看到，梦想似乎并不遥远，对于索洛湾人来说，他们真正体会到了绿水青山就是金山银山的真理。以前是用绿水青山去换金山银山，不考虑环境的承载能力；再后来是既要金山银山也要绿水青山；到现在是用绿水青山源源不断地带来"金山银山"。

至从黄陵森林公园入驻，索洛湾的发展几乎是飞跃性地提升，依靠绿水青山，立足长远，村子最终拥有了"金山银山"。

行走于索洛湾，柯小海的"金点子"随处可见：采摘园、跑马场、仿古街，相映成趣；峡谷寨景区内流水潺潺、曲径通幽……

## 第六章　全村"硬啃"它一个仙人洞

### 13

索洛湾"家底"越来越厚，但柯小海花钱依旧"抠"得很紧。在这里，有一个精彩的细节——打造峡谷寨景区时，需要开山凿洞,经过专业测绘,从前沟到后沟的直线距离124米,地质结构为清一色红砂岩,要想使两条沟贯通,就必须从红石上挖掘一条高2米、宽3米、120多米长的石洞,难度很大。

设计之初,设计方就告诉村里,没有大型机械是不可能完成的,而且就算有,也需要花费巨额的费用。如果修,市场上搞工程的有人报价500万元。

放弃吧,等于丢掉了一块价值连城的风景瑰宝,损失太大;硬上吧,本就紧缺的资金无力承担。怎么办?

修还是不修?自己修还是给搞工程的修?村民能再次发动起来吗?

集体讨论,大家都面面相觑。

"不修景区就没有看点和特色,吸引不了游客。用一条隧道贯通南北两条沟,这是绝佳创意。修!困难再大也要修,非打通不可!"柯小海当时就表态。

景区处处都要花钱,柯小海实在不忍心花这么大一笔钱。开山凿洞是技术活儿,由专业人员操作,大量的石渣、石块则全部由村民义务拉运。就这样干!

第二天,100多位青壮劳力就在沟里摆起了战场:洋镐、大锤、镢头、铁锹、扁担、笼筐、架子车……所有能拿得出来的工具全用上了,从沟掌到沟口,人影憧憧人声鼎沸,如火如荼的气势把这条沉寂了几百年的荒沟填充得满满当当。

120多米长的隧道,单石渣就能堆一座山,量非常大。由于隧道口开在距地面丈余高的岩壁上,运送石渣须分成两组作业,第一组从洞子里往下倒,第二组从塄下运出去。

因受施工场地限制,大队人马摆不开,柯小海便把劳力分成四个组，一个小组八个人，每个小组又分成上下各四人轮流作业。一天一组，每组干一天休息三天，如此循环，确保每天都有一组人马清理石渣。

在岩石上凿洞是件十分困难的事。为防止地质结构发生变异，不便放炮，只能用电钻、电锤、钢钎、撬杠那类较落后的工具慢慢打，进度很慢。

公道地说，每组干一天歇三天说不上有多累，可这条隧道打了一年零三个月，在此期间，无须任何人监督、敦促，每组都能按时按点接班，中途某人有事请假，他都要安顿好顶替自己的人，从未出现过空班少员现象。

"同样都是中国的农村，相比之下好像就不在同一个时代里。我观察了，你们村人不挣一分钱还能乐呵呵地干，一年多时间没有一个躲奸溜滑的、无故不来的，这在当今社会简直就是奇迹！"连负责凿洞的技工们都被感动了。

一位姓屈的年轻掘进工说："我的家在陕北农村，是山沟沟里的一个穷地方，村子规模、人口和索洛湾差不多，可常年都是空落落脏兮兮的。为什么呢？因为年轻人无论男女，90% 都去外面打工了，留在村上的全是老人、小孩。党支部、村委会作为一级组织，就没有发挥作用。村上没有资源，没有产业，领导没心劲，群众没精神，连许多耕地都撂荒了。村道里时常是猪狗乱窜，疯草乱长。大家都是各扫门前雪，互不来往，人心就越来越散。支部想开个会，连人都叫不来……"

2015 年 9 月，这条 120 多米长的隧道终于全线贯通，实现了南北两条沟的准确对接。这条隧道，由村里全体村民投工投劳，用最原始的工具，一寸一寸将山凿穿，转运土石，咬住牙，打了一年多，终于打通了。

报价500万元的工程最终花了50万元就完成了！索洛湾人民在自己的创业史上又书写了壮美的一笔！

事后，村民评说道：如果当时没有人敢担当，这洞子就不会有。

柯小海：如果当时打洞子出了事进监狱，我也愿意，我是为了老百姓的事进监狱的，我不丢人。

镇上的领导说：谁敢保证打洞过程中不出事，所谓担当，这就是担当！事情没有弄之前里面有风险，那么这就是让我们领导要去担当的！

……

打通了隧道，柯小海又有一个心得："干成一件事，你才能感觉到幸福是什么，所以干工作，我们一定要认真，一定要对得起老百姓。只要坚持原则，坚持真理，只要我们守住了老百姓的利益，我们就是无畏的。"

## 第七章 "安全线"

### 14

"两袖清风，哪有什么妖魔鬼怪！"柯小海说。

"一心为集体，路就不会偏。"柯小海说。

村里发展好，还得管理好，否则将会前功尽弃。对此，村上制定推行了一系列管理制度，一切照着制度来，谁打招呼都不好使。

从 2003 年开始，村上就探索了"三不三要三化"管理制度，具体说就是，不贪不占不拖拉，要勤快要务实要敢负责，理论学习经常化、事务决策民主化、财务管理透明化。同时，在村级各项事务管理上也制定了管理制度，通过制度的建立，规范村组的运行。特别在群众关心的集体产业管理上，做到管理规范、公开、透明。

索洛湾于 2005 年开始富裕起来，那时就实现了人均年分红 5000 元，人均年收入 25000 元，公共积累 1800 万元。2007 年，经省、市考核达到了"小康村"标准。柯小海成功兑现了上任时许下的五年至十年实现小康的诺言。

村子富了就应该利益共享。但怎样才能做到公平公正、不偏不倚，最大限度体现集体经济的优越性？挣钱难，花钱也不容易，因为要把每一分钱都花在合情合理的地方上是需要动脑筋的。

村里人由于年龄不同，文化程度不同，表达方式也不一样，柯小海要求班子成员要有耐心听他们的反映，真心实意帮他们解忧。2007 年底，村上开年度总结会，部分群众在会上给柯小海提意见，说咱们村上这几年发展相当迅速，但是感觉咱们的老百姓幸福指数还不高……你看咱们张主任家的电视相当大。在当时，索洛湾村还没有几家有电视的。瞬间柯小海就明白了，群众生活条件好了，想换好一点的电视，他就和村两委会商量，给村上每家发了一台电视。第二年开会的时候，大家又提意见，说现在生活越来越好了，好吃的越来越多，有时候有些东西一顿吃不完，第二顿再吃就不太好了，粮食又不能浪费。柯小海又商量给每户发了一台冰箱……

索洛湾经过多年的发展，应大多数村民要求，决定实施由村集体出资的六大福利：一是统一配发电视、冰箱、电脑，配齐网线、闭路线，保证村民的信息需求。二是统一配发米、面、油及香皂、肥皂、毛巾、手套、洗衣液等，保证村民日常生活必需品的需求。三是统一缴纳养老金、医疗保险金，保证村民病有所医，老有所养。四是组织村民外出旅游、观摩，开阔眼界和胸怀，在感受外部世界精彩文明的同时，为本村将来的发展建言献策。五是对因智障、痼疾造成生活困难的个别家庭，除在政策上给予重点帮扶和照顾外，每月按人发给低保金500元，节假日要慰问，体现人性化、人情味，让这些特殊人群也能享受到温暖。六是每考上一个大学生，村上奖励助学金5000元。

此决定于2005年起执行。从这六项福利的实施看，索洛湾的"发展集体经济，走共同富裕的道路"的目标确定无疑地实现了！

从贫穷和苦难中走过来的索洛湾人终于甩掉了那顶压在头上的"烂杆村"的破帽子，以崭新的精神面貌享受美好生活。

村干部不仅是群众的主心骨，更是群众的榜样。你为群众办实事，群众就会踏踏实实跟着你干。用好制度，管好自己，才能管好一个村。

柯小海当时是村支书兼村委会主任，但村集体的财务他从不沾手，收入多少、开支多少、往哪儿花，都由理财小组掌握，提出初步方案，两委会召集村民代表集体讨论决定。这些年，柯小海给村上办事，没花过村上一分公款，没吃过别人一顿酒席，贴自己的钱也是常有的事。有些集体经济好的村都头痛群众上访，但索洛湾村从来没有。

在索洛湾，大到工程项目谋划，小到生活用品发放，都是村民商量着来。所以，村上开会，党员群众积极性特别高。他们通过党员值周制，村干部轮流做，都来当"村官"，大事支部研究、集体决策，小事党员主张，提高党员的参与度，既调动了党员的积极性，又推动了工作的落实，也使党员感到有担子、有压力、有责任，形成了共同管理村组发展的新模式。

村组事务大家共同治理、共同管理、共同监督。周一村干部开例会，大事小事会上定，公开议论。村党支部提议，村两委会商议，党员大会审议，群众表决，把村里大事小事交给村民代表大会集体决定，实现村务管理由"为民做主"到"由民做主"的转变。

在农村，有许多矛盾都是由于不公平导致的，而集体分红最容易产生矛盾。

2017年，索洛湾村每人都拿到了6000块钱的分红，没有一个人有意见。什么人能享受到年终分红，村里有自己的规定。首先要户口在村上，新嫁来村上的媳妇和村里新生的娃娃当年不享受年终分红，到下一年就可以参加分红；村里有老人去世，家属仍旧可以拿到老人当年的分红。会上，对全村人口变动情况进行了登记，对分配有异议的地方提出来集体讨论。最后，村干部将每家每户的分红数额张榜公布，大家没有异议就可以到村委会领钱了。对于村里这样的分红办法，大家都觉得很公平。

正是这种公开公正，化解了矛盾，不仅赢得了村民认可，也凝聚了村民发展的合力。

# 第八章 "一个好社会"

## 15

一个好社会，不是有多少富豪，而是没有穷人。

党的十八大以来，中央把扶贫工作推上了前所未有的历史高度，一场全国性精准扶贫攻坚战全面打响。"总书记说，人民群众对美好生活的向往就是我们奋斗的目标。村民所期望的，就是我们这两委班子的工作目标。"柯小海说，"近些年来，我们村集体每年都进行分红，最高的一年我们村每人分到了7000元……"

确切地说，从国家的"精准扶贫"政策还没有出台之前的2005年起，索洛湾就把"扶贫帮困"确定为重点工作之一。2006年，为实现共同富裕的目标，索洛湾采取"支部抓基础，党员作示范，富户联穷户"的办法，将全村100多户按富裕、发展、贫困三个类型划分，共划分富裕户33户、发展户67户、贫困户16户，户户建立了增收明白卡，明确任务和增收措施。要求33户富裕户每户联系两户发展户、一户贫困户，从项目、信息、技术、资金等方面提供帮助和支持，促其致富。对67户发展户，支部在扩大产业规模、优化产业结构、提高科技含量方面给予重点支持，使其创业进位更快。对16户贫困户，实行支部给产业基础，党员给技术服务，解决大棚薄膜、农药、化肥等生产资料。同时协调黄陵矿业公司二号煤矿的党员领导干部与贫困户结成对子，帮助他们从事长期稳定的致富产业。

索洛湾作为远近闻名的小康村，2017年以前有四户贫困户，都是很特殊的原因造成的，比如智障、身残、孤寡、因病返贫等。他们是索洛湾的贫困户，在其他村也许算不上，因为有村上发给的低保和米面油等生活日用品，能够保证一般条件的衣食住行。

这一年，村上对因智障迟迟不能脱贫的朱德才、乔社教和因病返贫的张贵荣等四户特殊户，会同县、镇工作组，分别实施了解决措施。

朱德才和乔社教常年享受村上的各项福利，只是因为智障，孑然一身，缺乏监护。根据这个情况，县、镇工作组和村干部共同协商，说服朱德才的弟弟朱拴虎，乔社教的哥哥乔锁接纳亲人，使其正式成为自己家庭的一员，享受正常人的生活，村上给予一定的经济补贴。

张贵荣因丈夫、儿子突患顽疾，由富返贫，并欠有外债。为彻底解决问题，使这个家庭具备造血功能，村上集资给筹建小型生猪养殖场一座，使她通过自己的努力重获新生。

叶庆英也是因给儿子看病花钱太多返贫的。儿子经过长期治疗、恢复，已具备一般性劳动能力，村上立即安排他去村实体水上漂流管理处上班，月工资2000元，使这个家庭很快摆脱困境。截至2017年，富裕户增加到86户，发展户降至30户，贫困户为0。

小海常说，对贫困户除了政策帮助，还要有情感注入，要尊重他们，善于和他们交流沟通，人性化、人情味是政策以外的另一种力量，不可忽视。孤寡老人乔金山，80多岁老眼昏花，别的人谁也不认识，但他认识小海，每次见面都能叫出名字，说明小海去得最勤，聊的时间最长，给的关怀最多。

小海是一个见不得穷人受苦的人。崖头庄村民潘文龙，50多岁，当过村干部，平时看似很坚强，他们家近几年因为儿女的事，生活有了很大困难，但就是不愿意给别人说。柯小海了解情况后，主动和他沟通，帮助他家发展养猪产业，有了稳定收入，最终帮他家解决了困难。

村里有一个杨姓人家，男人娶了一个哑巴媳妇，妻子因车祸遇难，男人癌症去世，11岁的儿子杨亮宝成了孤儿。柯小海领养亮宝长大成人，供其完成学业，找到了工作，购置了婚房，操办了婚事。

村民乔生贵因与妻子离异，患上精神病，葬身于自己亲手点燃的火海，柯小海将乔大亮和乔园园两个孤儿领到家里抚养。近十年来，柯小海资助过的贫困学生达50人，累计捐助资金超过50万元。

这些年来，群众逐步都过上了好日子，可是周边村组还有不少贫困群众。看到他们日子过得不好，柯小海心里也很难受。为此，村上采取"强村带弱村、先进帮后进"的帮带模式，采取"合作社＋贫困户"的方式，把附近官庄、河浦、崖头庄等贫困村组35户贫困户吸纳进合作社，免费为每户贫困户提供10箱中蜂，作为产业基础。有养殖技术条件的贫困户可以自己饲养，合作社统一收购、销售，年终分红；无技术、无劳力的贫困户的中蜂，由合作社养殖，年底也可参与分红。这样一来，这些贫困户户均年增收达到1.3万元以上。

柯小海说：扶贫就是扶心，帮困就是帮能。

在制度上，支部制定了三条具体规定：一是集体企业的合适岗位，首先确保贫困户入岗。二是对贫困人员的各种诉求，要在第一时间解决落实。三是从支部书记做起，逢年过节，两委成员要入户慰问,给他们送去关怀和温暖。这三条索洛湾一直坚持着。

索洛湾多年的扶贫实践证明,只要把人心扶起来,使他们对生活充满信心和希望,自然能焕发出改变自身命运的智慧和能力。个别由于特殊原因造成的贫困人员,到任何时候都会有,比如完全丧失了劳动和生活能力等,这种人仅靠扶贫政策是不行的,要解决根本问题,就必须建立制度化保障体系。

对个别完全失能者来说,这个政策将会像法律那样,确保他们有尊严、有质量地活着。这也是索洛湾集体经济制度的优越性之一。

它的闪光点在于:当集体积累达到某种程度时,就有能力解决群众面临的困难!

16

走进索洛湾,处处是匆忙的身影;走进村里的农家,顿时感到恬静与舒适。

经过20年不懈努力,现在的索洛湾村产业板块已涵盖工、农、商、服、游等多个领域,村集体经济从负债起步一路增长,实现了从温饱到小康的跨越——集体经济收入达6000万元,农民人均纯收入突破3万元,实现了"温饱—富裕—小康"三级跳。

索洛湾在村委会设置了便民服务室,为群众提供政策、村务咨询,代办各种审批事项等服务,帮助群众解决生产生活中遇到的实际困难和问题。全村116户435口村民全部免费享受养老、医疗等保障政策,村里给每户村民免费配发了电视机、电冰箱、电脑,安装了电话和有线电视,定期给每户村民发放米面油及生活用品，定期体检，每两年组织全体村民外出观光旅游，群众的生产生活和精神面貌发生了天翻地覆的变化。

群众对这些福利待遇是什么评价？

陈安平用"欢天喜地"四个字做总结！他说：这本质上就是供给制，起码在陕西省是第一例。村民都有"咱就比人强"的优越感，一些人在行为举止上就显得飘飘然。小海认为这是很不好的苗头，经常提醒大家："不要骄傲，不要张扬，不要让人说咱小人得志，世界大着哩，和人家真正的富村子相比咱们啥也不是；大家记住，千万不要让眼前这点小财富蒙了双眼，要永远保持头脑清醒，精神抖擞，只有永远朝前看、朝前走，才能不掉链子不掉队。"

后来，索洛湾人的低调、务实是被社会公认的。

阮怀林说：我说说旅游的事吧，挺有意思的。外出旅游考察作为村上的一项福利事业，起始于2007年，终止于2013年，每年至少两次，组织村民轮流外出，采取由远而近先北后南的办法，把全国除台湾以外的几乎所有著名城市、风景区考察遍了。这些世代都是以农为生的山民，几辈人都没出过远门，有的甚至六七十岁了连县城都没去过，可怜不可怜？这里面闹出不少笑话呢。我说一件事情，在北京一个酒店，几个老汉愣是把电梯当成了磅秤，相互打趣说："大城市讲究真多，吃个饭住个店还称重哩。""人家掌握了你的身量就知道你能睡多大床吃多少饭。"当明白过来时都羞红了脸。瞧瞧，你说不让他们见识见识山外世界行吗？

纵观索洛湾的利益分配，那以民为主，公正透明，不偏不倚，人人平等的政策举措，无一不折射着集体经济的光辉和力量。在当今农村的发展方向和道路选择上，这是不是一个值得关注和深思的现象？从这个意义上讲，索洛湾由"贫穷落后"变"富裕文明"的道路模式对当今农村经济综合发展，必将起到毋庸置疑的示范引领作用。

一个人、一个村富起来不算富，只有大家都富起来才是真小康。索洛湾用了20年的时间证明这一点，只要肯尝试、肯奋斗，都会迎来天翻地覆的好日子。

没有满足于索洛湾现有的成就，柯小海又采取"财政配套、集体出资、群众集资、社会投资"的办法，规划占地面积24亩，总投资5000余万元，启动实施了索洛湾新型农村示范社区建设。修通旅游路，提升村里景区的品质，再打造一个湿地公园……在柯小海随身携带的笔记本上，明年的工作计划已列出不少。

"喏，你看，那是村里正在建的宾馆，我们想把全镇老人集中到这儿做日间照料。身体好、有兴趣的还可以当志愿者，给游客讲讲民俗，再拿一份工资。"说得兴起，他激动地握了握拳，"咱村富了还不够，要让整个双龙镇群众都走上康庄大道。"

熟悉柯小海的群众知道，话从他嘴里说出，就一定会"算数"！

## 第九章 村风

### 17

比经济建设更重要的是人的建设。重视学习的人必定重视教育。索洛湾从孩子抓起，村里幼儿园、小学实行免费教育，中学以上一直到博士都有奖学金。村中还建设有新时代农民讲习所，延续着培训农民和干部的好传统。由于坚持走共同富裕的道路，索洛湾在人的建设中，培养出大批擅长于发展集体经济、发展产业的年轻干部。

多年以后，索洛湾作为"小康村""文明村"而声名远播。村上制定了符合本村实际的"村规民约"，通过"入户、上墙、进课堂"等手段让大家广泛知晓，同时，建立健全了民调会、治保会、红白理事会，深入开展"好媳妇""好婆婆""乡贤""十星级文明户"等评选工作，全体村民的精神文明意识得到进一步提高。

带着问题参观索洛湾的人会发现诸多与众不同：一是村容整洁。主要街道、小巷里弄都整饬得十分干净，连一辆农用车、小汽车、摩托车也看不见，它们都集中停放在村东的专用小停车场内。这样的秩序在城镇也很罕见。二是从村街往返，除了偶尔碰见三五个老人坐在阴凉下的休闲椅上谝闲传，基本见不到年轻人。年轻人都干什么去了？他们都在二号煤矿、在黄陵国家森林公园、在本村企业上班，都有属于自己的一份稳定职业。三是刻意地寻找也找不到扎堆下棋、打牌、打麻将者，更找不到吃三喝四的浪荡子和酒徒一类，这些普遍存在于乡野的陋习在索洛湾没有踪迹。四是不存在其他村司空见惯的那类因点鸡毛小事就闹哄哄乱糟糟的事，一切都是那样井井有条清清爽爽。这个村子总让人感觉有一种内在的、气质上的温存与祥和。

一位退休在家的老教师接受媒体采访：

问：你认为你们的村子好吗？

答：当然好！

问：为什么？

答：领导好，发展好，福利好，感受好！

问：过这样的好日子满足吗？

答：满足，也不满足。满足的是我们已经过得很好了；不满足的是我们还要过得更好！

问：在你们村看不到游手好闲、无事生非，既踏实安稳又生机勃勃，这是为什么？

答：因为每一个人心中都有自觉的集体观、道德观、荣辱观，又都有对未来生活更美好的展望，一切都是水到渠成。

什么是村风，这就是村风！

……

老支书路建民说，索洛湾现在的好村风也是抓出来的。早在2002年，柯小海就提出，衡量一个村子的好坏，财富并不是唯一标准，他要的好村子是"党支部要亲党爱民，要廉洁用权，要无私奉献。村民要有道德操守，要有文化素养，要有文明气质"。这才是好村子的标准。

为了打造风清气正的村庄形象，自2003年起，党支部就出台了"三三制"，内容为：

## 党员干部约法三章

一、一切从人民利益出发，用好用准手中权力，不奢靡，不骄纵，襟怀坦白，情操高尚。

二、不贪不占集体财物，光明磊落，干净做人，为村民起好头、带好路。

三、禁绝黄赌毒，不请客送礼，不行贿受贿，如有违犯，严厉惩处（纪律处分，经济处罚）。

**村民约法三章**

一、遵纪守法，品端行正，有集体观念和公德意识。

二、懂礼仪，知廉耻，尊老爱幼，邻里和睦，以孝为荣，以善为傲。

三、远离黄赌毒，不涉足所有非健康场所，不扯是非，不生乱子，如有违犯，严厉惩处（经济处罚，批评教育）。

"三三制"从语言逻辑角度看似乎并不严谨，甚至还有点粗糙，但每条都是实实在在的规矩。

这个"三三制"管用吗？

路建民说：管用。作为全村带头人的柯小海本身很硬气，是"约法三章"最好的执行者，任何人都别想在他的言行上挑出毛病，说谁谁就得听。

大约是2011年，一个村民组长招一帮人在家打麻将，柯小海知道情况后赶到现场，飞起一脚，踢翻桌子，没有二话，扬长而去。第二天，这个组长到村委会承认错误，还写了保证。从那以后，麻将在索洛湾彻底绝迹。村民王某因不能很好孝敬病中的老父亲，小海知情后赶过去指着鼻尖一通训斥，又教育他说孝是做人的第一要务，是立身处世之本，你如果连自己的父母都不孝敬，谁还会把你当人看。王某知道自己错了，表示往后一定照管好老人，再也不做丢人丧德的事了。当天下午，王某还把一份检讨书交到村委会。

人说"领导走得端，群众不跑偏"，正因为有党支部的坚强领导和柯小海的以身示范，村上的大环境、小环境、大风气、小风气，才会一年更比一年好。索洛湾算不上大村，但也有400多口人，大大小小的麻缠事几乎天天都有，小海只要在家，绝对事必躬亲，随时解决。村风的逐年好转，村民素质的不断提高，就是通过对这些点滴小事的纠正慢慢形成的，时间一长，就养成了良好习惯。

从2003年至今，十多年过去了，索洛湾从未发生过刑事案件，五星级文明户、优秀共产党员、模范村民、"好公公"、"好婆婆"、"好媳妇"不断涌现，连续被省、市评为"治安模范村""党建示范村""小康村""文明村"，等等。这些荣誉的获得，确定无疑地证明这个村子不仅富裕而且文明。

## 第十章 两大法宝

### 18

是什么促成索洛湾的巨变？是什么凝聚起索洛湾村民的集体力量？

"一犁犁到头，自个救自个。"这是柯小海的金句名言。前半句讲的是跟着共产党走共同富裕的道路不动摇，后半句讲的是依靠全体村民力量建设自己的家园。这是索洛湾的两大法宝：党的领导和村民自治。

一切为了人民，一切依靠人民。索洛湾的村民自治，充分体现了村党组织坚持把党的宗旨、党的领导贯彻到村庄的一切领域。

习近平总书记说：要牢牢把握改革开放的前进方向。该改的、能改的我们坚决改，不该改的坚决不改。索洛湾就是这么做的，有疑难的问题，涉及村民根本利益的决策，听取村中老人、青年等各个群体的意见。一切以是否符合村民利益为标准。村上退休制度、免费教育、住房分配以及各种福利等，以及发展什么经济，如何发展，如何分配，都不是上级哪个部门规定的，都是村民自治的结果。所以，党的领导和村民自治两个法宝同等重要。

索洛湾能走到今天，党支部的正确决策和坚强领导固然重要，但群众的集体参与和无偿奉献也很重要。他们的觉悟是如何提高的，积极性自觉性是从哪里来的？可以肯定的一点是，自多年以前的学校翻修、村街改造起，人们就于自觉或不自觉间萌发了团结凝聚、自强不息的意识。如果说近年来人人都有红可分、有利可图，但当年村上穷得连一分钱也没有，在那种情况下大家义务投工投劳图的是什么？显然图的是支部一班人无私无畏精神让他们焕发出对美好幸福生活的渴望。

2018年9月21日，中共中央政治局专门就实施乡村振兴战略进行第八次集体学习。习近平总书记在主持学习时强调，要让农业成为有奔头的产业，让农民成为有吸引力的职业，让农村成为让人安居乐业的家园。

6年前，在外务工的余解回到村里，在附近煤矿打工，每月有4000元的工资和各种福利，最近还买了小轿车。余解的妹妹余丹下班一回家，便来到厨房帮妈妈做晚饭。她在离家不远的陕西黄陵国家森林公园当讲解员。"我在家乡做导游，而在假期又到城市去旅游。"谈及城市生活，她说："城市虽好，但生活节奏快，我还是喜欢农村。每天可以和父母在一起，吃着母亲做的饭菜，感觉很安逸、很满足。"

家园曾经荒芜，如今阡陌相通——

如今，昔日光秃秃的山千峰竞绿，万山争翠，山环水绕。一个凹形的村庄跃然眼前，道路平坦、院落整齐、产业兴旺，早已成为远近闻名的"明星村""幸福村"。

阳光明媚的清晨，走进双龙镇索洛湾村，联排的农家小院门前花团锦簇，停车位规划整齐，食用菌大棚闪着耀眼的银光，村民在风景如画的田园里忙碌着，干净整洁的小径、悠闲聊天的老人、追逐玩耍的孩童，好一个欣欣向荣的美丽家园……"农妇培训班"办得热火朝天，培训班的口号是"把农妇培训得像农妇"，"把农村建设得像农村"。其实，农妇们并不丑，稍经打扮就容光焕发，主妇漂亮院子就漂亮了，院子漂亮了乡村就会美。吃过晚饭，农妇们也闲不住，微信群里一招呼，穿得花花绿绿，又在文化广场扭起广场舞了。她们骄傲地说：我就是漂亮的农妇，我有地有院有山有水，城里人有吗？

索洛湾村村民的生活为什么实现了"温饱—富裕—小康"三级跳呢？

"索洛湾村能有今天，变化在于村党支部，在于把村民组织起来了，抓住壮大农村集体经济这条主线'抱团发展'，以后的日子一定会越来越好。"索洛湾村老支书路建民说。

路建民说：索洛湾的变迁可写成一部创业史。为什么这样说？是因为20年来我们所经历的曲折和艰难太多，让人不堪回首。20年前，索洛湾在整个双龙镇乃至全县，是一个罕见的烂摊子。县、镇两级想尽办法，频繁地下派工作组，提供数量有限的扶贫款，加强班子建设等，但收效甚微。为什么会这样呢？我经过反复思考得出的结论是：班子看似团结，但没有魂，没有主心骨，没有喝令三山五岳开道的那样一个有魄力、有胆识的帅才。加之土地承包到户以后，村民的集体主义观念淡漠，不少人唯利是图，以自我为中心，都各在各的承包地里苦巴巴地刨食吃，谁还会把党支部、村委会放在眼里？那是一种恶性循环，所导致的直接后果是，支部形同虚设，干脆就是空壳。那时候，索洛湾的村干部没人愿意当，因为摊子太烂，谁也拾不起来。我是在镇上多次动员和劝导下当的支书。军朝和我的情况大致一样，也是被组织动员当的村长。平心而论，我俩都有干事业的愿望，有改变村子面貌的打算和决心，但面对积贫积弱、人心涣散的现状，没弄成一件可以摆上桌面的事。直至20世纪末的1999年，在外面闯荡了五六年、积累了一定个人财富的柯小海回村上找我，说他想入党，想参加村干部选举，想给村上办点实事。当时他正是"嘴上没毛办事不牢"的年龄。我说入党进步是好事，你马上就写申请书，我当你的入党介绍人，这没有问题。可你想当村干部的事可得把利害得失想清楚，你个体运输正搞得红红火火，腰包一天天往起胀，多少人羡慕你哩；而你当个谁都不愿当的村干部，只能是拖累受穷干不成个事，这笔账你算过吗？小海说账不能这样算，如果我只顾自己，再拼上三五年，成为百万富翁的可能性是有的。但我是咱们索洛湾的子孙，我一个人富了大家都穷着，心里不安宁啊！我说你可想好。他说这件事他都想过一百遍了，你只说行还是不行。我见他是真心实意的，就答应他先当个小组长试试。事实证明，不管是柯小海选择了索洛湾或者是索洛湾选择了柯小海，都是全体村民的福气。小海这小子没麻达，脑子活，能力强，品行端，是一个敢想敢干敢作敢为的人，也是一个既能办小事也能成大事的人，年龄不大贡献大啊！

张军朝说：我通过十多年来的观察总结，认为柯小海身上具备了常人无法企及的四大优点。一是心正身正人品好；二是谋略超群本领强；三是心底无私敢作为；四是亲党爱民不褪色。我归纳的这四点是用十多年时间、用大大小小点点滴滴的事实反复论证过的，群众认同，组织认可。正是有这四点做支撑，他才能把党支部建设成为坚强堡垒，把一个烂得不能再烂的村子搞成文明村、小康村。

"索洛湾能有今天，不是说我有多大本事，除了我们村发展机遇好之外，最主要还是党的政策好！"这是柯小海最常说的一句话。

副支书阮怀林说：我们索洛湾的发展，主要依靠的就是群众，他们是村上最巨大的力量，最宝贵的财富。他们为什么会有持久的奉献精神？是因为长期以来，村里每一个党员干部都做到了团结一心，把为群众谋福利作为最高追求，用一个又一个铁的事实证明了自己的正确性和先进性；是因为群众都明白信任和拥护党支部就能获得更大的幸福。道理就这么简单。

柯小海说：说得都没错。一直以来，我都在想，过去，大寨精神、红旗渠精神曾是红遍全国的创业精神的象征和榜样，可在历史发展的某些节点上，这些精神好像被冷漠了、忽略了，甚至是丢弃了。我作为一名共产党员，始终坚持认为，那种战天斗地、向死而生的精神永不过时，人们改造自然、美化自然、创造幸福美好新生活，需要这样的精神。我们索洛湾不是大寨，更不在同一个时代，但我们就是要讲信仰、讲团结、讲奉献、讲集体至上、讲群众第一，这是我们索洛湾人永远都要继承和发扬的光荣传统！

"索洛湾能有今天，一是有坚强的党组织。书记和村委会主任政治素质和经营能力都很强。二是以全资、控股、参股等多种形式坚持发展、壮大集体经济，且统筹一、二、三产业的分工分业多级经营发展。"专家分析说。

## 19

归纳一下，索洛湾以前的土地产出率不高，商品率几乎为零，在信息时代仅仅靠传统农业方式已经无法承载农民生计，真正的贫困很大程度上缘于旧有生产方式的束缚，因此，索洛湾村成立合作社，调整产业结构，生产的组织化和产业化水平迅速搞高，把单家独户的农民从零散的地块里解放出来，把承包地确权流转到合作社统一经营，实行多种经营、规模经营。

深刻的原因，是把全体村民重新组织起来，集体主义发挥更大作用，挖掘出激发"内生动力"的源泉，全体村民开创了崭新的劳动和生活，实现了共同富裕，发展成果村民共享。20年光阴荏苒，山沟巨变——索洛湾从"穷苦湾"变成了"幸福湾"！

村是中国最基层、分布最广的聚居单位，缺了集体主义和集体经济，村子就涣散了，社会就会缺少坚实的基础。这是改革开放40年来的继续深化改革，是中国农民再一次选择自己的前途和命运！

集体主义和集体经济的区别是集体主义包含了人的精神，包含了追求共同富裕的理想。集体主义是索洛湾的灵魂，没有集体主义就没有索洛湾雄强、可持续发展的集体经济，没有强大的集体主义和集体经济,就没有索洛湾村民的精气神和"一个好社会"的福利。

索洛湾的故事让我们看到中国农民建设家乡的巨大潜力!

索洛湾面积约是 96 平方公里,中国国土刚好可以分为 10 万个索洛湾。

当下,在以习近平总书记为核心的党中央领导下,我们进入了实现中华民族伟大复兴的新时代,中华民族经历了站起来、富起来,正在迈向强大起来的历史进程,我们在全国 10 万个"索洛湾"的发展中听到了时代的脚步声。

## 第十一章　印象柯小海

### 20

柯小海个儿不高,黑脸,眼里透着实诚和一丝机敏。他的外表不威猛,也显不出刚硬,甚至还有点羸弱。就是这样一个人,他身上却似乎深藏一团时刻在寻找机会绽放的能量!又似乎一个巨大的谜!

在中国共产党九十九岁生日这一天,笔者坐在索洛湾村的群众接访室采访传奇人物柯小海。

接访室宽敞明亮,地毯铺地,装修讲究。

"索洛湾村两委班子都是没有办公室的,整天忙忙乎乎到处跑,都在村里在地里,我提议都不要办公室,节约下来钱修了这个接访室,一室多用!也是日常接待群众商量事情的地方。"柯小海说,"我才从宝鸡麟游赶回来,代表索洛湾环保公司去签了一个矿山尾矿处理的项目。这个固体废弃物回收利用项目,一年会给村集体带来几千万的利润哩!"

说话间,他又忙着接了一个电话,和黄陵矿业公司商议,希望公司出资在村上修建一座生产桥,帮助村民把成百亩的撂荒地给搞"活"。

"把那些撂荒地利用起来,就能让村民多一项产业,多一份收入。"谈了好多回,事情总算有着落了,柯小海脸上是掩饰不住的开心,"总算又给乡亲们办成一件实事。"

由于常年过度操劳,这位44岁的陕北汉子看上去比同龄人苍老。头发斑白,走路还有些跛。

他是一个善思的人,采访中又讲起来著名的"分瓜"故事:

2004年,村里来了个卖西瓜的,吆喝让大家先尝尝,不甜不要钱,但村民尝完西瓜以后,就是没人买。我当时站在跟前,感觉很难为情。我就全买下来给村民每家发一个。有人因为来得迟,只拿到小西瓜,就感觉不公平,在背后议论。我觉着这是给大家办好事,没想到好事没办好反而引来大家的不满。后来我就想了一个办法,第二次发西瓜的时候,安排人将所有西瓜都编上号,抓号分西瓜,大家都没有抱怨了。所以说干好事还要讲究方式方法,把好事干公平,要让群众满意。有意思的是第三次发西瓜的时候,没想到西瓜还没有编号,先来的村民随便拿一个小的就走了。问为什么不拿大的,他们说,我不能让大家说我爱占小便宜……

从这个事柯小海发现,只有落后的干部,没有落后的群众。只要有一颗公心,群众的眼睛是雪亮的,心里也都有一杆秤。

要知天下事，天天听广播。柯小海的一个特点是好学习，跟着电视学，跟着广播学，党员互学，出去学，引进专家学。索洛湾坚持执行"三会一课"制度。党支部每周一必开例会，村两委委员必参加，安排工作。党小组会、党员大会最少一月一开。会议开得都很短，但都很务实，说完问题就去干。"一课"融入在会中，主要是学习党员的权利和义务。什么是党性？什么是原则？学过百遍还得学，在每个党员心中要像种树一样把根扎下去。

"我们两委班子过去理论底子薄，现在要补课！"年轻的老支书柯小海"金句"频出：

"一犁犁到头，自个救自个。"

"成物不可毁！"

"党给群众的承诺需要人来落实，这是村干部要牢记在心的职责。"

"农村干部要牢记变与不变，不变的是初心，变的是群众的生活。"

"农村最大的难题是公平，公平做好了，村看村，户比户，不会有懒汉。"

"在村里，有理解你的，有不理解你的。最后都理解你了，那是真能力。"

"你心里一定要搁一杆秤，把每个群众记在心里。"

"村集体的产业要多元化，多元化中又要有支柱产业。"

……

见缝插针，他又站起来接了一通电话——是矿上的领导给他说有条路，问他愿意不愿意修。

他满脸堆笑，说：修修修。

对方问：是你个人修还是村上的建筑公司修？

他狡黠地一笑，说：肯定得我们村集体赚这个钱啊。

挂了电话，他说：我要赚这个钱，不出面，转包给其他建筑公司，悄悄就把几百万赚了。但是我要让村集体赚这钱。平时这种事情太多了！当干部要清清白白、干干净净！你只要两袖清风，哪管什么妖魔鬼怪！

回到正题，他感叹着说："我现在是压力山大。二十年来，党给我的荣誉太多太大，而我总认为自己的贡献太少太小！"

十九大是中华民族迈进新时代的里程碑，对实现"中国梦"意义重大。这是党的十九大代表柯小海从北京回来后经常发出的感慨。

是啊，自2005年迄今，柯小海作为省、市、县优秀共产党员、模范党支部书记，不断受到各级表彰。2015年被评为"全国劳动模范"，2016年被评为"全国优秀共产党员"，2017年高票当选中共陕西省委候补委员、中共十九大代表，2019年入选全国最美奋斗者……都是国家顶级荣誉，不得了啊！

谁都明白，这数十个"国字号"的桂冠集于一人之身，在全国恐怕也是凤毛麟角，他当然要掂掂这个分量。

柯小海说：当我坐在神圣庄严的人民大会堂聆听习近平总书记的报告时，整个身心一直处于振奋状态。总书记说："共产党人的初心就是为中国人民谋幸福，为中华民族谋复兴""中华民族实现了从站起来、富起来到强起来的伟大飞跃""今天，我们比历史上任何时期都更接近、更有能力实现中华民族伟大复兴的目标""把人民利益摆在至高无上的地位""始终同人民想在一起，干在一起""历史只会眷顾坚定者、奋斗者、搏击者，而不会等待犹豫者、懈怠者、畏难者"……这些话格外质朴、实在、接地气、暖民心，让人倍感亲切，深受鼓舞。十九大报告规划了今后五年中国社会发展的宏伟蓝图，在关于农村部分，我感触最深的一个词叫"创新"，我的理解是思想创新、制度创新、科技创新、产业结构和模式创新。开会的那些日子，我一直用报告精神对照索洛湾的现状，梳理自己的工作，觉得虽然取得了不俗的业绩，但与总书记的要求还有不小距离，主要是群众观念不够新，现有产业起步不够高，还没有迈上高层次，达到高标准，某些管理方式、经营模式还缺乏科学性、严谨性等，想到这些，我第一次感到了压力。10月27日，我从北京返回，一路受到省、市、县领导的热烈欢迎和祝贺，面对鲜花、掌声、红地毯，面对各级领导的关怀鼓励和谆谆教诲，我第二次感到了压力。当我回到故乡受到数百村民敲锣打鼓的迎接时，当我被父老乡亲们众星捧月般簇拥在小广场上时，面对那一张张熟悉的脸庞、那一声声亲切的问候、那一双双眼睛里期待的眼神……我第三次感到了压力。

如何使十九大精神在索洛湾落地生根，开花结果呢？

"什么是幸福？就是老百姓的收入一年比一年高，日子一天比一天好。"柯小海说，"我不怕做事，为索洛湾谋发展，为群众谋幸福，肝脑涂地也在所不惜。我怕的是做不好，愧对荣誉愧对党！"

他说：将来一两年内，全体村民都要迁进新区，现住的村子就空下来了。我们不拆除，计划在保持原有格局的基础上，将它改造成一个古村落，属于"双龙古镇"的重要组成部分，让它既是景点也是商区。要融入传统文化和红色文化元素，比如"老庄文化馆""红色纪念馆"等；要在各景点之间建立巧妙的链条，把它们连接起来，比如"旅游工艺品开发园""特色小吃一条街"等。

要达到这样的目的,"游客来到'双龙古镇'不只是普通意义上的游山玩水,而是要让他们在玩好吃好的同时受到传统文化的熏陶和革命理想主义教育",这必须是整个景区的特色。现在要做的事情很多,像配套设施问题、人员培训问题、各景点统一协调的问题、与国家森林公园如何优势互补的问题等,都要逐一落实,尽快解决。

他说:从大的发展趋势看,索洛湾必须坚持两步走。一是强化现有产业,管理办法、经营模式要由量化向精细化、科技化转变,进一步提高效益。二是做大做强旅游业,将"双龙古镇"打造成全国著名景区。这是一篇做不尽的大文章,潜力巨大。如能尽快形成规模,第三产业将会覆盖全村。

他说:一定要抓住机遇,利用党的十九大到二十大这五年时间,实现三个目标。一是经济指标翻一番。二是人均收入达到普通公务员水平。三是把索洛湾建设成为全国最美乡村,让索洛湾人成为全国最幸福的人。

这是"中国梦"启迪下的"索洛湾梦"!

新中国建立七十周年庆典,参加天安门前的花车游行,柯小海就傲然地站在第二十一辆花车"乡村振兴"花车上。包括柯小海在内,只有九位代表,柯小海光荣地成为其中的一员,那是他的骄傲,也是红色土地延安的骄傲……

柯小海的自信写在脸上。索洛湾也不是柯小海一个人在战斗!这也正是他的底气所在!

我们还看到了更多充满蓬勃活力的身影走在这条路上,他们可能是"第一书记",可能是驻村工作队队员、街办包村干部,也可能是退休的领导干部、建筑设计师、民间艺人、现代化企业管理者、志愿者、来自高校的专业人员，他们其实是现代版的"中国乡贤"。他们懂农民、懂市民、懂鉴赏，爱故乡、爱生活、爱自然，有良心、有理想、有毅力，把全新理念和生活方式带入了乡村……

索洛湾，光景日新，天地广阔！

## 结语　索洛湾能复制吗？

"民亦劳止，汔可小康。"小康始终是千百年来人类孜孜以求的梦想，但是，在中国几千年的历史上，还没有哪一朝哪一代能够完全解决百姓衣食问题。

新中国成立以来，中国共产党带领人民持续向贫困宣战，中国成为世界上减贫人口最多的国家，也是世界上率先完成联合国千年发展目标的国家。经过改革开放40年的努力，中国成功走出了一条中国特色扶贫开发道路，使7亿多农村贫困人口成功脱贫，为全面建成小康社会打下了坚实基础。

但是，截至2014年底中国仍有7000多万农村贫困人口，也就是说，130个人中就有7个贫困人口。如果说，2015年11月北京召开的中央扶贫开发工作会议再次吹响脱贫攻坚战的冲锋号，那么，2017年10月召开党的十九大就是中国执政党动员全党全国全社会力量对贫穷的最后宣战。精准脱贫攻坚战是党的十九大提出的三大攻坚战之一，打好精准脱贫攻坚战，对如期全面建成小康社会、实现我们党第一个百年奋斗目标意义深远，世界瞩目。

中国的脱贫攻坚战是一场人类历史上最伟大的工程！中国共

产党，正在带领地球上五分之一的人口，动员全党全国全社会力量对贫穷进行最后一战！

"一个都不能少，每个梦都要圆，幸福小康的大路上，谁也不落单！"在脱贫攻坚伟大斗争中，全国上下尽锐出战，精准发力，发起总攻，时间咬死在2020年。

农村是孕育中国悠久而灿烂文化的摇篮，也是中国共产党成长壮大的地方。中国农村，当前正在发生着惊心动魄的变革。前前后后五年时间，我深入生活在扶贫工作一线，多次采访，目睹了精准扶贫实施以来中国农村发生的翻天覆地的变化和正在发生着的惊心动魄的变革，我为这个时代而激奋——广袤的中国大地上，仅2015年以来，累计50余万驻村第一书记，连同驻村干部300多万名，他们同近200万名乡镇干部和数百万村干部，浩浩荡荡，士气高昂，走在这场人类历史上最伟大工程的"赶考"路上，形成的磅礴合力，将兑现中国共产党对历史的庄严承诺！啃碎硬骨头，打赢攻坚战。"打赢"就是要一个人都不落，"全力"就是要每个地方都不松懈。

中国960万平方公里的大地上，勤劳的人们，拂挲着土地，以大地为巾，流尽血汗，翻天覆地，把本来丑陋的地面，变得苏绣般瑰丽……

巩固农村集体所有制和加强党支部在农村中的领导作用，是农村改革中的两件大事。

索洛湾的变化，是在村党支部、村委会的领导下和上级党委的支持下取得的。全村重新组织起来，抱团发展，走集体化道路，取得了令人赞叹的变化和成效。

索洛湾的变化，是在集体所有制得到巩固，党支部的领导作用得到加强的情况下迅速发挥出优势而产生的。这是在基层筑牢共产党的执政基础，走一条使得每一个农民都"不掉队"，都能够得到保障的同步小康之路。

索洛湾的变化从实践上证实了"党的领导是关键，组织起来有力量，集体经济能成功，共同富裕可实现"四者是有机整体，具有极强的科学性和指导价值。

一滴水里观沧海，一粒沙中看世界！

索洛湾是陕西省 2.6 万个村庄之一，是全中国 186 万个村庄之一。

索洛湾在人类最贫瘠的黄土地上创造了脱贫奇迹，向全国人民交出一份满意的时代答卷，是党的十八大以来以习近平同志为核心的党中央推动中国减贫事业并取得历史性成就的标志和缩影！

——原载《人民文学》2021 年第 1 期

# 唱支山歌给党听
## ——一首歌曲与一代人的命运交响

### 前奏

2010年9月1日,由中国共产党"特殊党费"援建的新北川七一职业中学正式开学。

一个个失去亲人的孩子们,凝视着冉冉升起的党旗,缓缓举起右手,任泪水肆意流淌,像在妈妈怀里那样。

他们在共同唱响一首歌:唱支山歌给党听,我把党来比母亲……

那一刻,三秦大地渭北高原铜川矿务局一座住宅楼里,77岁的姚筱舟老人看着电视里的这一幕,听着这再熟悉不过的旋律,眼泪无声地淌过他清瘦的脸颊,瘦削的双肩微微颤抖,百感交集:"生活在社会主义大家庭里,党的光辉暖人心哪!"

电视节目《回望北川》播完了,姚筱舟关了电视。客厅角柜上的收录机里,缓缓流淌出贝多芬的《命运交响曲》。他哆嗦着手从一个很旧的钱包里拿出工资卡,他要去矿务局离退休处党支部缴纳"特殊党费",他的党龄刚刚10年,还算不上老党员呢……

2001年6月26日,新华社报道:曾唱遍大江南北的《唱支山歌给党听》歌曲词作者姚筱舟同志在迎接建党80周年前夕,光荣地加入了中国共产党。这时,距离他1951年入朝参加抗美援朝向组织递交第一份入党申请书,已经半个世纪。他的入党梦一做就是50年……

1958年初春的一个夜晚,25岁的姚筱舟在铜川矿务局焦坪煤矿工房那如豆的煤油灯下,写下小诗《唱支山歌给党听》时,做梦都不会想到这首小诗日后会成为歌曲,在祖国角角落落响起,成为亿万劳苦大众抒发翻身做主人情怀的心曲。

《唱支山歌给党听》1965年被文化部评为"全国优秀群众歌曲",歌曲词作者姚筱舟也有了"矿工作家"的头衔。当人们投来赞叹的目光时,他那黑且瘦的"矿区脸"波澜不惊:"秃子沾了月亮的光,这都是雷锋的功劳。"

命运兜兜转转,无谓得失,姚筱舟坚守内心,一切都是最好。这一生,除了《莫斯科郊外的晚上》,他还爱听《命运交响曲》,前半生喜欢第一、第三乐章,那时,他徘徊在命运与希望、现实与理想的斗争中;如今,他钟情于第二和第四乐章,有平和的观察、深沉的思索、坚定的决心和绚烂的光辉。

贝多芬在《命运交响曲》第一乐章的开头,写下一句引人深思的警语——"命运在敲门",从而被引用为本交响曲具有吸引力的标题。这一主题贯穿全曲,使人感受到一种无可言喻的感动与震撼。《命运交响曲》不仅体现出作者一生与命运搏斗的精神力量,"我要扼住命运的咽喉,他不能使我完全屈服",更是一首英雄意志战胜宿命论、光明战胜黑暗的壮丽凯歌。

原来,个人的命运和国家、民族的命运如此息息相关。经历过那段冰火交织的年代,才能淬炼"真心"为人知。从1921年,中国共产党在南湖红船上诞生,到五星红旗在天安门广场冉冉升起,再到今天,100载的岁月里,中国人从站起来到富起来再到强起来,筚路蓝缕的征途中,有许多人命运浮浮沉沉,甚至献出生命,但他们始终有一个坚定的信念:跟党走,痴心不改。

解读那一代人的命运,才能读懂他们的一片"痴心"。

贝多芬的C小调第五交响曲被命名为"命运交响曲"。而在中华大地传唱半个世纪的《唱支山歌给党听》,短短的两段八句歌词,就是中华儿女的一支"命运交响曲"。

## 焦坪煤矿:"谁是蕉萍"

20世纪60年代初的一天,一封由上海实验歌剧院作曲家朱践耳写来的信转到时任焦坪煤矿党委书记赵炳耀的案头,信中说:

"陕西文艺界有同志给我来信,并寄来1958年6月《陕西文艺》,因为他们发现《雷锋的歌》这首歌的歌词,同《陕西文艺》'总路线诗传单'上那首署名蕉萍的诗几乎一样。而蕉萍是铜川矿务局的一名矿工。我收到信后,已迅速同《人民日报》和中央广播电台取得联系,把词作者更改为'雷锋同志抄蕉萍原词'。今来信是请贵单位帮助查找蕉萍及其联系方式,以表谢意,并补寄稿酬。"

看信之后,颇有政治觉悟的赵书记甚感惊奇,这首家喻户晓的歌，竟然是我焦坪煤矿的人写的！这可真是树小也有金凤凰，眼皮底下有高人，我们竟然不知道！

当时的煤矿，有大学毕业的技术员，把煤矿写成"媒矿"，把矿井透水写成"吐水"，大多数矿工给家里写信都要请人代写。有人竟能写出这么高水平的歌词来，怎不让人惊叹。

赵炳耀当即安排人查找，人事科拿出矿区干部职工名册，一个个翻，都没有找到蕉萍。

那么，只有一种可能，蕉萍是笔名。

看名字，大家以为是女同志，于是将搜寻范围缩小到几位有文化的女同志身上。结果那几位女同志一个个摇头，她们没有写过。

姚筱舟听说了这件事，他心里像15个吊桶打水，七上八下。"都时隔几年了，这会儿要查找作者干啥呢……"他下班后，虽然强作镇定，还是不由自主地加快脚步，回到家里，就嘱咐妻子淑华把门闭上。

那段时间，他也不再拿笔。

这几年，他走路怕踏到蚂蚁，喝水怕塞牙缝，见人只笑少说话……

这时的姚筱舟，已经不在矿务局机关工作，而是在焦坪煤矿子弟学校担任中学班教师。

1957年，焦坪煤矿发生火灾事故，身为安全技术员的姚筱舟被认定负有间接责任，降级为煤矿工人。受到处分以来，按照要求，他要定期向组织汇报思想。

1958年11月15日，姚筱舟又认真地写了近期思想汇报：

"在组织的不断教育下，自己思想上已经认清了一条要点，即主动赎罪，努力工作，争取提前消除处分。自己感到国家在大跃进，自己却是罪人，实在可耻。只有参加工作，洗掉自己的污点。

"工作上，经过建设时期的劳动改造，已基本上赶上工人劳动的工效，出勤率达到百分之百。团结上，未与组织内外任何同志发生无原则纠纷。学习上，学完《青年修养十二讲》，现已开始自学《毛泽东选集》第一卷，并参加工人中的政治学习。

"缺点是，因近月工作忙于大跃进，汇报做得不够好，以后保证每月做到书面和口头汇报一到两次……"

因为表现好，1959 年 5 月，姚筱舟提前一年取消因火灾事故管制下放劳动处分，恢复厂籍和技术员职级，但他被安排到焦坪煤矿子弟学校去教书。

那些年里，海外亲属关系始终是他前进道路上一块搬不掉的石头，组织多次调查他的海外关系，还前往铅山和他工作过的商洛石棉矿进行外调。

他感觉矿区的天总是灰蒙蒙的，像矿工的脸。他往有山有树的地方走去，那山也是灰突突的，稀稀落落的柿树，不知多大年岁，将似枯未枯的苍劲枝丫伸向未知的天际。

他曾回忆说："从 1957 年 1 月 8 日火灾事故后，由于受到了刑事和行政上的双重处分，因而悲观失望……"

虽然组织百般关怀，但他的性格却似乎也蒙上了煤灰，少了明亮。

"由于悲观颓丧的思想基础，因而性格上孤僻冷淡，急躁厌烦，与同志交往少……工作上不敢大胆，怕搞错了再犯错误……"

他给老家写信时，给母亲说，他想家，想吃母亲做的灯盏粿和烫粉。

知儿莫若母。出身世家的母亲,曾跟着父亲经过旧社会的官场、生意场,如今步入新社会,对事物有着不同一般的见识。在给他的回信中,母亲总是勉励他:"要相信党,相信组织,要知足,不要泄气。"

彼时,他因为工资降级,生活困难,母亲让他把大儿子送到铅山老家,帮他带。

妻子韩淑华受其牵连,被下放到矿二小当了保育员。

在邻居们或明或暗的窃窃私语和无形孤立中,姚筱舟像一只蜗牛,只想缩在自己的壳里,逃离人们的视野,远离外面的是非。

在一次煤矿干部大会上,赵书记拿着大喇叭大声问:"谁是蕉萍?"下面一片沉寂,没有一个人回答。

赵书记动员全矿干部职工寻找蕉萍:"就是挖地三尺也要给我找出来!"

不久,矿党委领导收到一条线索,"那个因事故管制期满的姚筱舟,经常偷偷用蕉萍的名字写诗发表,还不断收到稿费"。

无论怎么小心翼翼,该来的总是躲不掉。

那天早晨,矿党委派人来找姚筱舟,让他到赵书记办公室去。

姚筱舟脚底像粘了橡皮泥,一步三挪地硬着头皮去了。

赵书记问:"你是不是蕉萍?"

姚筱舟吞吞吐吐地说:"赵书记,我姓姚,叫姚筱舟。"

赵炳耀假装沉下脸:"我知道你姓姚。就是你姚筱舟经常用蕉萍这个笔名发表文章和诗歌,还领了稿费。现在的政策可是坦白从宽!"

姚筱舟红了脸:"报告书记,我……我是收到两块钱稿费,我用稿费买了《论共产党员的修养》，还买了……"

赵书记一拍桌子："好啊蕉萍，你给咱争光了，还偷偷摸摸地干吗？以后大胆地写，大胆地歌颂咱煤矿，歌颂党！"

赵书记把朱践耳的信交给姚筱舟说："你麻利些给这个作曲家回个信。"

姚筱舟的心从冬天倏忽一下就到了春天，鲜花开满小径。

出了赵书记办公室，他一路小跑回到家，一边将好消息告诉妻子，一边迫不及待地看信。

朱践耳老师在信中说明了《雷锋的歌》的歌词被发现和发表经过，并说词作者已经更正为"蕉萍"。特来信郑重地表示感谢，感谢他为时代而书写，成就了这么一首好歌。

幸福来得太突然，姚筱舟眼含热泪，颤抖着手给朱践耳老师写了回信。他说："感谢党，感谢雷锋，感谢作曲家，我将以雷锋为榜样，向朱老师学习，为时代而歌，再接再厉，再写出好作品。"

1964年，中国音协主办的刊物《歌曲》，拟登载《雷锋的歌》。为慎重起见，中国音协通过组织渠道向焦坪煤矿了解查证，确认作者确是笔名蕉萍的姚筱舟后，《歌曲》登载此歌，标题为《唱支山歌给党听》，作者蕉萍。

至此，这首见证中华民族百年巨变，唱响亿万中华儿女心声的歌曲终于源正型定：

曲名：唱支山歌给党听

作词：蕉萍

作曲：朱践耳

## 少年：从"明星"改名"筱舟"

那天晚餐，姚筱舟的妻子回娘家给他带回来两个小菜，让他抿了两口酒。

姚筱舟在月光下散步，他看到北斗星出来，看到勺柄朝南。

这晚，他做了一个长长的梦。梦到他和姐姐弟弟，还有小伙伴们在石塘的石板街上跑着，灯盏粿的香味在空气中飘荡……

石塘镇四面皆山，被誉为"中国明清建筑博物馆"。宋词人辛弃疾晚年曾长期寓居于此。

石塘是江西省铅山县建有城墙的两个集镇之一，靠河一侧建有城墙，墙外为宽而深的护城沟。其城墙建于1932年，周长3.5华里，设置城门城楼6处，城楼大小约15平方米。现在保存下来的城墙有100米左右。

相传在南唐建县以前，石塘村北有方塘十口，故谐音石塘。其南为武夷山镇，北接稼轩乡。元时手工造纸业在石塘兴起，及明代发展成邻近诸县手工业造纸中心和集散地，亦是县内最大的农村圩集之一。

整个小镇的建筑呈纺锤形南北走向。石塘街全长1200多米，宽4—5米，全部铺以青石板。街上店铺鳞次栉比，相邻店屋共用一墙，尽显温馨。

店铺建筑为木构架砖墙，前店后堂。靠石、拱棂、走廊、商号、瓦檐均有造型各异的木雕、石雕和砖雕。这里把闽、浙、赣的建筑艺术融为一体，风格鲜明。

门板可上可卸，店门以最大的面积向街道敞开。街道两侧的房屋都有一个屋巷的闺房，它们伸向街面，形成走廊，方便行人。

镇内秀水环绕青山，山、水、街同行不悖，意境深远。桐江水及三条人工渠蜿蜒流过小镇，人家或傍水小筑或跨水而建，绵延成街。

镇内大小街弄52条，大弄套着小弄，官坑渠水从坑背而来，沿街而流，在每户屋内都能听到潺潺的流水声。每间隔几家，就有一处埠头，洗衣提水，极为方便。

素有武夷山下"小苏州"美名的石塘于2003年被公布为首批历史文化名镇。

1933年农历三月初九，石塘镇港沿路江家临街的房子里，一男婴诞生，其父为之取名明星，便是后来的姚筱舟。

往上追溯四代，姚家是从江西上饶迁居到这里的。港沿路江家其实是姚筱舟舅舅江德远的祖宅，因为外婆家房子多，子女又多在外做生意，所以姚筱舟母亲江玉兰就住在娘家照顾老人。

姚筱舟的祖父中了秀才，因家道中落而靠苦力谋生，后补缺知县，未及上任便因病逝世。有孕在身的祖母带着三儿一女改嫁帅姓人家。

姚筱舟的父亲姚学金排行老二，读过两年私塾后学艺，一边箍桶，一边侍弄11亩水田，生活可算殷实。

姚筱舟的叔父姚学富后改帅姓，更名帅镛。那时候，没人想到，这位叔父此后竟影响着姚家人的命运，尤其是影响着姚筱舟。

1926年，北伐战争开始，黄埔军校四处招生。读过七年私塾，在铅山县河口镇一家金银铺做学徒的帅镛进入黄埔军校学习。自1930年起，历任国民党军第五十六师上校团长、军委会南昌行营第一师团长以及湖北省罗田县长、江西泰和及乐平县长等职。姚筱舟出生时，叔父帅镛已在国民党军第五十六师任职。

帅镛任罗田县长时，提携姚明星的父亲姚学金外出工作，先后任过排长、连长、副官等职。到乐平县（今江西乐华市）工作后，姚学金将全家人接到南昌一起生活。姚筱舟五六岁时，父亲又带着一家人几经波折、颠沛流离之后，回到江西铅山县石塘镇，继续靠箍桶为生。

1946 年，父亲姚学金逝世。刚刚 13 岁的姚明星已目睹过兵荒马乱，经历过生活的起起落落，他比同龄孩子成熟、敏感。

他记得叔父帅镛回乡探亲时对他说过的一番话：长大不要当官，要多读书，学些真本事。

那时，穿着军装的叔父在家人和邻居眼中是神气的、精神的，但敏感的姚明星捕捉到叔父在夕阳照射时闪光的帽檐下，眼神中有一丝捉摸不定的茫然，神态中有几分憔悴。这便是叔父留给他的最后印象，终生挥之不去。

日本人被赶走了。国民党军又"剿共"，到处乌烟瘴气，民众一片茫然。

1949 年 5 月，铅山解放。

这时，在铅山中学读书的姚明星 16 岁了，即将中学毕业。在旧社会的残阳斜照和新中国的黎明交织中，姚明星同时经历着青春期的彷徨。

一次次，他在稻田边、竹林外漫步，折一只小船放在水中，看船儿摇摇荡荡，就像自己的命运一样，不知路在何方。

聪慧而多愁善感的他将自己的名字"明星"改为"筱舟"。如果说名字和命运有着神秘的联系的话，那时的他还真没意识到，这个名字已经暗示着他今后一生的命运。

父亲在世时，因姐姐、哥哥和他三人都在读书，一家人生活拮据，叔父帅镛时常接济。1944年，姚筱舟的大哥姚金星被过继给叔父，更名帅天民，1949年随厦门造船厂去了台湾。

父亲去世后，姚筱舟的姐姐也已出嫁。除了一点土地租金，一家人的生活全靠母亲帮人家洗衣服来维持。才步入中年的母亲头发已经愁白，双手因为长年劳作而像树皮一样粗糙。即便如此，也还是常常吃了上顿就得找下顿的米。

为了生计，高中肄业的姚筱舟被迫在国民党部队后勤被服厂运输队当了三个月勤务兵，又在上饶国民党《民锋日报》印刷厂当了45天学徒工。那段日子，看着乡亲们惊慌不定、食不果腹的生活，他的内心更加彷徨、迷茫。

**朝鲜战场：第一份入党申请书**

铅山解放，让他看到希望和光明，他那瘦弱的身躯里，不安分的因子活跃起来。

5月底，他和数十名同学一起，奔赴河口镇，考入中国人民解放军第二野战军军政大学五大队二十一中队学习。

从此，他离开家乡，投身革命洪流，犹如一叶小舟流入江河海洋，报国有门让他热血沸腾。

1949年6月，根据中央军委关于进军华南和西南的指示，刘伯承、邓小平于8月19日下达了川黔作战的命令。11月，第二野战军主力在一野和四野的协同下，以大迂回包围之势，向川黔进军。

活泼机灵、爱说爱唱的姚筱舟随同大队行军,至江西贵溪县（今贵溪市）上清镇时,由分队长单乃连介绍,加入了新民主主义青年团。

姚筱舟和与他年龄相仿的学员们一样,都是十七八岁的阳光少年,肩负数十斤重的行军背包,腰间左右两边各挂一枚手榴弹,每天精神饱满,斗志昂扬。

经江西萍乡、湖南邵阳,跋涉900公里,历时三个月,到达贵阳。

这时,他的学员生涯结束,被分配到驻地镇远的第二野战军十七军五十师政治部民运科任干事,参加剿匪建政工作。

这年12月,因行军途中吃苦耐劳,宣传工作做得好,姚筱舟被第二野战军十七军军大五分校授予"进军模范"称号。这更加鼓舞了他的革命斗志,坚定了他的革命信念。

这时,新生的中国,像呱呱坠地的婴儿,正伸展胳膊腿来适应和探索周边环境,以最佳的姿态来适应并不怎么友好的生存环境,甚至需要攥起拳头来昭示自己的生存空间。北京的金山下,第一代领导人在进行谋篇布局。

1950年10月19日,中国志愿军入朝。10月25日,在云山地区发动首次战役,迫使"联合国军"从鸭绿江边撤退至清川江。11月中旬,麦克阿瑟又发起新一波"结束战争"的攻势。彭德怀命令志愿军各部队后撤30公里,占据有利地势,等待最好时机歼灭来犯之敌。11月25日,志愿军开始了强有力的反击。"联合国军"遭到沉重打击,被迫退回到"三八线"以南。到1950年12月24日为止,中朝联军收复了北朝鲜"三八线"以北除襄阳以外的全部领土。

面对接二连三从前线传来的坏消息,华盛顿陷入混乱之中。

杜鲁门说，这是"迄今我们所遇到的最糟糕的局势"。为了保持美国在朝鲜半岛和整个远东的地位，杜鲁门在11月30日记者招待会上声称，"要采取一切必要的步骤来应付目前的军事形势"，当被记者追问是否包括使用原子弹时，他给出了肯定的回答。这个消息吓坏了追随美国的盟友。虽然国务卿艾奇逊在当天就代表白宫发表了一项声明，表示有关核武器的情况绝不会因为总统举行的一次记者招待会而改变，但还是受到了英、法等国的抗议，他们担心美国人正在"一个不可思议的时间和可能出现最困难的战略条件下，把他们拖入亚洲战争的深潭"。英国首相艾德礼在12月4日飞往华盛顿与杜鲁门面谈，他们重申决不撤离朝鲜半岛，但表示"准备遵循谈判途径，设法终止敌对行为"，"通过和平手段，来达到联合国在朝鲜的目的"。

就在艾德礼飞往华盛顿的同一天，志愿军接到了毛泽东对朝鲜战争发展前景的看法和意见：朝鲜战争有可能迅速解决，但也可能拖长，我们准备至少打一年。敌人有可能要求停战，但是，美国必须将其军队撤出朝鲜，而首先撤到"三八线"以南，才能谈判停战。同时，毛泽东还指出，美帝国主义和蒋介石一样，诺言、协定都是不可靠的，故应从最坏方面着想。

1951年3月，黔东南大围剿合围作战时，姚筱舟已是武工队队长，艰苦的作战环境和高强度的训练使他身板硬朗起来，作战日益勇敢，面对急难险重的任务，他总是带头向前冲。

朝鲜战场战事惨烈，热血沸腾的姚筱舟报名参加抗美援朝。跨过鸭绿江，踏上朝鲜领土后，他被编入中国人民志愿军补充十一师一团三连，先在政治部工作，后入铁道兵八五〇三部队第三师一团直属卫生连，担任文化干事。

每当战地休息时,他热情地教战士们读书识字,吹口琴、拉手风琴,教唱《中国人民志愿军军歌》《金日成将军之歌》,只要有他在,氛围就异常活跃,极大地鼓舞了战士们英勇杀敌、保家卫国的昂扬斗志。很快,他被评为"模范战士"。

入朝后,工资待遇不断提高,他把每月的工资节余全部寄回石塘老家,家里的生活才慢慢安定下来,两个弟弟得以上学,母亲也不用那么辛苦了。随后,家里加入互助组、初级社、高级社、人民公社。

母亲给他写信:"儿呀,在部队要好好干,要对得起党和军队给的工资,好好表现,为保卫国家做贡献。"

读着母亲的信,在冰天雪地的战场上,他的内心也倍感温暖。是啊,我们的共产党才是人民的大救星。可惜叔父和哥哥没能加入这个温暖的大家庭,而是在另一个车道上背道而驰。

远处炮声隆隆,姚筱舟趴在防空洞的洞壁上,在一张皱巴巴的草纸上认认真真地写字,他是在写入党申请书:"我叫姚筱舟,我志愿加入中国共产党,为保家卫国奋勇作战,不怕牺牲,永远向前,哪怕献出生命也在所不惜……"

## 商洛石棉矿:第二份入党申请

朝鲜战场上,姚筱舟曾被派往七团一营一连当文教干事。在这里,聪慧活跃且多才多艺的他第一次邂逅了爱情。

在与朝鲜人民军一起慰问演出时,他被那位翩翩起舞的山茶花一般的朝鲜姑娘所吸引,爱情的魔力让他忘记了部队的纪律,没来得及向首长请示，便带着文书一起外出，去同心爱的姑娘约会。

因为违反组织纪律，姚筱舟受到了严厉的批评。

他忍痛割舍了同姑娘的联系，将未及萌芽的爱情种子悄悄掩埋在硝烟弥漫的异国他乡。

此后一段时间，他时有悲观情绪，工作不够积极。但这种消极情绪没能持续多久，组织的力量便感化了他。

和每个人一样，他在组织的怀抱里，虽然看不见组织的模样，组织却无时无刻不在温暖着他，也时刻束拢他那稍不注意就脱缰的心。

抗美援朝是新中国成立后我军首次出国作战，入朝作战初期，志愿军党委和政治部便提出了一面作战，一面建设具有坚强战斗力的党支部的方针，指导基层党组织在战争中根据战场实际及时调整领导方法和组织形式。

针对有的官兵对入朝作战的意义、战争的形势缺乏深刻全面的认识，进而产生以怕苦、怕死、绝望等情绪为主的思想问题，基层党组织采取"事事当教材，时时作教育"的现实教育方法，激发官兵对祖国的热爱、对朝鲜人民的同情、对侵略者的仇恨，使战士们认识到"我们的身后就是祖国，我们不能后退一步""抗美援朝就是保家卫国"，极大地激发了广大官兵战胜强敌和困难的顽强斗志，为完成各阶段作战任务奠定了坚实的政治根基，提供了强大的精神动力。

部队深入开展群众性的思想互助，注重将思想互助与解决实际问题相结合，确保每个成分复杂和思想落后的人都有专人帮扶互助。

战斗中，志愿军基层党组织十分注重整理恢复组织，一有伤亡，就利用战斗空隙及时整顿班排组织，配备干部，充实战斗力。对于确实具备"成分好，党悟高，历史清楚，对党忠诚，在战斗及工作、生产和学习中表现积极，能够遵守党的纪律"等条件，在战斗和工作中经过考验的优秀青年团员、群众，按照入党手续接收入党，基本保持了班有党员、排有党小组、连队有完整的支委会，党员大都保持在指战员总数的30%以上。

支部注重发挥每名党员的先锋模范作用。一八一师五四一团四连在反击和坚守883.7西北无名高地时，共产党员、副班长白国亮腿被打断还坚持战斗，在紧急情况下高呼"共产党万岁！""毛主席万岁！""胜利一定是我们的！""大家要坚决地打呀！"等口号，被抬到团指挥所后嘴里还说着："英雄守在英雄山，消灭敌人万万千！"

朝鲜战场上，类似白国亮的种种英雄事迹数不胜数，给官兵们极大的震撼和鼓舞，无疑也在姚筱舟的心底掀起滔天巨澜。

经组织教育之后，姚筱舟认识到自身的缺点和不足，他发自内心地进行自我检讨：

> 我从政治部出来，思想上想锻炼一下，但来连队工作后，不够深入，很少到班里去，并对上级和排长的联系较差，在工作中的主动性不强，团的汇报工作不够。因排里有排长，所以有依赖性，有时同别人团结不好，和一些工作人员闹不团结，生活有些散漫。

姚筱舟<br>1951年6月1日

此后，部队党组织对姚筱舟进行积极的教育。同时，也对他的家庭背景和社会关系进行了调查。

姚筱舟所在的党支部，对其优缺点做出意见：

> 姚筱舟自来到本连工作很积极，主动想办法，对班里个别同志经常谈话。对排长的工作配合较好，经常代排长研究工作。对团的生活抓得很紧，能做到表扬和批评。思想斗争比较积极，对别人有意见敢大胆提出来。服从性很好，分配工作没有打过折扣。缺点是政治学习时精神不够集中……在工作中悲观。

1952年4月27日，部队对姚筱舟做出的鉴定是：

> 在卫生连，没有支书，指导员又不识字，个人埋头苦干，造名册，写报告，每晚都工作到半夜，白天给新战士上课，教育部队，吃苦耐劳好。推动连队文娱活动，搞得很好。工作能干，推动布置工作，忙时能重点突击完成任务。工作特别虚心，态度老实。能帮助别人学习文化很好，政治表现不错，对工作负责，关心文化教育，团结好，才高能干……

1952年9月20日，中国人民志愿军铁道兵政治部中南调查组对姚筱舟做出调查意见：

> 姚筱舟，其父虽于民国二十七年当过乐平县警察局

长,并随叔父到赣浙一线,社会关系复杂,但本人年纪尚小,旧社会影响不深,尚可改造教育,因此留队工作,继续审查。

1953年7月11日,在部队调查中,铅山县人民政府第二区公所提供证明:

兹有我区军人姚筱舟,家庭成分工人,历史清楚,社会关系比较复杂,特此证明,请予参考。

从以上材料可以看出,姚筱舟的思想和工作虽有波动,但一直在尽力克服,努力进步。但个人的家庭和社会关系影响,又让他时有悲观情绪。

1953年7月,朝鲜战争结束。

1954年,姚筱舟随部队回到祖国的怀抱。同年6月,在陕西宝鸡,志愿军铁道兵第一转业大队集合,姚筱舟服从组织安排,转入支援西北建设转建大队学习。

结业后,姚筱舟被分配到位于丹凤县的商洛石棉矿工作,任云母试探队人事股干事。

在商洛石棉矿工作期间,感受到祖国安定,处处都在掀起建设热潮,相比小时候硝烟弥漫、颠沛流离的生活,姚筱舟再次感受到党的伟大和新中国的活力。

他再次给组织写了入党申请书,由于其台湾亲属背景而未被研究通过。

那段时间,他常常在傍晚爬上县城背后的凤冠山,看着群山茫茫，云朵飘移，大雁南去，看不到自己的家，感觉自己像蒲公英种子，飘在这秦岭深山，却无法扎根。

他走到龙驹寨，丹江岸边，看水边浮萍，想象昔日江水浩荡，水运繁忙，高亢的船工号子在山间回响，若是今日还有船只，自己顺江而下，能否回到家乡？

夜里，他听雨打芭蕉，声声敲在他孤寂的心上……

他终于能回家探亲了，这是他16岁离开家乡后第一次回到日思夜想的故乡。

石塘还是原来的石塘，但炊烟升起，鸡犬声可闻，古墙灰瓦之间，流水潺潺，透着一股安宁和祥和。走进院门，看到在檐下做针线的母亲，已是鬓边如雪，他泪湿眼眶，一把抱住母亲，把心中多年积聚的思念、孤独和忧郁化作号啕哭声，随眼泪抛洒在脚下。

"我儿回来了，好好地回来了……"母亲摩挲着他的面庞，他长结实了的身板，喜极而泣。

吃过母亲做的灯盏粿和烫粉，母子促膝长谈。他把未能入党的烦闷向母亲诉说。母亲劝导他："儿呀，人要知恩图报。想想你父亲刚去世时，咱们的日子多恓惶。解放后，咱这些年的日子就像芝麻开花，越来越好，都是党的恩惠呀。你要听党的话，因为台湾亲属关系不能入党，不要有思想包袱，好好工作，好好表现，总有一天会成为共产党员的。"

不知不觉天亮了，他的心底也升起曙光。

## 落户煤城

短暂休假之后,姚筱舟回到陕西,服从组织安排,被调到铜川矿务局第一煤矿史家河矿学习采矿。当沉浸在对采矿技术的学习中时,他体味到专注钻研的乐趣,很快就爱上了这项工作。

他也同时在审视自己可能会在此度过一生的这块古老而又充满活力的土地。与他幼时生活过的家乡相比,家乡是吴侬软语的款款女子,温情而坚毅;而如今脚下这块土地就是肩宽胸阔的粗犷汉子,粗黑皮肤下流着炽热的血,这是黑与红的圣土。

铜川,位于陕西关中与陕北的接壤地带,连接着关中大平原和陕北高原,习仲勋等老一辈革命家曾在此活动。铜川还以拥有丰富的煤炭资源而闻名,成为国民经济建设时期我国工业迅速崛起的"粮仓"。

早在五千年前的新石器时代,铜川就有煤炭开采和使用的痕迹。铜川在唐宋时期就有人开始挖煤生火,并烧旺了耀州窑,耀州青瓷随丝绸之路流传海外。大约从元代开始煤炭正式开采,至明清时期已有多处小煤矿。

铜川煤炭资源丰富,可开采时间长久,在陕西乃至在西北是屈指可数的煤炭资源富集区,深受政府重视。铜川煤炭的开采,从抗日战争开始,加上铜(川)—咸(阳)铁路的修通,为中条山战役抗击日本侵略运输了大量煤炭。在解放战争时期,地下党以铜川的韩古庄煤矿为据点,护送了一批一批共产党的干部、民主人士,途经铜川煤矿,奔赴延安,地下党组织还以煤矿作掩护,以骡子驮煤炭为由，给解放区转移运送了大量的枪支弹药和生活用品。

铜川矿区位于陕北高原与关中盆地过渡带，北边是连绵起伏的子午岭，南边是广袤富饶的渭河平原，属于渭北石炭二叠纪煤田西部。

焦坪煤矿的前身，是成立于1935年的同官（铜川原名）煤矿下属的12家私有煤矿。

新中国成立后，铜川煤矿工人的劳动条件极大地改善，矿灯代替了鸡娃灯，电溜子代替了肩拉人爬的出煤方式，采煤方法由高落式演变为长壁式，引进了截煤机和顿巴斯康拜因，跨入国际先进采煤技术机械化矿井行列。

这里的矿井呈东西向带状分布，长达100多华里，号称百里煤海。这里主要有铜川和焦坪两个自然矿区，以生产焦煤、瘦煤、长焰煤和不粘煤为主，供应陕西省内电厂及工业和民用。

因煤而兴的铜川，于1958年成为继省会西安之外第一个设市的城市。

1954年7月，焦坪地区的铜宜、新利、兴华三座私营煤矿进行社会主义改造，正式成为宜君县公私合营焦坪煤矿。1956年，成立焦坪新华煤矿，隶属陕西省工业厅煤矿管理局，日产原煤500吨。

从20世纪50年代开始，随着国家发出"支援大西北"的号召，东部工业相对发达省份的工人和技术人员们，组成了浩浩荡荡的支援大西北大军，汇聚到西北各省。他们和姚筱舟一样，来到这塬坡山岭之中，把自己的才智奉献给这里。不同口音、不同生活习惯的人汇聚在这里，组成新的大家庭，大家轰轰烈烈搞建设，一心一意谋发展。

焦坪煤矿坐落在群山环绕着的盆底，有一个露天矿、两个斜井矿。

这年秋天，姚筱舟调入焦坪煤矿任安全技术员，级别为正排级。生活和工作安顿下来，他感觉未来正向他徐徐展开一幅新的画卷，那里，太阳升起，山花烂漫。

姚筱舟决心好好投身煤炭事业，为新中国的建设多采煤，采好煤。

## 矿难：没有写完的第三份入党申请书

毗邻陕北的铜川还曾是一块火热的红色革命热土。

1932年12月24日，刘志丹领导的中国工农红军陕甘游击队开到宜君县马栏镇（今属旬邑县）转角村，正式改编为中国工农红军第二十六军第二团，"民拥军、军爱民"，建立了工农民主政权。

红二团的首战就是在焦坪，接着南下耀县，进驻照金香山寺附近。其后，革命烈火燃遍陕甘高原。

焦坪地域还有一座著名的玉华宫，是唐代皇家避暑行宫、高僧玄奘圆寂地。玄奘法师西域取经归来，曾在此静心翻译数载，留下皇皇佛学经典。

工作之余，姚筱舟常常踏访玉华宫，感受佛家圣地的神秘力量。

在这片红色的圣土上，姚筱舟火热的内心得到滋养，焕发生机。

上班时间，他深入矿区的各个角落，认真细致地做好安全技术工作，保障工人安全和矿区安全。

下班后，他在茅草屋工棚的灯下读书学习，将胸中热情诉诸笔尖，化作一首首诗歌。

写着写着，他不由自主地又写起了入党申请书，"尊敬的党组织，我叫姚筱舟，我志愿加入中国共产党……"

申请写了一半，意外发生。

1957年1月8日，焦坪新华煤矿井下发生火灾事故！

消息传来，因病在家休息，高烧39.8℃的姚筱舟一骨碌坐起来，随即眼前一黑，又一头栽倒在地。

爬起来后，他不顾众人劝阻，要冲下矿井，被人拦腰抱住。

火灾事故发生后，矿务局组织人力全力抢救，但灾难无情，最终还是有14名矿工遇难。

后经追查，事故原因及经过如下：

1月5日，矿长要求，维修直井工作进度要加快！

因为井下结冰，影响工程，在区班会议上，作为安全技术员，姚筱舟向二生产区主任易生明提出在井下生火化冰。征得同意后，姚筱舟让工人安振东于1月6日早上6时开始，在入风口的直井底下生起两堆火。并要求，早上人下井时将火搭大些，下午人上井后将火烧小些，让火持续燃烧。

姚筱舟亲自请示并布置了井下生火化冰任务，却没有对责任人进行耐心细致的安全教育，认为搭火是小事，未能深入检查，有病休息了。

安振东说，自开始生火至8日中午他上井这段时间，没见姚筱舟下井检查过。其实，姚筱舟在7日下午到井下检查过一次生火化冰情况，没有见到安振东。

因当事人麻痹大意，导致事故发生，危及井下工作人员的生命安全，致14人死亡，并给矿井带来巨大损失。

根据以上调查情况，认为姚筱舟工作存在失误：一是未经矿上正式会议研究，指示工人生火；二是只安排一人全天操作，直接违反煤矿安全生产规程，因而引发火灾。

1月19日，经宜君县人民法院判决，姚筱舟对矿难负间接责任，被判处三年有期徒刑，受到管制。后定为行政撤职、下放劳动三年的处分，被降为煤矿工人，工资由58.5元下降为40元。

## 煤矿工人

当你踌躇满志时，命运之神也许正在暗处狞笑。

对姚筱舟来说，这是他有生以来遭受的最沉重的打击。

煤矿工人在地层深处挑战自然，把光明送给人类，却在黑暗中绘制自己的人生。

瘦弱的姚筱舟每天跟矿工们一起钻进罐笼，随着笼车飞也似的向下坠落，像是掉进无底的深渊，心底只剩下无助。抬头向上看去，井口越来越小，好似无边夜空的一颗星星，越来越远……

人朝着地心深入，直至几百米深处。走出罐笼，阴森森的井壁上向外渗着水，木头支撑着采煤掌子面。人们弯着腰在工作面爬着行进，汗滴在掌子面，人的体热使掌子面的温度不断升高，空气中弥漫的煤尘也更加浓重。平日里一个个年轻力壮的汉子，包括英俊的小伙儿，在这地心深处，若不说话，就是一个个黑色的影子，分不清谁是谁，除了转动的眼仁和白牙，其他都是一个色。与喧嚣尘世隔绝后，身体感受到的不是苦和累的痛楚，而是生与死的麻木。

从做采煤工开始下矿井的那天起，矿工们就无法把脸上的煤灰完全洗干净。每次下去，只要能安全升井，就是幸福的一天。

据悉，当年路遥写作《平凡的世界》时，在铜川鸭口煤矿和工人一起下井。上井后，路遥和矿工兄弟们一样，坐在蓝天下晒着太阳，贪婪地呼吸着新鲜空气，说了一句富有哲理的话："只有在井下生活过的人，才懂得阳光的价值。"

黑暗憋闷的矿井，高强度的体力劳动，对身单力薄的姚筱舟来说都不算什么，他希望身体再疼痛一些，疼痛到麻木才好，或许这样能让他忘却心理上的折磨。每每想到14名矿工的生命，他觉得自己无论怎么遭罪都无法弥补。下井后，他疯狂地、不要命地干活。上井休息时，他常常仰面朝天，两眼空洞无神。

他一遍遍在心底默诵艾青的诗《煤的对话》，以免自己疯狂或爆发。

你住在哪里？

我住在万年的深山里
我住在万年的岩石里

……

你已死在过深的怨愤里了么？

死？不，不，我还活着——

……

一次，矿区放炮剥离地面土层，井下剧烈摇晃，岩石哗啦啦往下倾泻。有人喊，快趴下！姚筱舟没有反应，继续埋头挥舞着镢头，头顶上，一块煤块掉落下来。危急时刻，身为共产党员的班长一个鹞子翻身，把姚筱舟撞向一边，同时把他压在身下，使他躲过了那个笸箩大的煤块，捡回一条命。

还有一次，下班时，一辆满载的运煤车脱钩，笨重的车身飞驰而下。人们大喊躲开，姚筱舟却神思恍惚，茫然无措。一位身为党员的老矿工冲过去一把揪住他的领子，把他甩到一边，保住了他的性命。

但姚筱舟清醒过来后的第一句话竟然是："谁让你救我……"

老矿工说："看你个出息样，你以为你这样死了，就永垂不朽了？"

虽然如此，姚筱舟的内心是感动的，不管他怎么消沉，大家仍关心他、爱护他，关键时拉他救他，而且救他的两位都是党员，共产党员！

这两次事件后，区队党支部老书记周从学知道姚筱舟的心理包袱很沉重。

老书记便找姚筱舟谈心："小姚呀，对组织的处理要正确看待。你还年轻，经历这一次事，要从中吸取教训，以后的路会走得更稳。人这一生，没有白吃的苦，白遭的罪。在哪里跌倒就在哪里爬起来，后面的路长着呢，振作起来方是好汉！"

党小组还专门研究，动员一帮党员矿工主动关心姚筱舟。常在工休时找他下棋、聊天，下班后和他猜拳、喝点小酒。

矿工们黑黝黝的皮肤下，有着火热的内心。他们再苦再累，从不抱怨。他们认为要挣钱，就要辛苦劳动，用双手换来工资寄回家，养活老婆孩子和老妈，他们很开心。上班时甩开膀子干活，高兴了就唱，就讲荤段子，不高兴了就爆一爆粗口，骂声娘，就过去了。下班了，吃饱喝足倒头就睡，世上的事就这么简单！

姚筱舟被热情单纯的矿工们感染了，他心头的阴霾渐渐消散，腰板渐渐挺直并硬朗起来。

就像俄国教育家乌申斯基所说：如果你成功地选择劳动，并把自己的全部精神灌注到它里面去，那么幸福本身就会找到你。

一天，采煤段党总支书记单乃连来检查工作，单书记在二野时是姚筱舟的入团介绍人，他扬起大手拍拍姚筱舟的肩膀："筱舟，你这薄身板干井下的活，不出活儿嘛！"姚筱舟红了脸。

"你是高中生，又在部队做过宣传工作，都是文化人了，你上井来，给咱矿上做宣传，多发现好人好事，挖挖先进典型，给咱出板报，写广播稿去。"

姚筱舟眼前一亮，毫无疑问，他喜欢这工作！

就是那些在矿井下的日子，为搜集采访先进典型，姚筱舟和矿工朝夕相伴、亲密接触。其间，姚筱舟的灵魂得到了重塑。

如果说，在战场上，出生入死、保家卫国的人是最可爱的人；那么，此时，在他身边的这些矿工们就是最可爱的人，他们在黑漆漆的井下辛勤劳动，把辛苦和劳累留给自己，挖出煤来，把光和热奉献给世界！

他们是淳朴的，他们的感情世界是纯粹的。

旧社会时，他们是受剥削的，识字不多，不会讲大道理。

穷人翻身得解放了,他们靠自己的双手,挣的钱都是自己的,吃得饱穿得暖。他们对党和祖国有着深深的感情,干起活来特别卖力。姚筱舟常听他们讲,要不是共产党、毛主席救了咱,咱只是会说话的牲口,还在十八层地狱里受罪哩。

家在铜川当地的矿工们一遍遍地讲述各种版本霸王窑的故事。

传说有个古老的煤矿,被称作"妖魔井"。旧社会矿主将人骗到井下挖煤,一个月才能上到地面来见一次太阳,工钱是没有的,更别想离开矿井回家了。后来这个黑暗的矿窑被揭发,受到官府严酷惩罚的矿主把怒气撒到矿工身上。当矿工乘坐罐笼下井时,矿主斩断绳索,封闭井口。

后来,每到傍晚,在井口附近都能听到冤魂叫屈的声音,人们便把这个矿井叫"妖魔井"。

有了新旧对比,新时代每天都能沐浴到温暖阳光的矿工们只认一条理:党叫干啥就干啥!

他把这些认识和感动,饱蘸浓厚的感情,化成文字,在矿区里传扬。矿工们听了,干起活儿来更得劲了!

姚筱舟成了矿上有名的文化人。

矿工兄弟"老山东"来了:"姚老弟,再帮我写封家信吧!"

姚筱舟在矿井下的小徒弟"小煤球"也来凑热闹:"师傅,你也帮我写一封吧,我还没给家里写过信呢!"

"老山东":"对了,记得在信的末尾还要写上'听党的话,交好公粮'。"

姚筱舟笑了:"中!"

"小煤球":"师傅,我的也那样儿写。"

姚筱舟拍了拍"小煤球"的光脑壳。

路过的周书记说:"筱舟呀,你以后别光帮他们写信,得空儿教教他们读书识字,别让他们闲了只知道胡吹冒撂瞎喝酒。"

那段时间,姚筱舟觉得焦坪的天更蓝、草更绿了。又一个春天来临时,姚筱舟收获了爱情。

经周书记介绍,他和韩师傅的女儿淑华相识相爱了。

那时候,"历史清白"是生存最重要的条件,姚筱舟有海外亲属关系不说,还有处分在身。有人"告诫"韩淑华:姚筱舟有历史问题,你跟他好,不怕耽误将来吗?

淑华被姚筱舟的才华所吸引,爱慕他低调且自强不息的品质。她坚定地说,我看重的是他这个人,其他的都不重要。

淑华给了他爱,给了他温暖。

亲情之爱和组织关怀让他在这离家千里的地方定下心、扎下根,重新找到人生的意义。

## 从"筱舟"到"蕉萍"

生活安定下来的姚筱舟,心也有了归属。闲暇时间,他重拾起读书和写作的爱好。

东西写出来,就要发出去,可是署名用什么名字好呢?

这时的姚筱舟已经养成了凡事不声张的个性,骨子里觉得,任何事只有装在自己心底才是最安全的。

秋风秋雨愁煞人。秋雨绵绵的季节,善感的他听着雨点落在窗外树叶上的声音,就想到了王维的"雨打芭蕉叶带愁"。自己身在焦坪,离家千里,有点像那池塘里的浮萍。

焦坪，芭蕉、浮萍、蕉萍……

有了，有了！

"啥有了？"在一边缝婴儿衣服的妻子淑华嗔怪地剜了他一眼。

"我的笔名就叫蕉萍，芭蕉的蕉，浮萍的萍，又与咱的焦坪谐音。"姚筱舟兴奋地说。

此后，署名蕉萍的散文和诗作一篇篇从焦坪煤矿的这间小屋飞到省内外各个报纸杂志上。

入夜，妻子和孩子已进入香甜的梦乡。

或许，外表越是平静的人，内心越是火热。

姚筱舟平静地坐在油灯下，思绪却飞越万水千山，他翻着《王老九诗选》，里面有首《唱支歌儿朋友听》。

姚筱舟眼前晃动着矿工兄弟们黑脸庞上绽出的像太阳一样的笑容，他们一遍遍交代"在信的末尾写上听党的话，交好公粮"时的自豪劲儿。

矿务局抽调他做一个霸王窑阶级教育馆，在霸王窑遗址上挖出的累累白骨在他眼前晃动……

那里，曾经是"万人坑"。矿主把死了的、干不了活的、下不了井的矿工都扔进那个坑里。当地县志记载，明朝万历年间，当地一位张姓县令听说霸王窑的事情后，就乔装打扮成百姓模样来到这里暗访，还没分出东南西北，就被矿主当作流民扣留，押至井下挖煤。受尽折磨的张县令叫天不应，喊地不灵。一天，他灵机一动，咬破手指，在一块石头上写下自己的名字，石头和煤块一起运送到地面，被来这里寻找县令的人发现，县令得以获救。从此，这个人间地狱才真相大白于天下。

当地流传民谣：

霸王窑，阎罗殿。
活人进，死人出。
白骨成山血成河，吃人矿主是妖魔。

还有大家聊天时，"老山东"说的那些朗朗上口的顺口溜："党是咱妈，矿是咱家，听妈的话，建设好家。"

想到了远在千里之外的老母亲对他的殷殷嘱托：共产党救了咱，让咱吃饱穿暖还学文化，一定要听党的话，好好干。

在这暖意流淌的夜里，他的灵感绵延不绝，从心底涌到笔尖，化作一首诗：

唱支山歌给党听
我把党来比母亲
母亲只能生我身
党的光辉照我心
……

"老山东"说："谁想咱冬天的一根儿葱，今儿个也成了主人翁！"

"小煤球"说："俺娘说，俺爹旧社会在霸王窑上下苦，那时的窑主是手拿长鞭，'紧三鞭，慢三鞭，不紧不慢又三鞭'。"

姚筱舟接着写：

旧社会三座大山压我身

推倒大山做主人

……

孩子的梦呓打断他的思路，他哑然一笑，摇摇头，放下笔，去掖掖孩子的被角，随手翻开孩子枕边的一本小人书，看到一个胖胖的窑主拿着鞭子抽打枯瘦如柴的矿工的场景。他体会到矿工心中千般愁万般恨！

他立即坐下，将诗句改成：

旧社会鞭子抽我身

母亲只会泪淋淋

党号召我们闹革命

夺过鞭子揍敌人

由矿工的命运转变想到自己的身世：

母亲给我一颗心

好像浮萍没有根

亿万红心跟着党

乘风破浪齐跃进

三段写好了，他把标题定为《唱支山歌给党听》，收好稿子，放下笔。

如吐胸中块垒的他起身走到屋外，看着满天繁星，北斗七星格外明亮，他毫无睡意，在矿区路上走着，直到东方露出鱼肚白。第一道霞光洒向矿区时，他把诗稿轻轻投入邮箱。

### 三分之一袋面粉的稿费

1958年6月26日，《陕西文艺》刊发了蕉萍的诗作《唱支山歌给党听》。

姚筱舟收到了两元钱的稿费，他把稿费交给妻子，妻子笑着说："你要是每天写一首，三天就能买一袋面粉。"当时一袋面粉要六元钱。

当妻子把姚筱舟收到稿费的事情告诉自己的母亲时，岳母还百般叮嘱："千万不要说出去啊，可别让人说是资本主义的尾巴。"

没过两天，他又拿那笔稿费去买了书。

1958年，是新中国史上影响和改变大多数中国人命运走向的一个不寻常之年，也成就了中国农民诗和民歌的大丰收。

作家徐迟在编选的《一九五八年诗选》序言中说：对中国的诗歌创作来说，1958年乃是划时代的一年。这一年，诗歌界出现了普遍繁荣的、盛况空前的图景。

这年3月，在成都会议上，毛主席在讲话中说：中国诗的出路，第一条民歌，第二条古典，在这个基础上产生出新诗来，形式是民歌的，内容应当是现实主义和浪漫主义的对立统一。

毛主席同时指出："搞点民歌好不好？请各位同志负个责，回去搜集一点民歌。各个阶层都有许多民歌，搞几个试点，每人发三五张纸，写写民歌。"

在随后的汉口会议期间，毛主席又提到民歌，他说：各省搞民歌，下次开会各省至少要交一百首。大中小学生，发动他们写，每人发三张纸，没有任务，军队也要写，从士兵中搜集。

集政治家、军事家、诗人、书法大家于一身的毛主席，不仅熟读经典，颇具革命浪漫主义气概，而且崇尚人民群众的智慧和创造力。在早期革命生涯中，就非常重视农民文化、民歌。在湖南、广州、瑞金进行农民调查时，常常搜集民歌。这个思路跟《诗经》的来源是不谋而合的。像《诗经》一样，民歌的淳朴、直白、浪漫和现实地反映生活、抒发感情的方式为他所喜爱，这对他以后的文艺观也产生了重要影响，反对党八股，给农民宣讲要简洁明了，用群众的语言跟群众说话，都是群众文艺观的具体体现。

在毛主席看来，作家、诗人们应该向农民学习，创作的作品要反映农民的生活。

主席认为，在社会主义改造完毕，社会主义建设高潮即将来临之际，广大人民群众不仅要享受文学，还要成为文学创作的主体。他老人家说，学艺术也要建军，也要练兵，一支完全新型的无产阶级文艺大军正在建成。

5月，党的八大在京召开。会后，全国上下，各行各业掀起"大跃进"的高潮。

随即，中国诗坛也呈现出"热闹"的局面。

比如，中国作协副主席、西北文联主席柯仲平的诗歌《不到黄河心不甘》：左边一条山，右边一条山，川水喊着要到黄河去，这里碰壁转一转，那里碰壁弯一弯，它的方向永不改，不到黄河心不甘。

这首诗用了通俗、形象、生动的语言，来表达朴素的感情。

被毛主席称赞："既是大众性的，又是文艺性的，体现中国气魄和中国作风。"

著名诗人臧克家评价他"猛似狂飙热似火"。

农民诗歌也掀起了热潮。一时间，似乎每个生产队，队队都要有李白。

陕西临潼的农民诗人王建禄，人称王老九，他曾逃荒要饭，常把旧社会的不平、新社会的好编成顺口溜，读来朗朗上口，就成了诗歌。

1951年，王老九应邀出席西北文代会，柯仲平鼓励他多编快板多宣传。

那首广泛流传的《想起毛主席》，作者便是王老九。

梦中想起毛主席，半夜三更太阳起。
做活想起毛主席，周身上下增力气。
走路想起毛主席，手推小车不知累。
吃饭想起毛主席，蒸馍拌汤添香味。
开会欢呼毛主席，千万拳头齐举起。
墙上挂着毛主席，一片红光照屋里。
中国有了毛主席，山南海北飘红旗。
中国有了毛主席，老牛要换拖拉机。

1958年初中国民间文艺研究会选编的《农村大跃进歌谣选》中有一首民歌《我来了》，给毛泽东主席留下了极深的印象："天上没有玉皇，地上没有龙王，我就是玉皇，我就是龙王，喝令三山五岳开道,我来了!"谈到这首民歌,毛主席对于这种气魄十分欣赏。

这首《我来了》,当年被郭沫若等编选的《红旗歌谣》作为压卷之作,一度还收入中学语文课本。从历史的视角来看,它当然抹不去时代的斑驳油彩,"大跃进"、浮夸风如影随形,至今毁誉并存。

50多年了,它沉寂在纸页发黄的史籍中,在岁月的口碑里流传。人们都以为它真的是一首民歌,很少有人知道它来源于陕南安康,出自一名早逝的老报人于邦彦之手。于邦彦还有着跟姚筱舟相似的命运。

在安康报社工作的于邦彦常常去八一水库等地采风,又把几首字数整齐的民歌,合并、改写、取其意,用长短句的形式,重新创作了这首诗。

一首《说在地头》,开篇就似曾相识:"天上没有玉皇,水里没有龙王,靠天吃饭靠不住,幸福不是从天降。打井修渠,广修梯地,汗水落地摔八瓣,换来丰收年。人人动手,社社修渠,渠渠长流水,堰堰保灌溉。"

另一首《写在墙头》,也有《我来了》的影子:"与河争地,向水要粮,强迫恶水让路,硬逼石头搬家。流不尽的水,积不尽的肥。庄稼一枝花,全靠粪当家。"

两个多月后的1958年2月19日的《安康报》,三版头条有一组诗,第四首正是这首赫赫有名的《我来了》。

如今,在距安康市区北约20公里处的黄石滩水库管理局大门口的石头上,就刻着《我来了》这首诗。这是黄石滩水库的历史,也是它的骄傲。

安康市汉滨区建民办事处东山村与毛坪村之间的付家河河道上，东西向横跨着一座架着管道的倒虹桥。桥长近百米，高约20米，石块和水泥砌成，看上去平凡无奇。

但绕到桥北，抬头就能看见三个桥墩上方各有一个大字："跃""进""桥"，桥墩上依次是"大跃进"时期的"三面红旗"标语："总路线万岁！""大跃进万岁！""人民公社万岁！"再往桥体上看，正是《我来了》这首诗，从东向西一溜排开，每字足有50厘米高。这些字都是水泥阳刻，红色油漆早已斑驳，只有山河日月见证它是怎样日益沧桑的。

当年的安康广播站记者张培祥还记得，他曾多次在此地采访先进集体"铁姑娘排"的姑娘们。曾任安康地委副书记的王化群老人，当时是"铁姑娘排"党支部书记。她对张培祥说："三十三个铁姑娘，虎口拔牙打硬仗。"她们一边干活，一边把《我来了》当号子吼："我就是玉皇！我就是龙王！我来了！"

于邦彦因为历史问题而被组织"只使用，不重用"。但他没有姚筱舟幸运，他在"文化大革命"中再次被投入监狱，40岁左右便逝世。

诗歌"大跃进"，全国各地你追我赶，不甘落后。呼和浩特市提出"三至五年内要生产80万吨钢，收集50万首民歌"。

山西省提出一年要产生30万个李有才、30万个郭兰英，"社社要有王老九，县县要有郭沫若"。

这些其实是背离了毛主席最初的想法，主席最初的想法，不过是下次开会时各省至少要搞一百首民歌。

海量的民歌产生出来，但经得起众人审视，经得起岁月检阅的终归是少数。

1959年，中国作协主办的《诗刊》杂志社编辑出版了《新民歌三百首》，首印5万册。其中收录了《唱支山歌给党听》，作者为陕西宜君焦坪煤矿蕉萍。

全诗共三段：

    唱支山歌给党听
    我把党来比母亲
    母亲只能生我身
    党的光辉照我心

    旧社会鞭子抽我身
    母亲只会泪淋淋
    党号召我们闹革命
    夺过鞭子揍敌人

    母亲给我一颗心
    好像浮萍没有根
    亿万红心跟着党
    乘风破浪齐跃进

无数人读着这首诗，但没有人知道作者蕉萍是谁。姚筱舟依然做着他的本职工作，除此之外，他似乎没有更多的奢求。

## 《雷锋日记》

《唱支山歌给党听》这首诗以朴素的感情，平实的语言，形象的比喻，贴切地反映了普通大众的共同心声，得以广泛流传。

民心相通，诗歌为媒。从西北到东北，在辽宁营口，一名叫雷锋的解放军战士读到了这首诗，被深深吸引，沉浸在对往事的回忆中，感觉这就是他内心世界的生动写照。

雷锋原名雷正兴，1940年12月18日出生于湖南长沙荷叶坝一户贫苦农民家里。

三岁起，他的祖父、父亲和哥哥因贫病而相继死去。因不堪地主逼迫，母亲上吊死去，弟弟也饿死在家中。年仅七岁的他沦为孤儿，在家族叔公叔奶的拉扯下，像石缝里的一株小草，艰难地生长。

1949年8月，湖南解放。九岁的他听叔奶奶说共产党是人民的大救星，就去找到路过的解放军连长，说他想跟着救星去当兵。连长看着这个瘦小的孩子，摸着他的头说："小伙子，你年龄不够呀，先好好学文化啊。"并掏出一支钢笔送给他。

一颗理想的种子在他心底埋下。此后，聪明机灵又能吃苦的他当了儿童团团长。土改时，家中分得三亩六分耕地，乡政府的党支书又供他进入刘家祠堂读书。

那支钢笔是他的宝贝，他喜欢边看书，边用钢笔一笔一画地抄下书上的字。学习使得他的视野变得开阔起来，他的心不再局限于荷叶坝这一片天地。

1956年夏天,他小学毕业。合作化时期,他将分得的田地捐给他就读过的荷叶坝小学,回到生产队当了秋征助理员,不久,又到乡政府当了通信员。

在湖南望城五星人民公社,他郑重地写下了第一份入党申请书。

不久,他被推荐到望城县委当公务员,被评为机关模范工作者,并于1957年加入共青团。

他不仅工作认真靠得住,还出了名地爱学习。

到望城县委做公务员时,他才16岁。在那一年的机关工作生活里,好学上进的他开始写日记,不仅为了锻炼文字能力,还有提高文化素养和人生格调的意思。

1957年秋天的一个下午,在望城县委机关门口,他面带笑容对组织部的同事彭正元说:"老彭,请你告诉我,日记怎么写才好?"

老彭反问:"你在写日记?"

他回答说:"我想学一学写日记。"

老彭说:"学习写日记,这是好事,我也在写日记。"接着告诉他:"写日记既可以提高自己的文化与写作水平,也可以锻炼提高分析事物的能力。"

他也接着问:"写日记的好处确实很多,那日记怎么个写法呢?"

"从写日记的形式看,有无标题的,开始就写某年某月星期几,还有一种有标题的,我喜欢后一种形式。因为日记有标题,就体现了这天日记的中心内容,看了一目了然。也便于今后归类整理。"老彭把自己写日记的体会全盘托出。

他饶有兴趣地说:"还这么讲究啊!"并继续问:"如何才能写好日记呢?"老彭思考了一下说:"我觉得有几点注意的。一是不要记流水账式的,如记起床、睡觉、吃饭、上班、下班等,这个就没意思了;二是记一天中,有突出意义的事,选择一两件把它记全、记深、记好,不要面面俱到;三是记事时,可写自己的感受和见解,或者练习写景物,逐步提高自己的写作水平。"他听了很受启发,受益匪浅。

1958年春,他到团山湖农场工作,只用了一周的时间就学会了开拖拉机。同年9月,他响应支援鞍钢的号召,到鞍山做了一名推土机手。

他最早写的日记能够查询到的写于1958年3月,内容是"我学会开拖拉机了",还刊登在《望城报》上。

1959年8月,他又来到条件艰苦的弓长岭焦化厂参加基础建设,曾带领伙伴们冒雨奋战保住了7200袋水泥免受损失,当时的《辽阳日报》报道了这一事迹。在鞍山和焦化厂工作期间,他曾3次被评为先进工作者,5次被评为标兵,18次被评为红旗手,并荣获"青年社会主义建设积极分子"称号。

1959年11月15日,在弓长岭焦化厂,他向组织递交了第二份入党申请书。

原长沙望城县团山湖农场办公室干部方湘林是最早看过他写的日记的人。

1958年4月,他主动把日记递给方湘林看。

方湘林笑着说:"不会有爱情私话吧?"可打开一看,他愣住了。那个年龄的小伙们,难道不是在本子上写的都是青春足迹,爱的苦恼吗?

方湘林回忆："我希望真有爱情日记，可仔细一看，太出乎意料了，他日记里写的全是政治与技术方面的内容，如下放干部总结评比大会记录，自己在大会上的发言提纲，拖拉机性能、拖拉机驾驶规则，等等。"

1960年1月8日，他从辽宁省辽阳市应征入伍。当时他身体还算强壮，但个子只有1.54米，按征兵条件，入伍有些勉强。

曾和雷锋一个团的夏孝栋回忆，鉴于当地兵源比较充裕，当年他们曾想对雷锋缓征。"可雷锋要当兵的愿望非常强烈，一次又一次地找接兵部队的领导'磨叨'，把他发表在《辽阳日报》上的一篇题为《我决心应召》的文章给接兵干部看。后来，他竟然'泡'在新兵营营部不走了，当上了义务通信员，成天帮着打扫卫生，烧开水，送信件。"夏老说，团里的领导认为雷锋是个好苗子，到部队之后经过磨炼肯定能成为一名出色的战士，于是破格批准雷锋入了伍。

20岁的他从鞍钢弓长岭矿山入伍，来到辽宁营口，被分配到营口驻军运输连当驾驶员。

不管在哪个岗位，他都万分珍惜自己的工作，他勤劳，他阳光，不光把自己的工作完成好，别人的大事小事他都乐于帮忙。

人们说："雷锋出差一千里，好事做了一火车。"

他出差去安东，参加沈阳部队工程兵军事体育训练队。

从抚顺一上火车，他看到列车员很忙，就动手干了起来。擦地板，擦玻璃，收拾小桌子，给旅客倒水，帮助妇女抱孩子，给老年人找座位，接送背大行李包的旅客。这些事情做完了，他又拿出随身带的报纸，给不认识字的旅客念报，宣传党的政策。一直忙到沈阳。

入伍不久，就荣立二等功，被授予"模范共青团员"称号。

出差途中，他买到一本辽宁春风文艺出版社的《新民歌三百首》。

就着如豆的灯光，他翻看《新民歌三百首》，其中一首《唱支山歌给党听》吸引住他的目光，反复吟诵后，他修改了几个字，然后工工整整地抄在自己的日记本上。

1960年，他还报名参加了演出队。他准备的一个节目，就是用湖南小调填词的《唱支山歌给党听》。

党的恩情大于天，没有党就没有他的新生。

正式入伍后，他在部队里乐于助人的事时有发生。很多人都知道他是位好同志，团里的领导也觉得他与众不同，并多次在团里表扬他。但对这位新战士为什么有如此好的表现，并未进行深入的调查和分析。那个时候大家只认识到一点："雷锋是位乐于助人的好战士！"

直到1960年八九月间，团政治处接到两封不同寻常的感谢信，他默默助人的事迹才真正"暴露"。

第一封是抚顺市望花区人民公社党委办公室寄来的，信上说："你部战士雷锋，为了支援我们公社的建设，要把自己多年来省吃俭用积攒下来的200元钱赠送给我们公社。我们谢绝了他的好意，让他把钱给家里邮去。可他说'人民公社就是我的家，我的钱就是给家里用的'。盛情难却，我们只得收下了100元。雷锋同志这种热爱党、热爱集体的可贵精神，使我们深受感动，它成为鼓舞我们办好人民公社的精神食粮。希望部队领导能给予雷锋表彰奖励。"

他不仅在部队里做好事，平时还热心支持公社的建设。当时，他每月的固定工资只有6元钱，能拿出200元钱支援公社，的确让人感动。

另一封是辽宁市委寄来的。信上说："你部战士雷锋，听说我市遭遇了百年未遇的特大洪灾，给我们写来了慰问信，还寄来了100元钱。雷锋同志这种关心家乡、关心灾区人民的深情厚意，使我们深受感动和鼓舞，我们一定尽心尽力，带领全市人民战胜灾荒，重建家园。希望部队领导能给予雷锋表彰奖励。"

团里领导看了这两封来信，深受震撼，当即决定派宣传人员前往他所在汽车连蹲点调查。通过召开座谈会，找他谈心，走访地方有关单位，挖掘出他的许多鲜为人知的先进事迹。团领导感动不已，当即决定，号召全团干部战士"人人都来学雷锋，做雷锋式的好战士"。

1960年10月底，军区政治部抽调他到沈阳做忆苦报告。为了详细全面了解他的成长过程，政治部副主任王寄语打电话给工程兵第十团政委韩万金，要求转告雷锋，来沈阳时带上自己的日记。

接到命令后，他赶到军区招待所报到，并把五本日记交给王寄语。

王寄语仔细阅读他的日记，被这小伙朴实真挚的情感、无私而火热的精神感动了，立即安排秘书摘抄，并分别送给军区首长们阅读。

毫无疑问，首长们都被打动了。

军区政治部机关报《前进报》总编辑嵇炳前，协同新华社军事栏目记者佟希文和李健羽，来军区机关采访他的事迹。

在他做报告临时住的房间里，整洁的床头，摆放着日记本，总编和记者们亲眼看到，不禁扼腕称赞，经请示王寄语后带走细阅。

之后，总编辑嵇炳前向编辑董祖修介绍了报社拟宣传雷锋的计划，并把五本日记交给他，让他看看能否摘录发表一部分。

当时已是下班时分，董祖修接过雷锋的日记本，拿回家去，当晚便在灯下阅读起来。他打开1960年雷锋参军后新使用的日记本，一下子便被扉页上贴着的黄继光画像吸引住了。那是一张剪自画报的黄继光画像。画像上展现的黄继光，目光如炬，颇具战场上仇视敌人、勇往直前的英雄气概。在画像两侧空白的地方，雷锋竖着写道：英雄的战士黄继光，我永远向您学习！

一页页翻下去，董祖修的心被一次次洗刷着。

"一滴水只有放进大海里才能永远不干，一个人只有当他把自己和集体事业融合一起的时候，才能最有力量。"

要记住：
"在工作上，要向积极性最高的同志看齐；在生活上，要向水平最低的同志看齐。"

雷锋同志：
愿你做暴风雨中的松柏，
不愿你做温室中的弱苗。

人的生命是有限的，可是，为人民服务是无限的，我要把有限的生命，投入到无限的为人民服务之中去。

我愿做高山岩石之松，不做湖岸河旁之柳。我愿在暴风雨中——艰苦的斗争中锻炼自己，不愿在平平静静的日子里度过自己的一生。

青春啊！永远是美好的。可是，真正的青春，只属于这些永远力争上游的人，永远忘我劳动的人，永远谦虚的人。

我深切地感到：当你和群众交上了知心朋友，受到群众的拥护，这样会给你带来无穷的力量，再大的困难也能克服，无论什么艰苦的环境中，都会使你感到温暖和幸福。

凡是脑子里只有人民、没有自己的人，就一定能得到崇高的荣誉和威信。反之，如果脑子里只有个人、没有人民的人，他们迟早会被人民唾弃。

世界上最光荣的事——劳动。世界上最体面的人——劳动者。

硬汉董祖修被感动了，从这些话语中，他看到了一个穷苦出身的战士对党的事业的百般热爱，对党和祖国发自心底的深厚感情。这是一个灵魂纯粹的无产阶级人民战士！

经请示，雷锋日记可以摘登！

同时，董祖修决定前往雷锋所在连队进行采访，希望挖掘到更多的素材。

董祖修来到运输连，雷锋外出做报告去了。经人指点，董祖修找到雷锋的一只小木箱，里面有几册笔记本和一些抄着哲言和诗歌的稿纸。

稿纸中飘下一张小纸条，董祖修拾起一看，上面写着：

> 对待同志要像春天般的温暖，对待工作要像夏天一样的火热，对待个人主义要像秋风扫落叶一样，对待敌人要像严冬一样残酷无情。

董祖修沉思，随之眼前一亮，这不正是雷锋精神的精辟总结吗？

1960年4月5日，刚刚参军不久，雷锋第三次向党组织递交入党申请书。每份入党申请书的字里行间，都跳动着他一颗炽热的心。

1960年6月，连党支部讨论吸收新党员，工兵团领导提出应考虑他，但有人提出不同意见，认为他入伍才半年，列入发展计划会影响老战士的思想情绪。7月，连党支部第二次讨论他入党问题，多数同志赞成把他列为发展对象。全团100多名发展对象，只有雷锋是当年兵。

这年夏天，因为雷锋在抢险救灾中表现突出，荣立三等功，又被评为"节约标兵"。11月初，雷锋以特邀代表资格出席沈阳军区首届共青团代表会议。军区党委认为雷锋以党员身份出席会议更为适宜，要求工兵团党委尽快批准雷锋入党。

这时，军区工程兵的连队政治工作会议正在沈阳召开，工兵团党委委员多数在这里。运输连指导员高士祥紧急赶回抚顺,当晚就召开支部党员大会。雷锋因为在外地做报告并未到场,高士祥替他念了入党志愿书。全体到会党员一致通过雷锋为中国共产党预备党员。第二天一早,高士祥又赶回沈阳会场,工兵团在沈阳军区招待所召开了一次特殊的团党委临时扩大会,议题只有一项:讨论批准雷锋入党。

会议结束,雷锋已经成为一名新党员,而他本人此时也正好在沈阳做报告。当他得知自己入党的消息,显得非常激动,半天说不出话来。

11月26日,《前进报》用整整两个版的篇幅,发表了《毛主席的好战士》长篇通讯,报道他的先进事迹。

12月1日,该报又发了整版的《听党的话,把青春献给祖国——雷锋同志日记摘抄》一文,选发了他从1959年8月30日至1960年11月15日的日记15篇。

12月13日,新华社发表题为《苦孩子成长为优秀战士》的报道,《解放军报》发表题为《茁壮的新苗》的文章,《辽宁日报》发表题为《红色的战士》的文章。

沈阳军区提出"学雷锋、赶雷锋、超雷锋"的口号。一时间,他的名字响遍东北,传遍全国。

1962年1月27日,雷锋被晋升为中士军衔。

《前进报》连续刊发雷锋署名文章《写给青年同志们的一封信》《在毛主席的哺育下成长》《我是怎样从一个苦孩子成长为毛主席的好战士的》《做毛主席的好战士》等。

除了做报告,正常工作中,他依然是热心肠的雷锋,不管谁有急事难事,只要让他遇到了,他就是及时雨、雪中炭,不辞劳苦，热心帮助。

他常常发自肺腑地跟同事说："要是没有共产党和毛主席，我早就夭折在那个山沟里啦。我现在有了工作，我没有家人，大家就是我的家人，能帮助他们，我是开心的、幸福的。"

1962年8月15日上午，和新战士乔安山从工地驾车回驻地，在一个极狭窄的地方，他下车帮助乔安山倒车，被挂倒的电线杆砸中，被送到医院，依然没能挽回他年仅22岁的生命。

他，像一枚火热的炭，生命虽然短暂，却燃烧自己，把温暖给了千千万万的人，让他们知道生而为人，应该怎样度过自己的一生，让自己的生命像秋季的果实一样丰满。

"活雷锋走了，但真雷锋永远活在我们心中！"

辽宁抚顺，细雨淅淅沥沥，十万群众伫立街头，有白发苍苍的大娘，有工地的工人，有戴着红领巾的孩子，他们含着泪，为自己的好孩子、好哥哥送行。

他的最后的一篇日记是1962年8月10日，也就是他牺牲前的五天写的。

1963年1月7日，国防部命名雷锋生前所在的班为"雷锋班"。

1963年1月20日，《前进报》再次摘录发表32篇雷锋日记。《人民日报》《解放军报》《中国青年报》等相继转载。

这些报纸刊发的雷锋日记（摘抄），本着尊重雷锋原作的原则，其中有些名言警句难以查实出处的，暂当作雷锋自己所写的日记。

1963年3月5日，《人民日报》发表毛主席题词：向雷锋同志学习！

此后，3月5日，就成了一个散发着温暖的日子——学雷锋纪念日。

随后,《人民日报》相继发表刘少奇、周恩来、朱德、邓小平的题词。

学习雷锋同志平凡而伟大的共产主义精神。

——刘少奇

向雷锋同志学习:憎爱分明的阶级立场,言行一致的革命精神,公而忘私的共产主义风格,奋不顾身的无产阶级斗志。

——周恩来

学习雷锋,做毛主席的好战士。

——朱德

谁愿当一个真正的共产主义者,就应该向雷锋同志的品德和风格学习。

——邓小平

全国上下掀起了学雷锋热潮。《接过雷锋的枪》《学习雷锋好榜样》等歌曲广为传唱。有关雷锋题材的电影、话剧、歌剧、相声、快板等文艺作品像雨后春笋,层出不穷。《雷锋日记》和《雷锋的故事》一版再版,并被选入小学语文教科书。

党的十八大以来,习近平总书记就学习弘扬雷锋精神多次做出重要指示:"雷锋是时代的楷模,雷锋精神是永恒的。""雷锋精神,人人可学;奉献爱心,处处可为。""让学习雷锋精神在祖国大地蔚然成风。"

习近平总书记指出,我们既要学习雷锋的精神,也要学习雷锋的做法，把崇高理想信念和道德品质追求转化为具体行动，体现在平凡的工作生活中，做出自己应有的贡献，把雷锋精神代代传承下去。不论我们国家发展到什么水平，不论人民生活改善到什么地步，雷锋精神历久弥新，永远不会过时。我们要做雷锋精神的忠实传承者，以实际行动弘扬雷锋精神，把雷锋精神广播在祖国大地上。

那么，雷锋精神到底是什么？

周恩来在为雷锋题词时，将雷锋精神概括为："憎爱分明的阶级立场，言行一致的革命精神，公而忘私的共产主义风格，奋不顾身的无产阶级斗志。"

1963年2月7日，《人民日报》刊载雷锋日记（摘抄）后不久，受周恩来总理委托，邓颖超打电话给《人民日报》总编辑吴冷西："总理读了雷锋的事迹和日记很感动，日记写得很好。但总理好像在哪里见过《唱支山歌给党听》这首诗作，希望报社认真查实，搞清楚日记中哪些是雷锋自己的话，哪些是摘录别人的话，如是摘录的，应注明出处。"

很快，沈阳军区政治部就接到核实雷锋日记的任务，这个任务自然又落到《前进报》编辑董祖修这里。

董祖修接到核查雷锋日记的任务后，立即组织人力将雷锋日记重新抄写，排列次序，编上号码，重新装订。

他把完整的雷锋日记抄件，带到北京，和总政宣传部的同志一起核实。

核实过程中发现，雷锋日记里，抄写的毛主席语录，记录生活、工作和学习的内容容易认定。可以看出，雷锋同志非常爱学习，做了很多摘记，许多富有哲思的词句，有的注明了出处，有的未注明，就需要仔细甄别。

例如，日记里有这样一段话：一个人出生在世界上以后，除了早夭的以外，总要活上几十年。每个人从成年一直到停止呼吸的几十年的生活，就构成个人自己的历史。每个人每时每刻都在写自己的历史。每个共产党员和每个共青团员都应该想一想，怎样来写自己的历史？我要永远保持自己历史鲜红的颜色。

原来编辑组以为这是雷锋自己的话，收录进最早的《雷锋日记》版本。后来，经查对，发现这段话出自中央党校教授杨献珍的一篇文章。

于是，再版时，就删去了这段摘记。

1963年4月，最后定稿的《雷锋日记》由解放军文艺出版社出版。

雷锋的日记本、笔记本共九本，连同其他遗物一起，被中国人民革命军事博物馆收藏。

中国青年出版社出版的《雷锋日记（1959—1962）》，收入了雷锋摘抄的诗作：

唱支山歌给党听，
我把党来比母亲。
母亲只生我的身，
党的光辉照我心。

旧社会的鞭子抽我身，
母亲只会泪淋淋。
共产党号召我们闹革命，

夺过鞭子揍敌人。

雷锋在这则日记里，给这段诗加了双引号，表明抄录自别处，但没有注明摘自哪里、作者是谁。

雷锋摘抄时，对原诗有所改动。

将"母亲只能生我身"改为"母亲只生我的身"，"旧社会鞭子抽我身"改为"旧社会的鞭子抽我身"，"党号召我们闹革命"改为"共产党号召我们闹革命"。原诗的第三段未摘抄。

可以看出，同样也在矿山和军营工作过的雷锋，被陕西宜君焦坪煤矿的这个蕉萍所写的诗句深深打动了，他反复阅读，并进行了改动，使整首诗更为贴切准确。

1963年5月的一天，在学雷锋的热潮鼓舞下，姚筱舟在新华书店买了一本新版《雷锋日记》，他为雷锋那朴实无华的文字所感动。

突然，他不由惊叫一声，把身边的狸花猫吓得一跃而起。

是巧合吗？

《雷锋日记》里竟然也有《唱支山歌给党听》，与他写的那首诗只有数字之差。

这首诗的同一页，雷锋还写了这样一段文字：

我渴望已久的参加中国人民解放军的理想实现了，怎么叫我不高兴呢！我恨不得把我的心掏出来献给党才好。晚上我怎么也睡不着，我的心就像大海的浪涛一样，好久不能平静。

我，一个在旧社会受苦受罪的穷苦孤儿，居然成为一个国防军战士，得到党和首长的信任，受到战友们的热爱，我真不知说什么好！……

在这个革命的大家庭里，首长胜过父母，战友亲过兄弟，这一切，只有在党领导下的人民军队里才能得到。……

我一定不辜负党对我的教育和期望，我决心保持和发扬×××矿全体职工的光荣；军政学习争优秀，全心全意保卫国防，成为一个优秀的国防战士。

这则日记记于1960年。姚筱舟一时感觉像在梦幻中，天下真有这么巧的事吗？这个念头一直在他脑海里萦绕，但他没有同任何人讲。

解放军文艺出版社出版的《雷锋日记》，发行160万册，在20世纪六七十年代，真可谓是畅销书了。

"唱支山歌给党听，我把党来比母亲"便搭乘《雷锋日记》飞过一道道山，飞过一道道河，飞遍全国各地，为亿万人所熟知。

文心相连，不辞万里。远隔千山万水，素不相识的两个人，因为一首诗产生共鸣，并从中得到精神慰藉和力量。

### 朱践耳：雷锋的歌

1963年2月7日清晨，上海实验歌剧院的作曲家朱践耳像往常一样，到自己的工作间后，先翻阅昨天的《人民日报》。翻到报上摘登的《雷锋日记》时,一首诗让他注目,反复诵读。

　　唱支山歌给党听,
　　我把党来比母亲。
　　母亲只生我的身,
　　党的光辉照我心。

　　旧社会的鞭子抽我身,
　　母亲只会泪淋淋。
　　共产党号召我们闹革命,
　　夺过鞭子揍敌人。

朗朗上口,感情饱满,形象生动!更重要的是它有感染力,代表了亿万劳苦大众的心声!

朱践耳放下其他工作,开始哼唱、写曲,既然是"唱支山歌给党听",那就谱成山歌曲调。对一个资深作曲家来说,这首短曲很轻松就完成了,他在琴上弹奏,并不断修改,直到感觉满意为止。

他把谱好的作品工工整整地抄写在纸上,附上300字的唱法说明,并注明:

歌词内容:出自《雷锋日记》。

歌词作者:摘自《雷锋日记》。

作曲:践耳。

他把抄写好的稿子寄给几家报刊。

2月21日,《文汇报》第三版登载了这首音乐作品,题为《雷锋的歌》。

1963年5月,陕北和渭北高原连接处的焦坪,春意渐深。一天清晨,工人们披着晨曦,踏着中央人民广播电台播放的音乐的节拍,走在上工的路上。

"唱支山歌给党听,我把党来比母亲……"

一首舒畅深情的《雷锋的歌》在矿区各个角落回响,正走在工友中间的姚筱舟心头一震,怔住了。

歌声像山涧清泉般清澈嘹亮,让他发怔的是歌词,他太熟悉了。

单书记拍拍他的肩:"小姚,想啥呢?"

姚筱舟赶忙一笑:"哦,没啥,我突然想起,是不是把钥匙锁家里了。"

同一时刻,在上海实验歌剧院的大门外,朱践耳也听到了这山泉般的歌声,他清瘦的身躯如触电一般,已届不惑之年的他泪湿眼眶。

朱践耳,是中国老一辈音乐家的代表人物之一,被誉为中国音乐家的良心。

更多人知道朱先生,就是因为这首唱遍大江南北的《唱支山歌给党听》。

1922年,朱践耳出生于天津。原名荣实,字朴臣。

践耳,是朱先生1943年自己改的名字,朱先生说:"聂耳如果没有走得那么早,他一定是中国的贝多芬。我改名'践耳',就是一心想继续走他没走完的路。"

步聂耳之后尘,走革命音乐之路。这份决心,几乎是萦绕朱践耳一生的旋律。

幼年时,父亲的面粉厂因外资倾轧而倒闭,极度愤懑的父亲不幸又染上猩红热，年仅34岁就去世了。

生活陷入困顿之中，在动荡不安、极度艰辛的岁月里，朱践耳对音乐产生了浓厚的兴趣，因为音乐能使他平静下来。

朱先生自幼多病，初中时患上气管炎，高中休学半年，18岁后又休养了5年。病榻之上，他向朋友借来一台小小的收音机，世界音乐殿堂的大门向他敞开，柴可夫斯基《悲怆交响曲》、贝多芬《命运交响曲》、肖斯塔科维奇《第五交响曲》等，让这个年轻人心生欢喜："我不由遐想，有朝一日自己也能写出动人心扉的大交响曲。"

1945年，23岁的朱践耳怀着革命理想奔赴苏北解放区，先后在新四军苏中军区前线剧团和华东军区文工团从事音乐创作，担任乐队队长兼指挥。那个时期，他写了大量讴歌革命的音乐作品，歌曲《打得好》和民族器乐合奏曲《翻身的日子》广为流传，成为他的代表作。

在新四军的生涯，是朱践耳一生念念不忘的一段岁月。也因此，朱践耳认为，中国民族交响乐相对而言是薄弱的，但是作为共产党员、作为新四军老战士，自己"有责任把中国民族交响乐推向新的高度"。

1949年至1953年，朱践耳先后担任上海电影制片厂、北京电影制片厂、中央新闻纪录电影制片厂、上海歌剧院、上海交响乐团专职作曲，为《大地重光》《海上风暴》等多部影片配乐。

1955年，朱践耳前往莫斯科，就读于柴可夫斯基音乐学院作曲系。1959年，创作其第一首管弦乐作品《节日序曲》，在莫斯科首演。这部在校习作被苏联国家广播电台选中并收购，同年由苏联国家大剧院交响乐团录音作为永久性库藏曲目。

朱践耳的毕业作品,选用了《长征》等五首毛泽东诗词配乐写歌,组成了五个乐章的交响大合唱——《英雄的诗篇》。1960年毕业回国后,《英雄的诗篇》在中国首演。1963年,他仅用了半小时创作而成的《雷锋的歌》(《唱支山歌给党听》),为广大民众所喜爱,这首层次丰富、情真意切的曲子广泛传唱至今。

生活中的朱践耳和姚筱舟颇有相似之处。他斯文儒雅、面容清癯,沉思少言,生活极其简单,音乐就是生活,生活就是音乐。他总是沉浸在音乐的世界里,工作间隙,一杯茶水便可神思泉涌。

不少艺术大家都曾经历晚年变法。朱先生也是如此。为创作交响乐,他50多岁时正儿八经地坐进了上海音乐学院的教室,和年轻学子们一起学习,吸取现代派的理论知识。60多岁时,他拎着录音机,奔向云贵高原,"我要在原始森林里录下祖国大地的声音"。

"我们不能照搬西方交响乐的格式,应该创造中国的交响乐。"1986年,朱践耳64岁时,耗时8年的《第一交响曲》正式完成。此后十余年,朱践耳创作了10部风格各异的交响乐作品。其中,《第四交响曲》获1990年瑞士玛丽·何赛皇后国际作曲比赛唯一大奖。同年,他的名字被列入英国剑桥传记中心的《世界音乐名人录》,他的"中国交响梦"得以实现。

10部交响曲,每一部都堪称时代的精品。朱践耳曾在接受采访时说道:"我觉得我特别幸运,我写了10部交响乐,10部都得以演奏并且出版。"

朱践耳也成为首个出齐唱片和乐谱的中国作曲家。

上海音乐学院副院长杨燕迪说:"朱践耳先生是迄今为止中国最高水平的作曲大家。无论作品数量还是质量,都是中国交响乐历史上的一座丰碑。他的作品体裁丰富,交响曲之外,还创作了大量的管弦乐、室内乐和声乐作品。他在中国音乐史上的地位是不可撼动的。"

"音乐就是朱践耳的全部。"

上海交响乐团团长周平说："每一次去看望他，他都手捧乐谱或者一些乐评，兴致勃勃地讲述他的最新发现和想法。音乐是先生留给上海交响乐团、留给中国音乐界的财富，这个时代有朱践耳先生何其幸运。"

朱践耳先生晚年的家，处在上海交响乐团与上海音乐学院之间。

那是一个梧桐成荫的地段，身为上海交响乐团驻团作曲家的朱先生，与他的夫人——上海音乐学院离休教师舒群，就在这条弄堂里安了家。因为，这里"距离上音和上交都很近"。

这其实就是上海随处可见的一处老公房。朱先生的家在底楼，面积不大，朴素，甚至有些清寒。这对老人在这里生活，互相扶持，偶尔会搀扶着，同去上交音乐厅听一场自己作品的音乐会。谢幕时，老人会颤巍巍登上台，台下是如雷般的掌声。那是老人平静生活中的华彩乐章。

有乐迷说，有朱先生和他的音乐在，真是这个时代莫大的幸事。如今，他的作品仍回荡在春风里……

## 二重唱：任桂珍和才旦卓玛

1963年5月的那个早晨，《雷锋的歌》经由中央人民广播电台的声波响遍大江南北时，拨动了许多人的心弦，使那一天格外明亮清新。

和姚筱舟、朱践耳一样被震撼到的，还有两个人，任桂珍和才旦卓玛。

广播里那如山涧清泉跳跃飞舞般的歌声就是任桂珍的。

任桂珍是中国著名的女高音歌唱家、歌剧演唱家。《洪湖水浪打浪》《绣红旗》……凭着一部部经典，人称"北有郭兰英，南有任桂珍"。她嗓音清澈嘹亮，音色纯净圆润，行腔流畅，感情丰富。她是一代人的缩影，整个中国都曾为她演绎的爱国史诗所动情。

1933年，任桂珍出生于山东临沂，齐鲁大地给了她一副百灵鸟般的嗓音，从小她就喜欢听父亲哼唱京剧选段。1948年10月，任桂珍的家乡山东济南解放了，那年她15岁。她是学校里小有名气的小歌手。济南举办迎接解放军的活动，任桂珍唱《南泥湾》，演《兄妹开荒》《全家光荣》。"小荷才露尖尖角"，任桂珍被南下部队发现，希望她能参军加入文工团。在身为地下党员父亲的掩护下，她冲出家门，报名参加革大文工团。

1949年5月，上海解放。16岁的任桂珍跟着文工团踏上了南下革命的路。行军途中，她和战友们一起唱歌来鼓舞战士们的士气。风餐露宿、虱子、疥疮、饥饿甚至睡猪圈，都没有把这个山东姑娘击垮。任桂珍自豪地说："我是打着腰鼓进上海的。"

几十年后，再回想起当年的那些事情，她还是露出了笑容，她说第一次见到上海那些有气派的新鲜事物时，什么都要用手摸上一摸。

1949年冬天，文工团在海军司令部排演《白毛女》、解放区秧歌剧《兄妹开荒》，上海市民和解放军战士都来看，场面异常激动人心。"到了剧情高潮时,观众群情激奋,演员在台上哭,观众在台下喊,每次演完我的汗水都能接一脸盆"。

到了1952年,任桂珍所在的文工团与南京文工团、红旗歌舞团等合并,成立了上海歌剧院。任桂珍先是被送到北京跟郭兰英学习了半年,之后便在《小二黑结婚》中出演"小芹"。这是任桂珍歌剧道路上的第一个角色,而紧接着的《红霞》,更是让她彻底"火"了一把。剧组从上海沿着长江一路演到武汉。"那时,一天演三场《红霞》,晚上吃两毛钱阳春面,浑身充满干劲。"青春年代的激情激励着任桂珍要全心全意为人民服务,"《红霞》的成功促使我下定决心,要为中国歌剧干一辈子。"

1953年,任桂珍赴朝参加了慰问中国人民志愿军演出。在抗美援朝炮火连天的战场上,她舍生忘死,用最美的声音、最佳的表演,把歌儿献给最可爱的人。或许,姚筱舟那时就在朝鲜战场上听过任桂珍的歌唱……

任桂珍是歌剧舞台上出了名的"拼命三娘"。出演《洪湖赤卫队》时,在巡演途中,她累倒了,烧得像火炭。医生说绝对不能上台了,但观众要求看任桂珍的表演,否则就要退票。任桂珍一咬牙,上!说要上,可是她站起来还像喝醉酒一样,全靠两个人架着走到台边。但等上了舞台,不知道哪里就来了一股精气神儿,一曲《洪湖水浪打浪》唱得台上台下群情激昂。

自从得知《洪湖赤卫队》里韩英的原型就是我们党内著名的"女包公"钱英后,每当唱起"洪湖水浪打浪",钱英的形象就会活生生地出现在眼前,她的演唱也就更加声情并茂,意犹未尽。更难忘的是,她还曾教周恩来总理唱《洪湖水浪打浪》。那是总理来上海开会,住在花园饭店。"总理一边打拍子,一边跟着她唱

'洪湖水呀,浪呀嘛浪打浪啊,洪湖岸边,是呀嘛是家乡啊……',还说:'任桂珍,你是我的老师啊。'"

1964年,任桂珍刚生完女儿,产假还没休满,就接到上海歌剧院通知,出演歌剧《江姐》。当时任桂珍还有些"底气不足"。其一是刚生完孩子,身体状态还未完全恢复。其二是歌剧《江姐》有7场戏,场场都有大段唱白。当时,其他剧团排演时,都是安排A、B角"江姐"分别演出上下半场,两人饰一角,衔接不好很容易让观众出戏,所以,歌剧院希望任桂珍一人独挑大梁。

任桂珍鼓足勇气接下了任务。从此以后,上海歌剧院的每一代"江姐"都效仿了任桂珍,迎接这个挑战。

那段日子,任桂珍天天躺在床上想怎么演江姐,以至于完全活在这个角色里。任桂珍说:"江姐是个充满朝气、富有生命力的女性。她身上的革命气息使得她不同于平常女性,她热爱党、热爱生活和工作,尤其是为了让人民彻底得解放,过上更好的生活,她带着任务到华蓥山,那种兴奋、幸福、急迫的心情都是我需要理解和体会的。"

她希望通过自己的演唱,将江姐的精神传达给观众。每场演《江姐》,每逢流泪时,她都会由衷地泪如雨下。唱《绣红旗》时,她会想到这面红旗包含着的很多东西:随军南下时,炮火烽烟中飘扬的红旗;抗美援朝时,多少战士赴汤蹈火,英勇牺牲,热血染红了的红旗;看到台下一些老同志在悄悄地抹眼泪,联想到他们有多少亲人、战友牺牲在解放全中国的战斗中,手上这面红旗呀,使人难以平静……

饰演"江姐"对任桂珍的人生观和价值观产生极大影响。

她说:"江姐身上有种信仰,这信仰支撑她选择非同凡响的人生。我通过扮演江姐,也仿佛感受到了这股信仰的力量,我希望她所代表的'红岩精神'能代代相传。江姐给我带来很多正能量,让我不断成长。我就是抱着'我就是江姐,我就是党的女儿'的心态来饰演角色的。"

任桂珍一直不赞同歌剧演员依赖话筒演出。她笑言:"给我个话筒,一天唱几十场都没问题。"她又强调,要把人物理解透、塑造活,才能感动人,否则演员在台上就永远是一个道具。

就是在《江姐》的演出过程中,任桂珍形成了自己独特的演唱风格。在长达70余年的艺术生涯中,任桂珍在《白毛女》《小二黑结婚》《红霞》《刘三姐》《洪湖赤卫队》《江姐》等几十部歌剧中扮演女主角,塑造了一个个英姿勃发、赤胆忠心的女性形象;为电影《红日》《聂耳》等配唱,她首唱的《唱支山歌给党听》《解放军同志请你停一停》等灌录成唱片,广为流传。

上台70多年,任桂珍还像当年初演《江姐》一样,演任何角色,哪怕天天演,每场还是严格按照艺术标准一招一式去表演,绝不马虎。"演《江姐》,就是最好的爱国主义教育。"

当年,上海电视台特地搞了一次"明星与粉丝"专场,一位30岁左右的年轻人激动地说:《江姐》太感动人了,我很受教育的,从剧场出来,当晚回去就写了入党申请。"

1963年3月5日,毛主席发出了"向雷锋同志学习"的号召。上海旋即组织、创作了一批歌颂雷锋精神的歌曲,在文化广场召开学雷锋动员大会,并进行公演。

剧院领导交给任桂珍一项紧急任务,要她在大会上演唱一首歌曲,就是朱践耳谱写的新歌《雷锋的歌》。

任桂珍拿到歌谱,离公演只剩一个多小时。她在后台哼唱,并琢磨着此曲的感情旋律。

这首新歌,是三部曲式结构。第一乐段以山歌手法,饱含深情和激情,表达了对党母亲般的爱;第二乐段通过新旧社会的对比,对旧社会充满仇恨,壮怀激烈,字字铿锵,有着军队歌曲的音调特点,表达了坚定跟党走的信心和决心;第三乐段再现第一乐段的主题,加深了旋律印象,并把音乐推向高潮,凸显歌曲内涵。

凭着常年在舞台上摸爬滚打的丰富经验,任桂珍回想自己的人生经历、调动情感,唱来感情真挚,她按指定时间上台了。歌声一出,7000人的会场霎时安静下来,一段唱完,全场响起雷鸣般的掌声。

不久后,中国唱片公司又专门为任桂珍出了这首歌的单曲唱片。一时间,上海的大街小巷到处都能听到任桂珍的歌声。

后来,任桂珍随丈夫在意大利学习数年。1990年,朱镕基同志出访米兰时,当地的浙江温州华侨联名举办晚宴,盛情欢迎。任桂珍应邀出席宴会,唱了一首《洪湖水浪打浪》。朱镕基听完,起身鼓掌说:"任桂珍同志,唱得好哇!不减当年哦!"任桂珍记得,朱镕基同志当年在上海工作时,就经常来看她的演出。而今,在远离故国的意大利,听着朱镕基同志熟悉的声音,她倍感亲切。席间,朱镕基像对家人一样关切地对她说,国内正在改革开放,形势很好,你们夫妻俩可以两头走走,经常回去看看,愿意留下也好,也可以回去为国家做一点事情。想到朱镕基千里迢迢来到这里,公事繁忙,还这么关心他们,任桂珍和丈夫激动万分。与朱镕基一席谈话,促成了任桂珍和丈夫从海外归来。

那时,任桂珍已是中国农工民主党中央委员。有人来请她去演出,先问她:出场费多少?任桂珍听不懂了,唱了60多年歌剧,还从来没有听说过要出场费的。她说:"我是一名艺术家,又不是一个摆设的花瓶,还要报出价来,不是成了商品吗?想想以前演了几十年戏,演出结束也就两毛钱一碗阳春面当夜宵,现在怎么会有这种事情!"观众请她唱个歌,她照样站起来就唱。

对歌唱事业的热爱使任桂珍沉浸在对演唱水平精益求精的追求中,她天天练唱不止,却从没想到要经常向组织上汇报思想。

当"一片丹心向阳开"那熟悉的主题曲重又响起,任桂珍追溯逝水流年,品味艺术与人生的真谛。她深知自己是党培养出来的歌唱家,每当她声情并茂地为人民歌唱时,她多么渴望自己也成为像江姐那样的共产党员。

离休后,想到父亲当年就是地下党员,自己也很早就参加革命了,没有共产党就没有她。都快80岁了,再唱《唱支山歌给党听》的时候,对党的感情越发醇厚,她不再犹豫。

2010年的春天,77岁的任桂珍终于能够像江姐那样,在党旗下庄严宣誓,真正成为党的好女儿。

2011年,78岁高龄的任桂珍,在上海隆重纪念建党90周年的那天,以一个新党员的身份,满怀激情地上台演唱起她当年首唱的《唱支山歌给党听》,心中仿佛重又燃起了当年的激情,受到时任上海市委书记俞正声的赞赏。

任桂珍和丈夫饶余鉴同在上海歌剧院工作,常在一起排戏,当年一个唱阿牛哥,一个唱刘三姐,算得上是因戏结缘。2017年9月3日,这对歌剧伉俪举办了他们夫妻合作的一场感恩音乐会——"唱支山歌给党听"。音乐会结束时,全场1000多人饱含深情地合唱了这首不朽的经典。

雷锋、姚筱舟、朱践耳、任桂珍,这四位从旧社会走过来,并都经过军队历练的同志，从未谋过面，却共同谱写了一支永恒的经典。这，是艺术的力量，也是时代的浪潮。

当任桂珍的声音通过中央人民广播电台的声波在全国唱响时，上海音乐学院的校园里，在声乐班进修，刚成为中共预备党员的藏族歌手才旦卓玛从食堂走回宿舍的路上，刚好听到广播里播放着任桂珍老师唱的《雷锋的歌》，她当时就手捧着饭盒，停下脚步忘神凝听。这首歌太好听了，歌词那么好，正好说的就是自己想要表达的心情呀！

她看到过西藏农奴的辛酸生活，目睹了农奴翻身做主人的幸福生活，亲身感受到了党的温暖。没有共产党就没有她这个走在大学校园里的农奴的女儿，这首歌像是为她而写，为藏族同胞而写。才旦卓玛激动得热泪盈眶，她想唱这首歌，来表达对党和祖国的一片赤心，表达西藏百万翻身农奴的共同心声。

那时，才旦卓玛已经小有名气。1959年，纪录片《今日西藏》的主题曲《翻身农奴把歌唱》，才旦卓玛那雪山湖水般纯净，格桑花般热烈的嗓音，唱出了几百万农奴的喜悦心情，让藏族人民的新生活图景随着她的歌声传遍四方。

1937年6月，才旦卓玛出生于西藏自治区日喀则一个农奴之家。她的童年是在农奴主的压榨下度过的。

美国总统林肯曾说："凡是不给别人自由的人，他们自己就不应该得到自由。"

产生于12世纪的西藏封建农奴制度根深蒂固，西藏地方的一切权力和利益完全操控在官家、贵族和上层僧侣手中。他们制定了《十三法典》和《十六法典》来维护其利益和森严的社会等级，并作为压迫广大农奴、践踏人权的重要工具。

"法典"把人严格地划分为三等九级,匠人和妇女都是最低贱的人。

儿时的小卓玛,常常耳闻目睹农奴主残害农奴的事件。三大领主的利益在"法典"中是神圣不可侵犯的,农奴如有触犯,"按其情节不同挖其眼睛,削其腿肉,割舌,截手,推坠悬崖,抛入水中,或杀戮之,以儆效尤"。农奴还被当作领主的私有财产,可随意用于赌博、买卖、转让、赠送、抵债和交换。

小卓玛打小听的是这样的歌谣:"即使雪山变成酥油,也是被领主占有;就是河水变成牛奶,我们也喝不上一口。"

1951年,西藏解放。中央人民政府和西藏地方政府签订了"十七条协议"。

在执行"十七条协议"的八年岁月里,党领导的人民解放军及地方工作人员坚决维护和执行协议,按照中央"进军西藏,不吃地方"的要求,开荒生产,修筑公路,千方百计筹措物资,尽可能不给地方增加负担;全心全意为人民服务,为西藏人民免费治病,办学校,发放无息农业贷款,扶危济困、促进生产。

1955年,中央拨款为西藏购买了新式农具,无偿提供给农牧民使用。

在共同的劳动和生活中,群众加深了对共产党、解放军的认识,体会到只有废除封建农奴制度才能过上新生活。一些受到教育的农奴主开始解放农奴,让他们自己去生活。

从此,在被解放的藏族同胞眼中,西藏更加美丽:蓝天白云下的雪域高原上,成群的牛羊就像是从天边跑来,拽着彩霞的金边……

雪水滋养的才旦卓玛在无边草原上唱着歌儿,天籁般的金嗓子唱得格桑花点头微笑，唱得羊儿忘记吃草。

1956年，19岁的她被选入日喀则文工团。她在拉萨首届西藏青年代表大会上深情演唱《献给毛主席》，后又到西藏歌舞团，向日喀则民间艺人琼布珍学习藏族民歌和古典歌舞曲《囊玛》。第二年，才旦卓玛被保送至陕西咸阳的西藏公学（今西藏民族大学）读书。

半年后，文化部委托上海音乐学院办个民族班，学院到这里挑学生。才旦卓玛坦言，如果按照上海音乐学院的要求，她是没有机会进去学习的。"完全是国家为了培养少数民族艺术人才。特别是在西藏，因为西藏解放得很晚，这种艺术人才特别缺少。"

才旦卓玛说："我当时没有文化，唱了《牧歌》和《献给毛主席》这两首歌，老师听了一下声音情况，就算考上了。"

1958年底，才旦卓玛进入上海音乐学院声乐系民族班学习。不懂汉语的才旦卓玛很少出门。从高原乍到黄浦江畔，不但语言不通，气候、水土、饮食都让才旦卓玛感到不习惯。她经常偷偷哭泣，也产生过回家的念头。而学校对藏族学生非常照顾，让才旦卓玛感受到了大家庭的温暖，她很快适应，全身心地投入了学习。

尤其幸运的是，才旦卓玛在上海音乐学院遇上了几位好老师。那时，朴实的藏族姑娘才旦卓玛深得老师和同学们的喜爱，特别是主课老师王品素对她更是关爱有加。

才旦卓玛回忆说：那时，我连自己的名字都写不好，汉语也不会说，更别说识乐理、懂音律了。练声时连传统的"咿、呀、噢"都唱不出来，王老师干脆让我对着太阳、月亮用藏语呼喊它们，那种感觉仿佛回到了草原。起初，我和老师的教与学几乎也是哑语式的，连比带画，我盯着老师的嘴巴，感受着那温柔的声音；我看着老师的微笑，猜测着她的心意。老师非常耐心，一遍遍地做示范，直到我表示明白了。记得第一次王品素老师把我领到音乐教室听唱片，我听着那些婉转如流水的花腔女高音，听得入迷，禁不住模仿起来，老师惊讶极了，因为她竟然在钢琴上找不到我的高音区。老师当即决定不让我走传统路数，让我尽量保留藏族民歌的演唱特点，指导我通过科学方法把自然状态发挥到极致。现在想来，老师做的是一个了不起的决定。正因为这样，我才没有丢失自己的嗓音特质；也正是这样，我练就了优美圆润、清亮委婉，具有浓厚藏歌韵味的好音质。

在才旦卓玛心中，王品素老师就是她热爱的共产党的化身。新中国成立前，王老师曾跟随邓颖超一起参加革命工作，是在重庆白色恐怖下出生入死的地下党员。带着对恩师的崇拜，才旦卓玛不但开启了艺术人生，更获得了政治生命。

那天，才旦卓玛来不及放下饭盒就找到王品素老师："王老师，我要唱《雷锋的歌》，请您教我。"才旦卓玛脸颊上的高原红因为激动而更红了，她的汉语还不太流利。

王老师说："别急，卓玛，这首歌是非常好，我也喜欢。可你是唱藏族民歌的，民族唱法是你的特色，你再好好想想。"

才旦卓玛想了想，郑重地说："老师，《翻身农奴把歌唱》唱的是藏族人民的幸福生活，而《雷锋的歌》更真切地表达了我们，也就是广大人民对党的感激和自豪之情，我特别喜欢，所以，我想试一试。"

王老师被她的真挚所打动，说："好，咱来试一试。"

才旦卓玛还给任桂珍打了电话："任老师，我听了您唱的《雷锋的歌》，特别感动，您唱得好，歌词也是我——一个旧社会农奴女儿的内心表白，我真的太感动了。我也想唱这首歌。"

任桂珍当下就表示，艺术就是为人民大众所创造的，谁来唱有什么关系呢？

如高山流水般，才旦卓玛的内心波澜起伏。这歌曲就是她的心声，她满肚子的话，都通过这首歌八句话透彻地表达了。

尽管当时很多人都不理解，因为才旦卓玛连汉语都说不利落，但是老师懂得她的心思。王老师费了不少周折给才旦卓玛找到了曲谱，又一字一句地给她抠汉语歌词，还请到了朱践耳老师来听才旦卓玛的演唱。结果朱老师和王老师一样被才旦卓玛打动了，他们感觉到了，这是发自内心的感动，是心灵深处的歌唱。

在学院的汇报演出上，才旦卓玛登台演唱，她那藏族人质朴热烈的感情都在表情和歌声里尽情展现，她的表现深获好评。

1964年，中国音乐家协会的《歌曲》杂志刊登这首歌，并将歌名改为《唱支山歌给党听》。

这一年的上海之春音乐会上，才旦卓玛的《唱支山歌给党听》获得了雷鸣般的掌声，才旦卓玛的感动随着歌声传遍了大江南北。

才旦卓玛动情地说："我出名了，老师反而冷静得多，她提醒我说，你没有理由骄傲，因为一切都是党给的，党为了培养你这样一个藏族学生付出了多大代价！荣誉是观众给的，不为观众歌唱，不更加努力就对不起观众对你的爱。"老师说了很多，唯独没有提她自己。

才旦卓玛说，老师不但给了她艺术生命，教会她如何做人，更让她有了自己的信念。1961年，还在读书的才旦卓玛在王老师的引领下加入了中国共产党，成了学生党员。

才旦卓玛有一本珍贵的相册，几代领导人会见她的照片格外醒目。那亲切的笑容、那殷切的叮嘱、那由衷的感动虽已定格成历史，但是，在才旦卓玛的心中，影像凝固的瞬间却是鲜活的、流动的，仿佛昨天刚刚发生的事情那般清晰。

1956年西藏和平解放后，作为青联成员，才旦卓玛参加了北京参观团，穿着崭新的民族服装来到了天安门。站在天安门广场，看到毛主席像，才旦卓玛兴奋不已。然而，让她更加激动的是：毛主席、周总理等党和国家领导人还要亲自接见他们这些来自雪域高原的青年代表。

才旦卓玛对回忆往事，说：我曾经多次见到过毛主席，最难忘的一次是在人民大会堂。《东方红》演出结束后，毛主席接见演员代表，我就坐在他老人家的身后。当时，周总理看到了我，把我介绍给主席，告诉主席我就是刚才唱"百万农奴站起来"的藏族姑娘。主席回过身，微笑着向我问好，然后把手伸向了我，我一下子握住了主席的大手，激动得不知如何是好。主席的手特别大，特别温暖，特别有力量。主席握着我的手，教导我要好好唱歌，要为西藏人民多做贡献，我当时兴奋得眼泪不停地流，根本说不出话来了。后来，所有的演员都争相和我握手，他们认定我的手上还有主席传递的温度。那一天还恰逢我国自行研制的导弹发射成功，毛主席因为处理这样的国家大事无法分身，接见我们晚到了一会儿，他离开之前特别叮嘱周总理提前告诉我们这件大喜事，解释他为什么迟到了。结果，周总理的喜讯一出口，就像他开玩笑说的那样，我们真的把大会堂的地板都跳得颤动了。那一天，我们和领袖们握手、合影，整个身心都被快乐撑得满满的。

才旦卓玛回忆说：因为我的老师是邓颖超大姐的部下，所以，我有幸多次得到总理的教诲，还和老师一起到过总理家。总理是特别平和的人，他每次都会亲切地问我：最近回家乡了没有？他叮嘱我要回家乡，不然时间长了歌声里就没有糌粑和酥油茶的味道了。正是领袖们的殷殷叮嘱让我决心放弃北京、上海等大城市的优厚条件回到西藏来，扎根家乡，为西藏建设纵情歌唱。

往事历历在目，才旦卓玛的脸上洋溢着幸福，她说：让我最难忘的是周总理对我演唱的亲自指点。那是在印尼的一次外交演出，我唱了一首印尼歌曲，受到了印尼观众的欢迎。周总理听完演唱也很高兴，随即询问印尼外交官，才旦卓玛唱得对不对，当得知只有一句不准确后，总理马上告诉身边的翻译记下来，并且要教会我。没想到，演出结束后，总理真的把我叫住了，他微笑着看着翻译把那句歌词教给我。后来，我们送总理上飞机，总理还没忘这件小事，问我学会了没有，嘱咐我一定把每个字都咬清楚！总理那么忙，却总是亲自关心我们的成长，嘱咐我们冬天加衣服，夏天别中暑，他甚至对我适合唱什么歌都给予过建议。

才旦卓玛是幸运的，因为她不仅得到了毛主席、周总理的关怀，还得到了新一代领导人的关心、爱护。在才旦卓玛的记忆中，江泽民同志亲切地用上海话问候，让她一下子觉得领袖和自己那么近，而曾经在西藏工作过的胡锦涛同志在才旦卓玛的心中就是自己的家乡人，是西藏人民的骄傲。才旦卓玛激动地说：在"文代会"的闭幕式和联欢晚会上，胡锦涛总书记都亲切地询问我的生活近况，和我拉家常。

言语中，才旦卓玛充满了对领袖们的敬意，说道：党和国家把我培养成了革命干部，把我塑造成了人民艺术家，是几代党和国家领导人的关怀和嘱托给予了我巨大的精神力量，多少年来，领袖们的殷殷嘱托就像这布达拉宫上的太阳，一直伴随着我。

才旦卓玛唱过多少歌她自己都数不清，这些歌激励过多少人她也说不清。观众的爱给了才旦卓玛无尽的力量，让她从来不敢懈怠，为了热情的观众，她愿意一直歌唱。

有一次在甘肃演出，才旦卓玛被一位甘肃基层干部拉住，他激动地说："才旦同志，我要谢谢你，因为你的歌声救了我的命！"原来，这位干部在"文化大革命"当中受到迫害，万念俱灰，就想在牛棚里结束自己的生命。关键时刻，广播中传来了才旦卓玛的歌声，那歌声是被雪山的圣水洗涤过的，是被草原的春风吹绿过的，是被高原的太阳曝晒过的。歌声唤回了他对生命的渴望、对生活的眷恋、对亲人的想念，让他最终活着走出牛棚……才旦卓玛和这位干部紧紧拥抱，当场就为他又唱起当年的救命歌《唱支山歌给党听》。

在她的心中，热爱她的观众是最重要的，只要观众需要，她就愿意歌唱。艺术家才旦卓玛已经是党的高级干部，走在西藏城乡各地，常常有人认出她，拉着她的手说"阿姐，给我们唱个歌吧"，才旦卓玛都能随时随地为群众演唱。有一次，才旦卓玛到山南地区办事，恰巧遇到一些牧民正在盖新房，才旦卓玛就帮忙干活，一边干一边歌唱："诸位砌墙人像猛虎一样健壮，砌出的墙像虎皮一样漂亮。"有时到了遥远的边陲哨所，就给几个驻扎在兵站的战士唱，因为条件限制也只能清唱，她每次都认真对待，就像在舞台上一样，常常把战士的眼泪唱出来。她以这样的方式从民间吸取营养，又回报给这片洁净的圣土。

高原上的格桑花开了又开，布达拉宫的红墙却经久不蚀；就像圣山一样，任岁月流逝，她的歌声不变。84岁高龄的才旦卓玛依然纵情歌唱，如果你闭上眼睛倾听，你一定难以想象那样的歌声出自耄耋之年的才旦卓玛，因为那歌声依然像出自花季少女的歌喉。经常会有人追问她是如何保持艺术生命的，她说，观众是她的动力、她的艺术源泉，是她永葆青春的理由。

才旦卓玛说：每次演出都会有她的歌迷等候见面，有的歌迷甚至要坐飞机专程赶来。让她记忆深刻的是在澳大利亚的一次演出，华人歌迷们竟然在剧场门口等候了她三个多钟头，为的就是亲口告诉她：这么多年了，我们仍然喜欢听你唱歌。

现在的才旦卓玛忙着为新西藏的美丽景色创作新歌，忙着为保护民族文化出谋划策，忙着处理大大小小的事务，但是再忙，她也要抽空回到老家日喀则看望乡亲，和他们一起唱歌："啊牛羊低头吃草，姐妹们捻线说笑，我和你永不分离，就像鞭杆和鞭梢……"才旦卓玛用藏语唱完，再用汉语译唱，那歌声充满酥油茶的浓香，像雪山泉水般纯美、清亮……

她笑容温和，黝黑的面庞绽开的是祖母的慈祥。言语间，才旦卓玛说得最多的是感恩，几个小时的对话就像是一次心灵的朝圣……

从1963年到1964年，姚筱舟听了任桂珍唱的如飞泉流瀑般清澈的《雷锋的歌》，听了才旦卓玛唱的如红彤彤的太阳般火热的《唱支山歌给党听》，他心底波涛翻涌，脸上依然沉静如水。

他一如既往地上班认真工作，下班后陪陪孩子，孩子睡后，他边读书边写作。他读完了当时能读到的《列宁全集》和《毛泽东选集》等经典理论著作，对社会主义和共产党的领导有了更加深刻、更加全面的认识。

他尽情讴歌矿山之阔大和矿工的阳刚之美。直到作曲家朱践耳给铜川矿务局写信找到了他。

1965年春，全国开展优秀革命歌曲评选。

《大海航行靠舵手》《学习雷锋好榜样》《唱支山歌给党听》《我们走在大路上》《社员都是向阳花》名列金榜。

姚筱舟收到邀请函，要去北京参加颁奖典礼。他激动万分，多年来，和大家一起感恩党，现在终于有机会去北京，到离毛主席最近的首都去了。

但结果似乎在他意料之中。因为社会关系，他的政审未过，不能成行。

后来，矿领导转交给他一张奖状，奖品是一套《毛泽东选集》，四幅分别绣有聂耳、冼星海、马思聪、殷承宗肖像的丝绣。

他还收到了上海唱片公司寄来的20元稿酬。

此时，姚筱舟再次回到煤矿机关从事宣传工作。

## 第三份入党申请书：我心里只有一个党

1966年，一场改变千千万万国人命运的浩劫——"文化大革命"开始了。

8月27日，焦坪煤矿被改为工农兵煤矿，煤炭生产也受到冲击，一度出现停产闹革命。

姚筱舟再次陷入雨打芭蕉、水冲孤舟的境地。一夜之间，他被扣上了"勾结台湾反共势力的反革命嫌疑分子"的帽子，送往黄堡斗私批修学习班。他上了"黑五类"、重点专政对象和内控人员黑名单，家被抄了，人被隔离审查，还被公开批判揪斗。

抄家时，他因是《唱支山歌给党听》词作者而获得的奖状及绣品也难逃劫运，荡然无存。

在黄堡学习班，他绞尽脑汁查找自己问题，写交代材料。突然，外面广播里传来才旦卓玛的天籁之音："唱支山歌给党听，我把党来比母亲……"仿佛饥饿的婴儿嗅到了母亲的气息，姚筱舟情不自禁地站起身，朝窗口走去……

"姚筱舟，坐回去！这是歌颂共产党的歌，你这个反革命分子不配听！"

"这首歌词是他写的。"有个同被批斗学习的"走资派"说了一声。

那名批斗他的年轻人不屑一顾："哼，反革命写革命歌曲，笑话！把我当三岁小孩了。"

姚筱舟无声地坐回座位。

一次，被下放到矿山进行劳动改造时，专案组的人审问他："姚筱舟，你得是借歌颂共产党之名，来掩盖你怀念国民党之实？别忘了，革命群众火眼金睛，任何念假经的妖魔鬼怪都别想逃脱！"

姚筱舟沉默。

还有人说："姚筱舟写的是党号召我们闹革命，是人家雷锋改为共产党号召我们闹革命的。姚筱舟，你唱支山歌到底是给哪个党听？"

姚筱舟无法再沉默了，他爆发了，他怒目圆睁："共产党号召我闹革命，夺过鞭子揍敌人！我心里只有一个党！"

姚筱舟所在采煤段600多号人，随着形势变化，采煤段也成立了武工队，队长是支部书记周从学。武工队开会时，周队长说：

"姚筱舟的问题主要是社会关系，他这个人我是知道的。大家对姚筱舟只能文斗不能武斗，只要他思想认识到位就可以了。谁敢对他动手，那我就不客气了。"

因而，即使在批斗最混乱、最严酷的时候，姚筱舟也没有受皮肉之苦。

有人质疑："到底党是人民的母亲，还是人民是党的母亲？我认为不能把党比作母亲。"

姚筱舟立即反驳："比喻，只是一种感情表达。它不是1+1=2，不必机械推理。人民群众出自真心，把党比作母亲，是党让自己获得新生。如果谁在此事上吹毛求疵，除非是他自己想贬低党，割裂党同人民群众的深厚感情！"

纵使如此，姚筱舟依旧低调、谦和。女儿姚琴小学时入红卫兵没入上，回来伤心流泪，让爸爸陪她去找老师问问原因，老师说："不是你表现不好，就是你家成分不好。"爸爸就劝姚琴："没关系，这次没入上，还有下次嘛，但是入没入上，都要好好表现。"

姚琴记得：有一次，家属革委会领导的孩子说我家是反革命，我和二哥与他论理，还大打出手。父母知道此事后，到处找我和二哥，其实我们俩一直躲藏在邻居家。挨打是少不了的。打过之后，父亲还是给我们说，不要因几句闲话就和别人打架，远亲不如近邻，要和邻居搞好关系，还亲自领着我和二哥去他们家道歉。回到家，看见父母都在偷偷地抹眼泪。我当时不明白，父母为什么要让我们低三下四地去道歉？明明是他们先说我家是反革命。长大后想想父母当时的处境，是多么无奈！因成分和亲属的海外复杂关系，被排斥在日常社会生活之外，在当时二老敢惹谁呀？受家庭出身的影响，我们兄妹至今低调做人，从不与人为敌，和谐相处。家里穷，好不容易买了一双白球鞋，参加运动会。洗了晾在窗台上，晚上收时少了一只，这时就听窗户底下有人说话。仔细一听，是家属革委会领导的孩子，把我的另一只鞋子拿竹竿捅了下去，还说这一只反正也穿不成，把它割烂。我当时就大喊大叫，跑到楼下把鞋子夺过来，哭着喊着让他家赔新的。不知谁把我妈叫来了，我妈说旧的不去，新的不来，回家吧！妈再给你买新的。

有住后面二层的邻居倒炉灰扬到他家窗子里，妻子淑华去找那家理论，那家女主人盛气凌人："你家反革命，有啥了不起！"淑华说："亏你还是共产党员老婆，咋不讲道理！"姚筱舟过去劝淑华回家。他说："都是邻居嘛，不要吵架。"

他时常帮邻居写信，给邻居家的老人读报纸。

1967年，渭北煤炭工业公司两派群众组织发生大规模武斗，惊动了中央高层。3月，中国人民解放军派出支左部队，对渭北煤炭工业公司及所属单位实行军事管制。11月9日，从兰州空军部队抽调一个团，解放军21军和铜川市武装部抽调干部，组建铜川市及渭北煤炭工业公司军事管理委员会，对其实行军管。

1969年5月，焦坪煤矿逐步恢复生产。

1973年8月，张铁民调任中共铜川市委书记兼铜川矿务局党委书记。后修通了通往焦坪煤矿的梅七铁路，煤炭外运能力提升至550万吨。

1976年，一切回归正常。姚筱舟调入煤矿供应科工作。

十年非常岁月里，姚筱舟以"把矿工当我师，以矿山寄我情"为座右铭，虽然一度停下写字的笔，但他坚持读《列宁全集》和

《毛泽东选集》等经典理论著作，在迷茫中寻找真理和照亮人生的光，等待着柳暗花明。

1978年，姚筱舟被借调到铜川矿务局编写矿史。工作间隙，他用五年多的时间，写出了《霸王窑》和《矿工恨》两本书，继续鞭笞旧社会，歌颂新时代。

1979年，全国上下开始平反冤假错案。姚筱舟去找矿领导要求平反，矿领导说："你是内部控制人员，又不是反革命，平什么反？"

就这样，姚筱舟再次轻装上阵，回归人民群众。

姚筱舟说："《唱支山歌给党听》既是我的心声，也奠定了我的生活基调。虽九死，定不悔。今生今世我唱定了，要一直唱下去，还要唱给我的子孙后代。"

1980年，春已归来，姚筱舟的内心也开始萌动，他沉睡20多年的入党梦再次苏醒。尤其是看到许多比他年轻的同志都一个个入了党，参加党员会，过组织生活，每个月交党费……，而党的大门还未向他打开，他心里五味杂陈。

他永远记得母亲的话："共产党的恩情咱不能忘，是党让你有了工作，拿了工资，让咱们吃饱穿暖的。"

他不会忘记，在他人生几个至暗时刻，是党组织给了他关怀，让他看到希望。

他心里只有一个党——共产党，所以他在写《唱支山歌给党听》时，才能下笔就写"党号召我们闹革命"。因为他心里再没有其他党呀。

他永远记着党，向往党，但他现在还在党的门外徘徊……

在第三份入党申请书里，他郑重下笔：是党培养和教育了我，给了我新生,无论我遭遇了什么,心中对党的向往始终未动摇。我入党不是为做官,不是为个人取得什么好处,我入党是感恩党,我心里只有一个党——中国共产党。

## 第四份入党申请书

1982年,爱好文学和写作的姚筱舟被借调到陕西省煤炭厅宣传部工作。后因家在铜川,工作生活不便,1984年又被安排至《铜川矿工报》,担任文艺副刊编辑。

在最适合自己的岗位上,姚筱舟仿佛重新焕发了生命之春。他不仅自己写,还团结带领铜川和矿区的一批文学爱好者,一起写煤矿巨变,写矿工新生活,写改革开放新时代。

姚筱舟多次被报社评为先进工作者。

1985年,52岁的姚筱舟第四次向党组织递交了入党申请书:"我知道,我自己还有许多缺点,按照党员的要求还有差距,但我有决心严格要求自己,改正自己,并恳求党组织帮助、教育、考验我,使我能早日成为一名真正的共产党员……"

1985年之后,姚筱舟被推选为铜川市政协常委,步入参政议政的舞台,兼任《铜川文艺》杂志副主编,并被吸收为中国作协陕西分会会员。

度尽劫波兄弟在,相逢一笑泯恩仇。

1988年,大陆与台湾关系缓和。姚筱舟也同亲属取得联系,但他的叔父和哥哥都已去世。那沉重的一页化为历史云烟……

1990年5月,铜川市文联成立,时任市委书记潘连生提出由姚筱舟担任市文联副主席。

铜川市作协成立后,姚筱舟担任作协理事。

1992年,姚筱舟正式离休。

## 第五份入党申请书

姚筱舟虽然离开了工作岗位,但他还有心愿未了,那就是——加入中国共产党。

1993年3月24日,姚筱舟第五次向党组织递交入党申请书。

"我从1949年5月参加革命队伍以来,是党以母亲般的爱,教育我,帮助我,我才从一个生于旧社会、旧家庭的普通中学生,成长为今天的国家新闻干部。我在人民军队里,参加了党领导下的共青团组织(原称新民主主义青年团),也曾把参加党的组织作为最大的光荣。后因种种原因,有客观的也有主观的,虽然我一直未能加入党组织,但我对党的崇敬和热爱,一直深藏在心底。今天,我敬爱的党,经过风雨的考验,更加青春焕发。党坚持真理,修正错误,又以崭新的面貌,带领中国人民进行新的长征。我决心加入党组织,发挥余热,为党和人民奉献最后的生命力量。"

离休后的姚筱舟,每天读书看报,坚持看《新闻联播》,也更加专注地从事自己热爱的文学事业。1996年,铜川鸭口煤矿建矿30周年,该矿邀请姚筱舟为其写一首矿歌。姚筱舟来到鸭口煤矿,仿佛回到了青春的战场,他在这里住了一个星期,写出一首真诚质朴的鸭口煤矿之歌:

铜川东区阳河畔，有一颗灿烂的明珠，煤楼井架并肩屹立，擎举着太阳潇洒英武，灯光星辰相互辉映，装点夜色多彩绚丽。啊，美丽的鸭口煤矿，我们生活劳动的热土，为她奉献，为她付出，我们深深地爱恋着她，为她把一片真情倾注。

煤海风雨征途上，有一面旗帜在飘舞，自力更生，艰苦奋斗，撰写出创业史书，团结自强，务实求新，描绘出时代精美画图。啊，前进的鸭口煤矿，矿工青春理想的熔炉，我们纵情歌唱她，为她自豪，为她骄傲，为她的展翅腾飞祝福。

## 大合唱

1997年，一份意外惊喜降临。上海东方电视台来电邀请姚筱舟参加5月在上海举办的第17届上海之春音乐会。百感交集的姚筱舟，在女儿姚琴的陪伴下，乘飞机赴上海。

5月9日晚8时，上海南京路电视广播大厦演播厅。在这里，人们见证了一曲百年民族大合唱的谱就历程。

"1997年5月9日，对父亲来说是难以忘记的。"姚琴说。开幕式上，节目组给了他一个巨大惊喜：在现场，他第一次见到了朱践耳和才旦卓玛。在掌声和闪光灯的包围下，他们紧紧握手，忘情拥抱。

在这里，64岁的蕉萍、75岁的朱践耳、60岁的才旦卓玛如同久别重逢，回忆《唱支山歌给党听》的世纪奇缘，回忆各自写歌、作曲、唱歌时的心路历程。他们含着热泪，心相连、手相牵，一同唱起这首中华儿女之命运交响曲——《唱支山歌给党听》！

"在共产党的领导下，人们的生活变好了，国家变强了。我是一名煤矿工人，很感谢曾经帮助过我的矿工和铜川矿务局及区队党委，他们的真实生活，和对我的鼓励，成为我创作的源泉和支柱。只要一息尚存，我就要像矿工那样流咸涩的汗，走艰辛的路，写开拓者的歌。若要我自己总结，就是：发已千层白，心犹一寸丹，《山歌》传儿孙，余热献给党。"

平日里不善言辞的姚筱舟，这时在台子上却难掩激动，滔滔不绝。

他说，他得感谢雷锋，"这一首诗能成为歌词，是雷锋同志的功劳。雷锋在摘抄这首诗时，曾做了'点石成金'的修改……这一改，就更具有音乐的节奏感，更适宜于谱曲了。"

"要没有雷锋，我的那首诗歌就是一块煤炭，深埋地下千年万年。雷锋就是矿工，发现了这块'乌金'，让它重见阳光，朱践耳老师和才旦卓玛妹妹擦去'乌金'浮灰，还有任桂珍老师……让它散发光芒，产生光和热，照亮人们，温暖人们……"

舞台上的才旦卓玛目光似水，像雪山下的圣湖。她说：我有三个妈妈，给我肉体生命的藏族妈妈，给我新生命的党妈妈，还有给我艺术生命的汉族妈妈——我的老师。我心里有两座圣山，北京的金山和西藏的冈仁波齐山……

台上，他们忘记时间，穿越时空。台下，观众感同身受，掌声不息。

## 半个世纪：入党了

2000年，67岁的姚筱舟向党组织递交了第六份入党申请书。申请书中这样写道："加入中国共产党，是我几十年来的心愿，由于有所谓海外关系等原因，未能实现。但是，入党志尤坚，党在我心中。"

同年8月2日，铜川市政协党小组鉴定认为：姚筱舟同志能时刻以共产党员的标准要求自己，曾写出《唱支山歌给党听》那首影响几代人成长的歌曲，时刻牢记党的教导，深刻领会党的纲领，加强学习，努力工作，为市政协工作的深入开展做出很大贡献。同意考察，积极培养，使该同志早日成为一名合格的共产党员。

姚筱舟的女儿姚琴一直没有忘记2001年3月15日这个日子，那天下午，父亲早早给她打电话，让晚上都回家吃饭。下午，姚琴带着爱人和孩子都回去，二哥一家、弟弟一家也都在。虽然平日里大家也常回家相聚，但只有节日和老人生日才能这么全乎。姚琴看平日基本不喝酒的老爸正在打开一瓶酒，忍不住问："爸，今儿有啥喜事儿？"

父亲乐呵呵地说："你们可要祝贺我，我入党了！半辈子的梦想，实现了！"

原来，经铜川矿务局老干部第二支部研究，批准姚筱舟同志为中共预备党员。

经过半个世纪的不懈坚持，68岁的姚筱舟入党了！

他动情地说："赤心五十载，一支忠诚歌。我心如歌！"

趁爸爸高兴，女儿问他："老爸，您入党咋那么难？入了那么多年。"

姚筱舟放下筷子："一方面是因为社会关系，另一方面也是组织对我的考验。"

他扭过头嘱咐外孙："你除了认真工作，在政治上也一定要积极要求进步。"

小孙子问他："爷爷，党是什么？您为什么非要入党？"

姚筱舟摸着孩子的头说："党呀，是妈妈。入了党，说明我是妈妈的好孩子，妈妈要我了……"

"这一天，我可是等了整整50年，半个世纪呀……"他声音颤抖，扭过头去。

孩子看看自己的母亲："妈妈，我是好孩子，我也要入党……"

扭过头来，姚筱舟笑了："入党可不是你这个妈妈说了算，得等你长大了，党妈妈说了才算。"

这天晚上，他又做了个长长的梦，他张开臂膀，在空中飞翔，飞过黄河，沿着长江，看见两岸稻浪翻滚，一片金色的海洋里，他轻轻降落在岸边的家乡，石塘街上，一切无恙，家门轻轻打开，母亲张开怀抱……

建党80周年之际，姚筱舟面向党旗宣誓，举起右手的那一刻，他心底的感情用任何语言都无法表达，唯有一支歌在心底荡漾。

姚筱舟终于成为一名真正的党员了。他对家人说："我这几十年，一直是以党员的标准要求自己的。如今，真正成为党员了，更要严格要求自己。你们也一样，不能给党脸上抹黑。"

儿子姚宏记得，当时矿上给分了一套54平方米的房子，一大家子人，根本住不下。姚宏去找领导，想让给调一套大点的房。

矿领导说:"可以呀,让你爸写份申请来。"

姚宏回家给爸爸说,谁知姚筱舟一口回绝:组织分的多大就多大,不能给组织添麻烦。

2017年,组织让补交党费,少数老干部心有抵触,不愿意交。姚筱舟说:"党员嘛,交党费难道不是天经地义的事情?忘了入党时咋说的了?"

他带头交了党费。

2019年6月,《唱支山歌给党听》入选中华人民共和国成立70周年100首优秀歌曲。

姚筱舟一直有个心愿,就是再创作一首诗歌给党听。2019年9月1日姚筱舟在铜川逝世,享年86岁。

在生命的最后两年,他创作了《永唱山歌给党听》:

> 永唱山歌给党听,世世代代唱不停,心中有了共产党,文明和谐遍地春。
> 五十六个民族跟党走,风雨无阻向前进。携手奋进奔目标,人民幸福祖国复兴!

——原载《中国作家》2021年第8期

## 无手之战

付凡平的事业始于苹果，成于苹果！

1990年，一场意外火灾让付凡平失去了三位亲人，也让她毁了容貌，失去双手……活下来的她忍受世人讥讽，踽踽独行，自言自语，成为一个人见人避的"畸零人"。

本已是孱弱之躯，又两次患癌，更有三次与死亡擦肩而过——她跌宕、多舛的命运，让所有人唏嘘不已！踯躅徘徊时的她好似长空中一只断翅孤雁，翻转、飘零，翅折羽乱，哀哀鸣啭……

2015年，付凡平家被评定为建档立卡贫困户。她参加了宜川政府开办的电商培训班，自此改变多劫命运：从网上第一单生意5斤小米、10斤青皮核桃开始，到现在每天发货3万单；从五年前对电脑一窍不通到如今拥有1万亩的示范园，辐射带动周边3万亩果园。销售额步步高攀——2015年50万元，2016年200万元，2017年350万元，2018年600万元，2019年突破4000万元！

她提出"公司+合作社+残疾人+贫困户+互联网"的扶贫带贫理念，成立残疾人协会，建立"蒙恩优选"扶贫助残平台，通过技能培训、安置就业等方式回馈帮扶，平台累计吸纳贫困群众400余人，累计培训1200余人次。

48岁的她先后荣获全国第十届农村青年致富带头人、全国残疾人十大新闻人物、第六届全国自强模范、2020年全国脱贫攻坚奖奋进奖等荣誉称号。

"我有700个微信好友群都满了，都是多年来的老朋友、老客户，甚至还有外国客户。"付凡平说着还不时地低头回复着信息。

付凡平一直没有办理残疾证。她说："我就不认为自己是残疾人，为什么要办残疾证？别人做的我都能做，我还要比别人做得更好！"

人心亮天就亮！涅槃后的她似乎暗藏能量，越挫越勇，从不向命运低头，永不服输！在云际振翅，发出高亢如鸿鹄一样的长鸣，任耳边风猎猎。

在部队服役的儿子对母亲付凡平的评价是：母亲其实就是一棵在陕北土地里奋力生长的苹果树，树叶相拥在蓝天下，根，紧握在黄土地下，冲破生命里的所有阻碍，去奋力生长……

1

付凡平与苹果的故事要分成2015年前后两部分来说。在2015年之前，她养羊养牛养鸡种树，卖手机，都没有改变贫困的命运。

2015年8月，商务部在宜川县举办首期电子商务培训班，这让她眼界大开，也改变了她的人生路。

当时班上只有40个名额，全县报名的有200多人，付凡平压根不在招生范围。她就去给负责这事的工作人员求情，说来说去对方还是说她不符合培训的条件，纠缠了一整天也没有效果，最后她就给他们说自己不占用电脑，也不占座位，她就坐在教室外边的窗户下听。

可能是付凡平的执着打动了工作人员，她最终被录取了。第二天，付凡平一进教室，所有人都用诧异的眼神看着她，因为40人里35个都是大学生，而她是唯一的"三无学员"——没有文凭、没动过电脑、没有手的残疾人。当时的她就是一个对电脑知识几乎一无所知的农村妇女。

学习时付凡平每天去得最早，离开得最晚。同学们头一回见有人用两只手夹着笔写字，刚开始是好奇地看，后来，那种精神真的很让同学们感动。培训结束后，她就成了班上最优秀的学员，获得了300元的奖励。

之后，付凡平立刻开起了自己的淘宝店，经营宜川土特产。拍图、上传、文字介绍这些事情对一般人来说都很轻松，但是对于她而言都是难事。

付凡平的第一单生意现在提起来也让她兴奋不已：她晚上传上去的信息，第二天早上就接了一个青岛的单子——5斤小米和10斤青皮核桃。当时她兴奋得很，虽然除过运费这一单根本没有赚钱，但是让她瞬间看到了希望，觉得这个路子一定能走下去。

电商扶贫就是运用电子商务来促进贫困地区的贫困家庭脱贫致富，带动当地产业发展。在销售方面，付凡平一直坚持走精品路线，对于质量要求一丝不苟。绝对不允许质量参差不齐的产品出售，每个要发出去的箱子，她死活不放心，都要亲自检查好几遍，这样一来，本来烧伤的胳膊就经常磨得稀烂。

随着网店的生意越来越好，付凡平注册了自己的公司——宜川县蒙恩农产品经销有限责任公司，以"公司+合作社+互联网+农户（残疾人和贫困户）"的模式，打造优质有机绿色农产品的全产业链。公司以残疾人和贫困户作为生产主体，解决农产品的产与销问题。通过三年的打造，公司已经成为陕西省残疾人扶贫创业基地，带动 300 多名残疾人创业就业，开办残疾人贫困户电商提升和孵化培训班 4 期，帮助贫困户 60 多户。云辛果业专业合作社通过 360 户联合成立，共管理 5350 亩土地。这几年已辐射带动周围 10 个村，涉及土地 1 万多亩。多年来，合作社深度帮扶 60 户建档立卡贫困户脱贫，2017 年平均每户产业年收入 4 万元以上。公司通过云辛果业专业合作社统一技术管理、统一打造品牌，种植优质有机无公害的绿色放心产品。

销售额年年攀升，公司还辐射带动了当地 15 个村庄的贫困户。付凡平经常想，对于贫困户们来说，如果没有脱贫志向，再多扶贫资金也只能管一时，不能管长久，最重要的是靠自己。

为啥公司和基地都要用"蒙恩"这个名字呢？因为付凡平家里出事之后，一直承蒙各界帮扶，没有全县乡亲们给她家捐助的 6 万元，就没有今天的付凡平。

在脱贫的路上，别人推你一把，你就得自己往前走，这样才能激发脱贫的内生动力。付凡平不想看到更多残疾人的希望被歧视的眼光扼杀在萌芽中。三年来，她利用自己在电商方面的影响力免费组织举办了 4 期残疾人贫困户电商提升和孵化培训班，带动 300 多名残疾人创业就业，手把手指导 60 余人注册和开办网店，帮助他们自食其力。每期开课她都会请有名的励志讲师来给贫困户做励志演讲，因为她懂得扶贫必先扶志这个道理。2018 年，她的蒙恩扶贫基地被批准为省级扶贫示范基地。

## 2

其实，付凡平就像她的名字一样，是普普通通的一个人，陕北千千万万妇女中的一个。她家住延安宜川县云岩镇宜世村，小时家境优越，生活幸福。她自小爱美、聪敏、招人喜爱。18岁时，本是花儿一样的年龄，她也像花儿一样对生活充满向往。但一场火灾使拥有美好生活的她刹那间坠入地狱，一夜之间失去三位亲人。大火也烧掉了她灵巧的双手，毁掉了她的容颜，面部80%烧伤，伤重的部分可见骨头……

付凡平迷迷糊糊三个月才清醒，恍如隔世。

当她看到自己的手，不敢相信这是真的！当她第一次照镜子时，从小就特别爱美的她，胸口热热的，就大口大口吐血。再次醒来已经是三天后的事了。

那时候，她觉得自己的人生就像一面镜子重重地摔在地上，被摔得稀碎！她没有办法接受烧伤后的容颜和双手。整日以泪洗面、自卑、自闭，轻生的念头一直盘桓在心头。多次寻死，都被父母阻拦下来。

是该顺从命运的安排，还是与命运抗争？

其实，人的念头反转，别人是改变不了的，除非自己彻底想通了道理。

一次，自杀未遂的付凡平被父母撕心裂肺的哭声惊醒，这哭声瞬间让她清醒：父母把她从死亡线上一次次拉了回来，而自己却一次次伤他们的心。她要活下去，为了父母。命运应该掌握在自己手中，正因为自己不完美，更要努力活下去！

人活低了就按低的来！陕北黄土高原上的人，生存虽然艰辛，但骨子里却藏着豪情与胆魄，面对人生的无奈和困厄，这一句话是他们的口头禅。

活，也并不是那么轻松。生存对付凡平来说不是从零开始，而是从负数开始。

失去了双手，基本上就失去了自理能力。她便从基本的走路开始练习，扶着床沿慢慢地学习走路。站起来，摔下去，再站起来，再摔下去……渐渐地，她开始走出家门，去镇上，去县上，想要再看看外面的"世界"。说实话，那时候社会对残疾人的歧视还是挺大，一路迎来的全都是诧异恐惧的眼光和交头接耳的议论，甚至同村的人见了她都躲着走，仿佛她那烧伤的容貌和双手会传染似的。过了这么多年，现在依然会有异样的眼光，甚至有些人猛然一见会惊讶地叫出来，对于这些她都习惯了。

那时候的付凡平每天都围着围巾，当时围着围巾是为了让人看不到她的面孔。恢复用了两年时间，其间，她的性格也多少受到影响，自卑自闭，经常自言自语，踽踽独行。

人生许多感悟和反转都是来自自己忽然想通了某个道理，在此之前任何人的劝说都不会起作用。付凡平的这次"反转"来自黄河壶口瀑布。有一天，煞费苦心的父亲央求熟人开车拉着她到了壶口。当天春雨蒙蒙，万物滋润，她的心里却是一片死灰。

父亲含泪说：娃呀，你就出生在这黄土原上，你就生长在黄河边，你要活出黄河的精气神。你有再大的困厄，都会被这片土地担待，没有什么东西是不能过去的啊。

发源于青藏高原的大河，及至宜川壶口，陡然收于一束，十里龙漕，湍如群牛，气势骇人……尘烟弥漫，千军万马冲撞与撕咬，号叫，乞求，呻吟，大笑，哭诉，痛苦抑或快乐，世界在战栗着……立于岸边的观者两股战战，眼睛睁大了，头发竖起来了，额上的青筋跳蹦，视觉、听觉都在经受着最大的冲击和撕扯！被俗世生活压迫而变得逼仄狭窄的心胸，瞬间开阔舒坦，生命之气喷薄而出……站在壶口冲天的水雾和震耳欲聋的声响中，付凡平看到壶口瀑布的磅礴气势，想到黄河在黄土地上历经千里坎坷，不屈不挠地流向大海，她当场就被深深地震撼了，像被电击中一样浑身发抖。

雨丝大了，付凡平扔掉雨伞，不避不顾地站在雨中，浑身湿淋淋的，泪雨滂沱，号啕失声……从小不服输不服人的劲头，在这一瞬间回到了身体里——她的精神重生了。

千百年来，相信许多遇到人生困厄的人，都受到过壶口瀑布给予心灵的震撼和鼓舞，获取过勇气和力量！

当付凡平决定好好活下来的时候，她就给自己说：身体残疾，决不能让心理也残疾。父亲当时最大的心愿是能把她嫁出去，再生一个孩子，他就是死也能瞑目了。

她和丈夫的感情始于怜悯。他的出现，让她鼓起生活的勇气，她认识丈夫时丈夫30岁，自己20岁。当时和她一起烧伤的哥哥下乡在他家派饭，就觉得他家人特别好，他也憨厚，就有意把他带回家。

付凡平一直不见人，直到他第五次来，付凡平才和他面对面了。他看到她让医生做手术把右手割开一条缝，便于以后把勺子绑在手上坚持自己吃饭，就觉得付凡平骨子里特别要强，就特别心疼她。

丈夫对她特别好，有陕北男人特有的厚道。他当时一个人在外打零工，每天早上走得特别早，晚上很晚才回来。每天早上走时他都会给付凡平冲两个鸡蛋，说："老婆，早上起来喝完。"这样他照顾了半年，付凡平就想着咋样能给他做点事情，不要成为他的负担。1993年，付凡平怀上了儿子。老公对她说："我们要为娃好好地活着。"

其实，付凡平心里想的是啥时候生下娃，他们能离开她时她就去死。这个时候，村里一个小孩的母亲因为家庭纠纷去世了，留下了一个可怜的孩子，小小孩子惊慌的神情让她知道没有妈的孩子感觉真不一样，她看着心疼，才慢慢打消了去死的念头……

当决定好好活下去的时候，付凡平做的第一件事就是给自己改名字。她以前叫付翻萍，因为这一场大火让她重生，也注定了她不平凡的人生，于是她就改名叫付凡平了。

儿子的出生让家里多了欢乐，他们两个心里有了念想，日子也有了奔头。

慢慢地，生活步入了正常轨道。平静下来的付凡平，经常一个人游荡在田间地头。她想：我得干点事了，决不能这样荒废一生。

人，只有努力才能证明自己的价值。一个女人，18岁时毁去了容颜，失去双手，可以说是致命一击。凤凰涅槃，浴火重生，她学着慢慢打理自己的日常生活，呐喊过、无助过、绝望过，熬过无数个漫长的日子，最终她选择与命运抗争，这样强大的内心不是一般人有的。

在健康人那里，写一个字、画一幅画、打一件毛衣，是那样简单。可是在残疾人那里，却是多么多么的困难。大火没有将付凡平的拇指完全烧坏，她去医院做了一次小手术，将在第一掌骨与第二掌骨之间割开形成分叉，有一个指骨节粗细。她把勺子卡在掌骨间，用绳子把勺子绑在手臂上，坚持自己吃饭。

付凡平的新生活从扣第一颗纽扣开始！光秃秃的双手，稍一用劲就疼，扣第一颗纽扣，她整整花了两个月的时间；走路多了，鞋里都会渗出血；做饭，握不住刀、摁不住菜，掉了，捡起来，再掉，再捡起来……一遍遍、一次次地重复，就这样，凭着一股不服输的志气，她终于可以像正常人一样穿衣、做饭，整理家务独立生活了。

1993年的一天，为了让家人过上好日子，付凡平开始学着给别人放羊，每天回来鞋里都是血。过了一年，当她第一次赶着属于自己的羊群从60里外的地方走山路往回赶时已经是深夜，但是她心里敞亮得很，感到真正的成长路应该从这里开始了。

从1998年开始，村、乡干部要求果断采取措施，实行完全封山，谁的羊都不准上山，同时大力扶持舍饲养羊。1999年，付凡平卖掉了羊，有了钱，胆子也壮了——买了三个山头，还承包了300多亩荒地，从开春到秋后，一年四季都在地里忙活。春天开始，种一茬玉米，不下雨死了；再种一茬豆子，不下雨还是死了；再种一茬糜子，要是还不活，到了六七月份就再补种一茬荞麦。人也被折腾得够呛：翻一遍、耕一遍、种一遍、锄两遍，五遍下来，劳动强度很大，这还不算把庄稼从山上背下来颗粒归仓的过程。

付凡平想到，与天斗，人永远不是老天爷的对手。在这地方，光靠种粮，肯定富不起来。但是你养羊，林子就是长不起来的。既然不能养羊，也不适合种地，那就干脆封山禁牧、退耕还林！

一开始退，栽树没钱是个实际问题。陕北干旱严重，又是高海拔地区，土壤瘠薄、沙化严重。如果把普通的树栽到山上，长几十年还是小老头树，也不挂果，刚能维持生命，也无法繁殖后代，有的树梢上都是黄的。在荒地和山头植树造林，为了省钱付凡平自己育苗，种了杏子和刺槐。

2001年国家验收退耕还林，给付凡平兑现了11万元补贴。

2012年，付凡平身体慢慢恢复了，回到娘家包了几百亩山地，开始学习养土鸡。2013年全国闹鸡瘟，听专家说一般鸡瘟有可能也给人传染，她就放弃了。两年时间也就这样过去了。

3

2014年，她又满世界找项目，坐公交到武功，无意间在公交车上看见一个老头在手机上卖苹果，她观察了一路，试图和老头搭讪，都没有鼓足勇气。最后他到站下车了，她也跟着下车。走出了一站地，她才和他说上话。

老头了解到她的情况后说："做电商最适合残疾人。现在社会快速发展，'鸡'来了你不捉，能怪鸡吗？"

受到他的鼓励，付凡平似乎有了方向，当下就买了两本介绍开网店的书开始自学。

2015年，付凡平的老公在外打工时意外受伤住院，三个月时间，白天她要请人给家里打核桃，晚上要赶到医院照顾他，又瘦成了皮包骨。

这一年，付凡平家贷款3万元，被认定为贫困户。

付凡平开始做网店，以前的老客户都纷纷照顾她的生意，不单单因为她是残疾人,最重要的是长期积攒的信誉和口碑,这也正是她做生意的生命线。

"你不知道她有多难,拍一张照片经常用一个小时,一用力手机就摔到地上了,不用力触摸不到屏幕。"与她一起创业的人说,付凡平如今熟练地运用电脑、手机都是她忍着伤痛,反复练习换来的。拍照、传图、写介绍,这些琐碎的事情对一般人来说简简单单,对她来说却困难重重。

付凡平一点一点琢磨,一个客户一个客户用心维系,网店生意蒸蒸日上。

2015年网店卖了50万元,2016年卖了200万,付凡平终于还完了所有的欠账。一路走来,她做了很多常人都难做到的事,也承受了很多常人难以承受的委屈。周围的人对她由同情变为佩服。

这么多年来,她注册了"蒙恩农场"商标,在淘宝上开了自己的网店,在镇上创办了"云果飘香"土特产专卖体验店,销售苹果、核桃、山桃、山杏和小米、绿豆、豇豆等产品。靠这股"一根筋"的执着劲,付凡平不仅为家庭带来了可观的收入,更重要的是在生意场上积累了不少人脉,有了自己的客源。人们对她的态度从嘲笑和同情,变为认可和敬佩。

2016年,他们家脱贫了!

付凡平经常感慨,没有党的好政策,像她这样的一个残疾人能干什么?她这几年的快速成长,从被帮扶户到可以用公益爱心帮扶人,从农村妇女到开公司带团队,从一名平凡普通的农村妇女成为全国的自强模范和全国农村青年致富带头人。

"没有生意人愁,有了生意人也发愁!从2015年开始我就像一个不停旋转着的陀螺,接单发单,看货选货,经常奔波到深夜,没有了自己思考的时间、空间。"付凡平说,"以前觉得命运对己不公,注定一生要走不平凡的路,现在想想,其实我就是个普通人,无论那场意外有没有发生,我依然会做普通人的事。每一个人找到自己的位置,用心去做事,都会活出'不平凡'的自己。"

做网店成就了付凡平。在外人眼中付凡平似乎有了神秘的色彩,他们形容她这几年走过的路是两个阶段:"2015年至2016年,看不起,看不懂","2019年至2020年,追不上"……

付凡平经常想:全国有8500万残疾人,这么大一个群体,还有多少人走不出自己的阴影,多少人想自立但走不出来,有的想创业没有产品,有的有产品愁没销路。传统的农村交易主要采用面对面的方式,市场形态级别低,交易场地分散,规模小,交易效率低。而通过互联网的供需对接,改变了以往传统交易模式的诸多弊端,实现了消息互通,方便快捷,让农村的产品能够适销对路,更好更快地走出乡村。

付凡平接下来的计划,是利用自己现在的影响力和凝聚力为残疾人干一件大事:打造一个为全国残疾人服务的网货供应商和网货基地的平台——"山货严选",把残疾人聚到一起创业就业。这个互联网平台,采用公司化运作,自助式销售,与各地残联对接,号召残疾人加盟,有好产品的残疾人帮他们对接渠道,帮他们销售,没有产品的可以在平台上销售产品赚取佣金,北货南行,南货北通。

付凡平最幸福的事,就是看到一个一个残疾兄弟姐妹走出阴影,自食其力,自立自强,成长到可以尽自己爱心去帮扶别人。

现在,付凡平从一个天天想死的人,变成了一个天天想活下去的人,活得精彩的人!

## 4

老公的呵护与爱,让付凡平成为一个让人羡慕的女人。许多残疾人家庭的孩子有性格问题,她的孩子从来没有,她优秀的儿子性格像父亲,做事果决像她,她知足了。

"有多大的肚子就端多大的碗!"农历己亥年腊月二十九,宜川县58岁的左喜宏坐在付凡平对面,眉头拧成疙瘩,言语中带着一丝埋怨和心疼。原来,妻子付凡平今年以来对接了淘宝、天猫、原产地等电商平台,因每个平台都有自己的回款周期,加之陕北连续两次大雪封路,她用来周转的资金出现了问题,从来不欠人钱的她支付了几个快递公司的快递费和果库工人工资后,还差果农20万元。

把面子看得重的一对夫妻,开始绞尽脑汁找熟人借贷,面前摆着三个手机,能借的人都硬着头皮借了,但是都说手头没有现金。儿子左杰从部队返家过年的喜气也没有冲淡全家乱草般的愁绪,三人枯坐无言,小小客厅,也空如旷野……

左喜宏说:"你不要听付凡平说得这般容易。她这个女人,一辈子争强好胜,吃尽了人世间的大苦!这些,我最清楚不过了。"

那场火灾周围几十里都是知道的。付凡平在那场意外中毁了容,失去了双手,当时人把她抬出来后以为烧死了,就放在露天的雪地里,零下十几摄氏度放了一夜。天刚亮,村里一个人打了一夜麻将回来发现她的衣服在动,发现她还活着,才吆喝人送到医院抢救。

"她这个女人性格太要强,也好面子,我去了五次才见到了她。见她第一面时她让她妈把勺子绑在左手骨头茬茬上坚持自己吃饭,强忍疼痛,不吭一声。学会了吃饭,她又学走路。她就像孩子一样扶着炕沿蹒跚学步,每天走一小会儿,一个多月后疼痛依旧,但她可以不用扶着外物走路了。"左喜宏说。

1992年左喜宏和付凡平结婚,付凡平为了给丈夫做饭,两只手夹着切菜钢刀,时间长了夹不住,刀频频掉下来,就砍了她的腿她的脚,伤痕累累……一天,她切土豆刀又掉了下来,砍伤了脚,血流了一地,她见了这么多血就把自己吓晕了。

左喜宏说:"我回去看见这情景,抱着她哀求她,今后咱不要这样要强了好不好,你不要这样作践自己,今后有我吃的就有你吃的。当时,说完这话,我哭了,她也抱着我哭了!"

1993年的一天,付凡平看到别人在山间放羊,就试着用胳膊肘夹棍子赶羊群。没想到,这一试竟然成功了,喜出望外的她连续几天跟着同村放羊人起早贪黑,上沟爬坡,成了名副其实的"羊倌"。

"你不知道她受的罪。造孽啊,你不亲眼见,你想象不到的——腿关节不能打弯,山路哪有平坦的呢,稍微不注意就摔倒了,滚到沟里去了。两个手臂夹着拦羊的棍子,一天下来手都冻僵了。全身都是伤口,稍微一活动,肉皮就会裂开,就不停地流血,有时伴随着脓血一块块往下掉,有时还会露出骨头。放羊都在山峁上爬高摸低的,晚上回家,血湿鞋子湿裤子是常有的事。"左喜宏唏嘘地说。

后来,付凡平天天回来就跟左喜宏说要养羊,耐不过软磨硬泡,左喜宏拿出家里仅有的3000元钱,去60里外的村子买回20

只羊。接下来的日子，她是周围百公里唯一放羊的女人，顾不上胳膊肘的疼痛，放羊、喂草，不顾一切。

"别人家喂羊喂玉米，我家喂黑豆，我在地里见缝插针种黑豆，很快，30只羊变成了60只，一年下来净赚10个羊羔。"左喜宏说，"我们还卖羊绒，因为喂黑豆，我们的羊绒好，也赚了不少钱。养羊不光给全家带来了较为富裕的生活，也更加坚定了我家脱贫的信念。1995年，争强好胜的她硬要买电视机，全村都没有电视，她就喜欢村里人在我家看电视，她觉得这样好，她就是这样的强性子人。1997年她买了村上第一个手机，摩托罗拉翻盖手机，其实就是证明我家有钱了。"

闲不住的付凡平后来还买了母牛养。1999年，就在这一年，国家大力推行退耕还林（草）政策。他们家卖掉了羊，卖了3万多。一下子有钱了。

"我们那边地大多是荒坡，她这人，一辈子都要走在人前头。有了钱胆子也壮了，她自己做主买了三个山头，一个山头500元，还承包了300多亩荒地。山上都是黄土，种什么都不长，原来种糜子、谷子一亩地就产个100多斤粮，基本上刚够吃饭。种玉米一亩地也就200多元收入。地越种越多，山越耕越荒，村里人的腰包却越来越瘪……"左喜宏说，"我们想通了这个道理，开始积极响应国家退耕还林政策。"

刚开始退耕还林，主要是种沙棘和柠条，后来县上有了钱就开始在沙棘林里种松柏树。夫妻俩植树造林，为了省钱他们自己育苗，种了杏子和刺槐。丈夫负责挖坑，妻子负责栽树。后来左喜宏看付凡平两个胳膊整天血淋淋的，就雇了20几个人一起栽树，她又给大家做饭。

2001年，政府一次性给农民发放了3年的钱粮补贴，每亩折算160元，此后年年如期兑现。过去，辛辛苦苦劳作一年，每亩地的收入还不到30元；现在，不用上山耕种，政府还给补贴这么多钱，夫妻两人一下子吃了定心丸。

山地退耕了，种树国家给补贴，把人手空出来了，还能出去打工赚另外一份钱。

2002年，付凡平在宜川县城开了一家手机店。当时宜川县城仅有两家手机店。店开起来了，可是客人一进店看到她的脸，都悄悄退出去了。她就到大街上去推销手机和手机卡。倔强的她嘟囔说："我要让全县人都知道，我虽然长得丑，但也敢在街上推销手机。"之后，爱动脑子的她就跑到学校周边给家长和学生推销卡，刚开始为了吸引客户她给人家送手机卡，一天白白送10张出去。谁知付凡平这一招还真有效果，第二个月就卖了200多张，看到又有人也跟着她到学校推销时，她又把目光放到了农村。他们村有110个手机，其中102张卡都是她卖出去的，就这样一个村一个村地做了附近20个村。

2015年，左喜宏打工时意外受伤在家卧床，被定为精准扶贫的特困户。闲不下来的付凡平一直在琢磨着如何脱贫，这期间她做苹果代办，抛头露面，受人白眼，四处奔波……

这几年，家里情况好转，付凡平却花自己的钱去培训全县的残疾人，先后举办了4期残疾人贫困户电商培训班，大概有300多名残疾人，她手把手指导60余人注册和开办网店，白白花了自己十几万不说，中间费神的事情太多了，残疾人来基地培训不方便，她在微信里给他们发路费红包。

周围的熟人都想不通，她到底为了啥？

## 5

今年28岁的左杰长得白皙秀气,严谨、沉稳,因为小时候受母亲所派,去自强学校照顾过残疾少年张路两年,所以学得一手按摩和做菜的本事。

"看我儿子多帅,他现在在内蒙古部队工作,特别优秀。"搂着儿子,付凡平的眼神中透露着欣慰和自豪。

左杰给笔者透露了他母亲鲜为人知的一个故事:"张路是妈妈以前认识的一个失去双臂的男孩,年龄比我大6岁。当时我母亲在宝鸡贩卖玉米,听几个人说附近有个残疾娃很聪明很要强,被电打了,失去了两条胳膊。如果没有一技之长,这娃就毁掉了。了解了他的情况后,善良的我妈想到自己也是失去了两个胳膊,一路自力更生的艰难奋斗历程,想去帮帮萍水相逢的张路。在我上初二的时候,我妈让我辍学去残疾人自强学校给张路哥哥陪读,照顾他的生活。当时年幼的我也一直很不理解我妈为什么不顾所有人反对,坚决让亲生儿子去照顾一个与自己非亲非故的人。"

"你不知道,在那个自强学校里,近千学生都是程度不同的残疾人,只有我一个正常的孩子,慢慢我觉得我也不正常了。直到我进入部队,我才慢慢体会到母亲的良苦用心。当时如果没有人去照顾张路哥哥上学,他就会辍学回到他的那个偏僻的山村了,可能一辈子再也立不起来了。而当时,让我去照顾张路,是母亲唯一的办法,对她来说再没有更好之法。"左杰说,"母亲不光影响了我,更是影响了很多普普通通的老百姓,我在部队经常给战友讲起母亲，他们都感动得流泪。母亲的教育都是以身作则的。她对我有'五要'，品行要端正，求学要勤奋，恶习要戒除，交友要谨慎，生活要艰苦。母亲是我一生学习的榜样，她像陕北土地里奋力生长的果树，树根紧紧地扎在地下，冲破生命里的所有阻碍去奋力生长……"

左杰说："其实我妈得过两次癌，我爸心小，我妈一直骗着他。母亲受尽了人世间的大苦，却从来不曾屈服于命运，倔强地活出自己的光彩，这样强大的内心不是一般人有的。2008年，我外婆去世了，埋了我外婆，我妈就瘦成皮包骨头，吃一口吐一口，检查出来是胃癌。2009年，我妈瘦得失了形，体重不到34公斤。在北京医院看病时，癌症病房里病人都是愁眉苦脸的，陪床的人也是愁眉苦脸的，很多人哭哭啼啼，我妈受不了这气氛，硬让医院把她调整到整形科病房。"

"我妈是一个很有主见的女人，她为了不让我爸知道病情，把我带到三亚，租了一个房子住，天天吃流食。为啥不回家要到三亚，现在想来是母亲身体太虚弱了，也受不了北京的寒冷，知道三亚暖和，就去了。当时北京下了很大的一场雪，我记得很清楚。我妈在三亚认识了山东的爷爷和奶奶，萍水相逢，他们待我妈如亲生，认了干女儿，现在还联系着。"

2018年9月，命运多舛的付凡平又查出来是细胞癌，已经扩散到淋巴了。人总归是人，当听说自己得了癌症，她当场就浑身发抖，走回病房时脚也抬不起来了。

"但是我妈性格太强了，她给我说她诊断前很精神的，诊断后就抬不起脚了，不是癌细胞扩散得这么快，是人的心理作用太强大了。如果天天想着自己得了癌症，再好的药也不会管用的。她边吃药边在医院打针，每天针一打完就给医院写请假条，去大明宫放风筝……奇迹再次发生，她又战胜了病魔。"左杰说，"在此期间母亲获得了全国自强模范，领奖回来继续住院，周围的人都不知道我妈这一次又得大病了。"

2019年5月，付凡平的身体指标转好，停了药。她整天起早贪黑，奔波劳碌，但精气神一般年轻人都比不上。

一次次的努力，让付凡平越来越有自信，她说："人活着就是要靠自己，我不在乎别人怎么说，我就是要把自己的光景过好。"在付凡平的办公室里，摆了大大小小的奖牌近30个。

付凡平成为延安脱贫攻坚中的风云人物。2020年3月，陕西省委办公厅印发《关于开展向"三秦楷模"施秉银、付凡平同志和赵梦桃小组学习活动的决定》，号召全省广大干部群众和各行各业要向"三秦楷模"付凡平同志学习。

"母亲从不会对我讲述她的不易，但她面对困难不屈的品格深深地影响了我，是她教会了我在困难面前不退缩不逃避。部队生活从来都不轻松，可是每每想起我的母亲，我便有了克服一切困难的勇气。"左杰说，"残疾的母亲是向上向善的。她不愿意做一个普通的家庭妇女。颇有商业头脑的她坚持每天收听广播，了解新闻、政策，激发了她的创业潜能。从1993年起她养羊、承包荒山种树、开手机店、做苹果代办，抛头露面，四处奔波。因为要经常与外地客商打交道，一开始操着浓厚的宜川口音，不要说谈生意，就是沟通都有点困难，她便开始学习说普通话，一有空就打开电视，跟着电视里的人物念台词。她现在仍然每天坚持练习一小时的普通话。"

熟悉的人都知道，付凡平好强，爱美，总爱穿红色的衣服，戴艳丽的围巾。走向新生活的她不断更新知识，给自己充电，多次自费参加由商务部研究院举办的电商培训、清华大学残疾人企业培训班、深圳"华企顾问"培训、农村致富带头人的高级研修班等，参训参展费用已经超过数十万元。

6

魏延安是陕西省果业中心主任，也是全国有名的农村电商研究专家，全陕西省经他培训、指点的农村电商不下万人。他被付凡平称赞为"改变她命运的人"。2015年在宜川的一次创业大会上两人初识，此后魏延安成为付凡平的"免费顾问"，大到公司发展方向和战略，小到如何招聘到合格的电商人才，深感"本领恐慌"的付凡平不择地点不择时间如饥似渴地打来电话咨询，魏延安皆尽其所能指导、建议，不厌其烦。

"初识付凡平是在2015年宜川的一次创业大会上，她的报告给我留下很深的印象，我当场给她打了高分。她这人肯学习，好钻研，能与时俱进，所以后来能在万千电商中脱颖而出。"魏延安说，"做电商是残疾人摆脱贫穷的捷径。付凡平不向命运低头，走过平凡是不凡！近期她的公司要搬到省城，便于业务洽谈，生产基地、仓储放在陕北。这也是对的，符合商业和市场的规律。"

延安是苹果优生区和主产区，全市农民收入的60%来自苹果产业，70%以上有劳动能力的贫困人口依靠苹果产业。近年来，像付凡平这样，通过种植苹果、做电商销售苹果而脱贫的农民，在延安不在少数。

魏延安分析说，农村电商要适应电子商务的新趋势。当前电子商务发展出现了许多变化：一是交易终端从 PC 端向移动端（智能手机、移动屏）全面转移，过去人们是在电脑上买东西，现在几乎都在智能手机上了，2017 年"双 11"交易 91% 在移动端完成；二是从在线化向社交化快速演化，过去是所有的东西上网，现在则是无社交不电商，借助微信等社交网络形成了拼多多、微店、云集等社交电商平台，还有大量借助微信朋友圈、微博橱窗、今日头条账户等新媒体直接卖货的，正在风头上的抖音上也出现网红向粉丝卖货的情形；三是居民消费开始升级，消费者更加看重品质；四是从线上线下竞争到线上线下融合，大量线下零售企业和门店被电商收购，出现盒马鲜生、7 fresh（七鲜）等所谓"新物种"。在此变化下，还在传统电商道路上探索的农村电商被迫要进行改变。像付凡平这样从农村迅速成长起来的电商，面临着许多挑战和"成长的烦恼"，瓶颈是思维、团队、管理和视野的限制。创业者的思想一停滞，稍微做点成绩就小富即安，创办的事业也会停滞，这是商业自有的规律。

延安市现有 14.1 万名残疾人，如何让他们生活得更幸福、更美好，和大家一起沐浴阳光、共享小康，是全社会的期盼和努力的方向。

网络是一个宽广的市场，打破了时空限制，让农产品销售的空间得到极大拓展。看着手机、坐在电脑前就能卖苹果，以前果农们不敢想的场景，现在却成了延安"苹果圈"的一种风尚……

据统计，延安目前有电商企业 262 家，开设各类网店、微店 1.4 万多家。2019 年线上销售苹果过 10 万吨，销售总额达到 128.7 亿元，农民人均增收 1590 元……

魏延安经常给"付凡平"们建议：不是都开网店、都在网上卖东西就叫搞电商。农村电商要放开视野看，思维一变天地宽，其间的商机还有待深度开掘。今天的时代，专业的事由专业的人做，把自己最擅长的领域做好，而不是盲目地追求全产业链、做"全能冠军"，恐怕是农村创新创业者面临的重要的现实课题。

## 7

冬天的高原，静谧、肃穆，农历己亥年腊月二十九这一天，天蓝格莹莹的，阳光一片金黄，山山峁峁上白雪皑皑，阴坡的石岩上挂着一片片的冰溜。

付凡平一家和笔者再游壶口。多年前让付凡平汪然出涕的壶口瀑布，在冬天依然水势不减，气势骇人，气温的降低使得壶口瀑布升起的水雾在两岸悬崖上、护栏上形成了奇形怪状的冰雕，龙槽水结成三四米厚的冰层。一片冰的世界。

付凡平戴着红色的围巾，边照相边说："以前水是浑浊的，壶口周边的冰瀑也是土黄色的。现在却是河面碧绿，冰瀑晶莹剔透了，这都是陕北退耕还林之功。"

付凡平的丈夫插话说，2013年7月份，延安遭受百年不遇持续多轮强降雨袭击，总降水量是往年的5倍，这么长时间的强降雨，一个月下了一年多的雨量，如果不是退耕还林，不是森林涵养水源能力增加，延安一定有很多地方洪水暴发，带来更大的灾难。

寒冷的水花中，人们心里都滚动着暖流，头顶脚底全散发着热气和对新生活的喜悦……

"公司的业务量增大，我最近想再招聘17名残疾人，制作陕北特色的剪纸、雕刻、鞋垫等。"

"现在从事电商的残疾人越来越多，我想做个公益平台，面向全国的残疾人，把他们的好产品拿到我的电商平台去销售，增加残疾人的收入，每笔订单收益将捐赠人民币0.2元投入到中国残疾人事业中。"

言谈间，付凡平两个手机不时作响，订货的、谈合作的，她应接不暇。这位"从别人眼神里走出来"的倔强女人，已把目光投向更远的远方。

以前，她总是避免与人四目相对，她用围巾遮起自己，是怕自己的"丑"吓了别人；现今，她喜欢穿亮丽的衣服，围亮红色的丝巾，让自己更显自信、美丽……

——原载《延河》2021年第2期

## 一路向西：到祖国最需要的地方去

### ——中国学人 62 载使命传承

62 年前，一棵已经在黄浦江畔江南米乡生长了 60 年的大树，却要去黄土漫漫的高原上生根。本来，它成长在近代以来中国最为富庶、发达、繁华的沿海大都市，如今，却要去一个沉寂千年的西部古城重新萌芽……

1956 年至 1959 年，中国学术界与教育界发生了一件大事：位于上海的交通大学，她的一大批知识分子和青年学生，跨越 1000 多公里来到西安，兴建了如今的西安交通大学，成为历史上有名的"交大西迁"事件。

如今，一南一北，两个交大，两棵擎天大树，生机勃勃，枝叶蓬勃！这是几代学人，无数普通人，用他们的心血、智慧、行动，朴素忘我地激情工作创造的骄傲成果。1956 年的交大校园里流行着三句感人至深的话："党的决定就是我们的行动！""党叫我们去哪里，我们就背起行囊去哪里！""哪里有事业，哪里有爱，哪里就有家！"这些当时的口号，洋溢着中国知识分子浓厚的家国情怀和爱国奋斗精神。

一滴水里观沧海，一粒沙中看世界！

2018年深冬，古城西安的一座茶楼里，金沙曼教授讲述西迁往事。性格开朗的金教授总是未语先笑。当时，5岁的金沙曼，随全家七口人，四世同堂，一起西迁。母亲高景孟西迁后曾任西安交大幼儿园主任，父亲金精从难民子弟成长为大学教授，是机械切削领域的专家，美国机械工程师学会正会员（Member, ASME）。金沙曼清晰地记得，1987年，65岁的父亲实现多年愿望成为一名中国共产党员，他视其为政治生命的开始。他说要将毕生精力献给党的事业！

金沙曼回忆西迁时说："绿皮火车硬卧车厢的隔断里，两个下铺，一边是妈妈抱着不满周岁的二妹，一边是祖奶奶搂着4岁的大妹妹。我的祖奶奶，就是我爸爸的奶奶，当时已经80多岁了，大家征求她的意见，要不要留在上海，她老人家这样说：哪里的黄土不埋人！人是宝，人是活宝！一起去西安！祖奶奶从东北乡土中走来，经历了年轻守寡抚养幼儿、离乡背井逃难躲战乱，但她精明能干，用女人柔弱而刚毅的肩膀承担起生活的重担。她干净利索，大襟褂子和长袍总是一尘不染。祖奶奶没有进过学堂，却秉承儒家思想教导儿孙读书做人，父亲至今仍记得在幼儿时奶奶教的诗：朝为田舍郎，暮登天子堂。将相本无种，男儿当自强……"1972年10月，金沙曼96岁的祖奶奶在睡梦中安详地离去，一个平凡而伟大的母亲，把自己永远留在了大西北……

2017年11月30日，西安交通大学史维祥等15名老教授联名给中共中央总书记习近平写信，汇报学习党的十九大精神的体会和弘扬爱国奋斗精神的情况。信中说："多年来在西北的奋斗，我们形成了'胸怀大局、无私奉献、弘扬传统、艰苦创业'的'西迁精神'，并在代代师生中传承弘扬。"2017年12月11日，习近平总书记对来信做出重要指示，向当年响应国家号召、献身大西北建设的交大老同志们致以崇高的敬意，祝大家健康长寿、晚年幸福。也希望西安交大师生传承好西迁精神，为西部发展、国家建设奉献智慧和力量。此后，习近平总书记在2018年新年贺词中和不同场合多次提到西安交大西迁的老教授们，指出："他们的故事让我深受感动。广大人民群众坚持爱国奉献，无怨无悔，让我感到千千万万普通人最伟大，同时让我感到幸福都是奋斗出来的。"

## 大树西迁

一棵在黄浦江畔生长了60年的大树，为何要不远千里，迁到祖国的西部腹地去？

新中国成立时，人民生活必需品都是洋火、洋蜡、洋油、洋布、洋皂、洋面、洋碱、洋车、洋行、洋片，可想而知当时的新中国能有什么工业和家底！何况以美帝国主义为首的资本主义国家还在敌视和封锁新生的中国。从国家安全和经济全面发展角度看，西安处在中国的最中心（中国大地原点就在西安周边），新中国成立之初，东西部经济、社会、教育发展程度差异巨大，按照党中央、国务院的战略部署，来自金融、高教、建筑、纺织、电力、机械等行业的数万名干部、工人和知识分子，从上海、天津等地一路向西，支援在陕的国家重点项目建设。

国家战略是战略体系中最高层次的战略，是为实现国家总目标而制定的总体性战略，指导国家各个领域的总方略。国家战略依据国际国内情况，综合运用政治、军事、经济、科技、文化等国家力量，筹划指导国家建设与发展，维护国家安全，达成国家目标。

交通大学内迁西安，是新中国成立初期党中央做出的战略决策。作为我国最早兴办的高等学府之一，交通大学前身是1896年创建于上海的南洋公学。根据我国东南沿海紧张的周边形势，为适应社会主义建设和国防建设的需要，并为改变旧中国遗留的高等教育布局不合理的现状，支持西部社会经济发展，1955年中央决定将交通大学内迁西安，这是国家调整新中国工业建设、文化发展和高等教育布局的重大举措，影响巨大、意义深远。周恩来总理亲自领导了交通大学西迁工作，中央部委，西安、上海两地，以及社会各界给予了全力支持。1955年5月25日，时任交通大学校长的彭康向师生们公布了西迁的决定。

地要哪里给哪里，一切特事特办！

中央要求1956年9月在西安开学，新交大很快选址在西安市东南郊，兴庆宫公园对面，北面是兴庆宫，南面是青龙寺，这是一片有着深厚文化积淀的绝好土地。校址一定，当地农民听说在这里要开办大学，无比振奋。没几天，当地老乡就自觉让出了这片广袤的土地。

时间紧迫，必须边搬边规划设计边施工。

1955年10月，交通大学西安新校园建设破土动工。基建任务十分繁重，陕西省、西安市政府集中全省主要基建队伍一起投入校园建设，工地上热火朝天，即使晚上依旧灯火通明，数千名建筑工人在一片麦地和原野上，夜以继日，争分夺秒，以当时最高的建筑质量要求完成工程任务。

1956年8月，首批1000多名交大师生登上专列来到西安。

1956年9月10日，交通大学西安部分借西安人民大厦的场地举行了规模盛大的开学典礼。在西安人民的倾情支持下，艰苦的条件没有让教学有任何中断，没有让招生延迟一届，新校园没有因为迁校而晚开一天学，迟开一门课，少开一个实验，创造了中国高教史上的一个奇迹！

这时学生共3906人，教工815人（其中教师243人），随迁家属有1200余人。

1955年5月看地方，10月就建房，不到一年时间，西安新校园建设已经初具规模，一幢幢教室和师生员工宿舍就建起来了，处处体现了那个年代的"西安速度"。

1956年至1958年间，一趟趟专列从上海开往西安，包括教授、副教授在内70%以上的教师，1954级、1955级占年级总人数的81%以上的学生随校西迁，1956级全部新生在西安报到就读。与此同时，设备、图书、档案也都源源不断地运往西安，运送西迁物资的列车装满了700多节车皮，仅图书就14万余册，超过交通大学馆藏图书总数的73%。

哪里有爱，哪里有事业，哪里就有家！自此，有"东方麻省理工"之称的交通大学，从繁华的大上海迁至古城西安，在大西北的黄土地上深深地扎下根来。

向西，向远方。交通大学西迁，是一次响应祖国号召、跨越大半个中国的"行军"，主体不是军队，而是知识精英。他们在"小我"和"大我"之间博弈，在个人利益和国家利益之间权衡，以大局为重，听党的话，党和祖国需要他们到哪里就去哪里，把个人选择融于国家需要之中。

交通大学西迁为什么能取得成功呢？回溯交通大学西迁的历程，西迁群体的爱国热情仿佛就在眼前。

西迁教师、中国工程院首届院士谢友柏回忆时说："那时候大家都有一种精神，一种为了国家的富强不顾一切去奋斗的精神。"交通大学在接到中央"全部西迁"的电话指示后，第二天即着手部署迁校工作。1956年8月10日，1000多名师生登上"交大支援大西北专列"，乘车证上印着"向科学进军，建设大西北"这句话。尽管火车经过的地方越来越荒凉，但是在那个热气腾腾的年代，这些年轻人是一路唱着歌来到西安的。

当时西安的条件十分艰苦：马路不平、电灯不明、电话不灵，用水非常紧张。建校初期，野兔在校园草丛中乱跑，半夜甚至能听到狼嚎。冬天教室仅靠一个小炉子取暖，洗脸水得到工地上去端……虽然条件艰苦，但是大家都精神饱满，干劲十足。

西迁之时，彭康已步入知天命之年，却以非凡的毅力和卓越的领导力完成西迁使命。在对迁校问题发表意见时，他开宗明义："我们这个多科性工业大学无论如何发挥作用，都要更有利于社会主义建设。""我们的国家是社会主义国家，因此考虑我们学校的问题必须从社会主义建设的合理部署来考虑。"短短数语，道出了老校长心系国家发展，为人民办好教育的真切情怀。他用自己的实际行动践行了他的庄严承诺："要在西北扎下根来，愿尽毕生之力办好西安交通大学。"

这种爱国情怀体现在广大教职员工身上也是不胜枚举，留下许多教育后世的生动故事。

> 秦岭一片白云飘，关中平原真富饶，
> 周秦汉唐是古都，工业重镇在今朝；
> 交大西迁任务重，西安建校热情高，
> 文教适应工农业，经济建设进高潮。

1957年9月的一个早晨，陈学俊站在西安交通大学东门远眺秦岭，写下了这首《迁校有感》。这一年，他和夫人带着四个孩子乘坐西迁专列，由上海来到西安。临行前，他将上海的两处房产交给上海市房管部门。"既然去西安扎根西北黄土地，就不要再为房子而有所牵挂，钱是身外之物，不值得去计较。"38岁的他，是交大西迁中最年轻的教授。

中国"电机之父"钟兆琳先生，迁校时已57岁。他婉拒周恩来总理考虑他年龄比较大，夫人需卧床养病，可不必去西安的照顾，孤身一人前往西安。他的感人事迹，在西安交通大学师生中口口相传，被称颂至今。在他的感召和带动下，他所在系的绝大多数教师迁来西安。老骥伏枥，志在千里；烈士暮年，壮心不已。年近花甲的钟兆琳，不辞辛劳，事必躬亲，在一片荒凉的黄土地上将西安交大电机系扶上了迅猛发展的轨道，并逐渐成为国内基础雄厚、规模较大、设备日臻完善的高校电机系。钟兆琳教授掷地有声："天下兴亡，匹夫有责，支援西北每个教师都有责任。"

热工先驱陈大燮作为迁校带头人之一，舍弃了大上海的优越生活环境，卖掉了在上海的房产，义无反顾偕夫人一起首批赴西安参加建校工作。1957年，在西安部分新生入学典礼上，陈大燮说："我是交通大学包括上海部分和西安部分的教务长，但我首先要为西安部分的学生上好课。"一席话，坚定了大家献身大西北的决心。陈大燮教授斩钉截铁："迁校西安是政府的决定、祖国的号召，对国家工业建设是有很重大意义的，因此，我们要坚决响应这一号召。"

数学家张鸿，早年留学日本，迁校时任交通大学的副教务长。他从社会主义建设的战略高度来认识迁校问题，他曾说："西北是祖国强大的工业基地，迫切需要一个专业齐全、力量强大的学校为她服务，因此应该争取交大西迁，来支援祖国的社会主义建设。"

直到今天，83岁的潘季教授还清楚地记得，当年老一辈交大人满怀憧憬和希望，在西去的列车上唱着歌儿兴高采烈的场景。"60多年前那段激情燃烧的岁月，深深吸引我的，是一种为国家建设而拼搏的火热生活，是开拓、创造、创新所带来的快乐。"

"长安好／建设待支援／十万健儿湖海气／吴侬软语满街喧／何必忆江南！"这首创作于1957年的《忆江南》道出了无数西迁交大人的心声。而这首充满豪情壮志的词作者便是西迁而来的沪上名医沈云扉，当年他66岁，来到西安新校的小诊所里为师生服务，一干就是八年。

总务长任梦林作为学校后勤事务的大管家，领衔承担新校建设任务。为了保证交大顺利西迁，他所率领的交大工作组与工地建设人员必须在一年的时间内，完成11万平方米的建设任务。当时，参加施工的有2500名工人，他们没日没夜地干，每天晚上加班，过春节也只休息三天，年初四即照常施工。

当时参加建设的基建科科长王则茂回忆说："那年冬天特别冷，经常风雪交加，积雪盈尺，气温低达零下15摄氏度。施工组的同志们住在工棚，与工人同吃同住，同甘共苦，没有人叫苦，没有任何埋怨。大家从不考虑个人，只有一个共同目标，就是完成迁校任务。"

"当年放弃个人生活优厚待遇的教授和先生们是英雄，为交大迁校默默奉献的建设者们更是英雄。"迁校时正值青春年华的卢烈英教授说。

大学之道，在于立德树人，在于培育英才。"西迁精神"最为可贵的就是体现在全体教职工身上的那种兢兢业业、工作第一的无私奉献精神。严谨认真的治学态度，课比天大的教学理念，都高度体现了交大西迁者对其工作的热爱以及对高等教育事业快速发展的热忱与期待。

1956年，刚到西安的教师们顾不上休息，一下火车就忙着筹备开学。9月下旬，新学期正式开始，一切井井有条。"这就是交大人的品质，没有因为迁校而延迟一天开学，没有因为迁校而少开一门课程，也没有因为迁校而耽误原定的教学和实验计划，堪称那个年代的一个奇迹。"陈听宽教授自豪地说。党中央和国务院发出支援大西北建设的号召后，他毅然携病妻弱女，带头来到西安创业，以满腔热情，不分昼夜地投入到紧张繁重的建校工作中。面对主讲教师严重不足的困难，已经多年忙于行政而离开讲台的他，重新拿起教鞭主讲高等数学，在教学第一线上拼搏。

被西安交大授予"终身教授"的赵富鑫同样在1956年随校西迁，一去便扎根西安43年。他一生从事大学物理教学、研究近70年，为交大物理基础课程的改革与建设，为老交大"基础厚、要求严、重实践"教学传统的建立，以及中国大学物理教材的编订等方面做出了突出贡献。赵富鑫教授壮怀激烈："50多岁我还算年轻，到西北有好多事可以做啊！"

据傅景常回忆赵先生授课："滚瓜烂熟，无书无稿，只发讲义，一边滔滔不绝地讲，一边酣畅淋漓地写板书，刚写满两块黑板，即闻下课铃响，每次上课差不多都是如此，其掌控授课的时间，竟如此准确。"同时，赵先生协同著名物理学教授裘维裕、周铭进行基础物理课程的设计、教学和实验改革，为交大老传统的建立做出了突出贡献。

女性教职工和家属，是"大树西迁"过程中的重要主体，发挥着"半边天"的作用。她们爱岗敬业、奋斗拼搏、昂扬向上、奋勇争先，她们尊老爱幼、倾注仁爱、支撑家庭、亲情无限，无论是在校园，还是在家园，都留下了浓墨重彩的篇章，感人肺腑的故事。

交大刚迁到西安时，各方面工作千头万绪，教职工们夜以继日，以忘我的工作热情投入新的事业。他们大多数年轻且多子女。为了解除西迁教职工的后顾之忧，后勤部门的同志真是竭尽全力，把服务工作具体落实到细微之处。交大幼儿园是其中的杰出代表。

交大幼儿园1956年8月迁到西安，幼儿园工作提出"要为教学科研生产服务"的口号，具体落实在"五托八包"上。"五托"，就是家长有需求，就可以全托、日托、星期日托、节假日托、临时全托。"八包"，就是包疾病护理、包打针、包理发、包洗头、包洗澡、包洗衣服、包洗被子、包缝补等。幼儿园年轻的老师们学会了理发，学会了打针；那时候没有洗衣机，她们都是用手给孩子们洗衣服；孩子的裤子短了、衣服破了，她们就帮着缝补；家属区的浴室每周末专门为全托班的孩子开放，老师就一个个地给孩子们洗澡，洗完澡后换上干净的衣服，第二天家长们高高兴兴接回家。

遇上流行性传染病，就需要对孩子进行隔离处理。1958年麻疹大流行，有70多个幼儿同时出麻疹，为了不影响家长工作，幼儿园冒着巨大的风险，将这些病儿全部隔离在园内。园主任带着所有行政人员和抽调的保教人员，日夜轮流守护，星期天也不能回去。孩子们一人睡一张小床，而老师没有床，就挨着孩子的小床在地板上打地铺。全园上下提心吊胆地度过了两个多月，出麻疹的孩子们才逐渐平安好转。很多当年的幼儿家长至今回忆起来，对幼儿园同志们的那种敬业精神都赞叹不已！

有的孩子星期天不能回家，老师就把他们带回自己的家。为了让孩子们看上一部儿童电影，老师们就找来架子车，在上面铺上草席，让孩子们坐在上面，把孩子们拉到长乐电影院去。为了让孩子们感受西安的建设，就带着孩子们到正在开挖的兴庆宫公园湖底去上课、去跑步……

金沙曼的母亲当时是交大幼儿园首任主任，对孩子们无微不至的照顾的背后，是母亲和幼儿园老师们舍小家、为大家的辛苦付出，家里全靠祖奶奶照顾。有时候，祖奶奶拉着她，抱着小妹妹，悄悄地到幼儿园，隔着竹子做的大门让小姐妹俩把妈妈看上几眼……

几十年后，当金沙曼谈起那段往事的时候，她说："妈妈一直记着交大党委领导说的话：'你们（幼儿园）是学校党委工作的一部分，你们的工作做好了，就是对党委工作的最大支持。'妈妈说：'当时只要是孩子的需要，再难也要去做。'"就这样，妈妈和交大幼儿园的老师们，将青春奉献给了幼儿教育事业，将挚爱奉献给了西迁孩子，将爱播撒在每一个孩子的心灵深处。直到现在，那些家长们都很感激她们，长大了的我们都会唱'幼儿园就是家，老师阿姨赛妈妈！'"

交大女教授，也是一个光荣的群体。现在已经84岁的胡奈赛教授，是15位给习近平总书记写信的老教授之一。精神矍铄的她说起交大的历史难掩激动："我的老师们主动响应国家号召，放弃上海优越的生活，克服困难，面对祖国支援大西北建设的召唤，他们表现出来的是对事业、理想的热爱以及胸怀大局的家国情怀，至今想起仍令人感动。"在她看来，爱国不仅仅是一个口号，有爱国情怀就要有奋斗精神，爱国与奋斗是交大最宝贵的传承，交大人更要在传承西迁精神中不断创新。

俞察老教授回忆西迁经历时这样说道："我是一名教师，哪里能拿粉笔，哪里有讲台，哪里就是我的家，所以我抱着八个月大的女儿，和婆婆、侄子一起高高兴兴跟随西迁大军来到了西安。"已经87岁的穆霞英教授谈起当年西迁，献身教育，两眼有神，无怨无悔，依然精神矍铄……

于怡元教授，1956年参加了中科院计算所我国第一台计算机会战。刘耀南教授，交大新专业电气绝缘和电缆技术筹建人之一，1982年被批准为第一批博士生导师，在之后的十年中培养博士生、硕士生数十名。袁旦庆教授，她非常重视女孩教育，曾资助安康农村二十几个贫困家庭女孩上学。还有盛剑霓教授，一位成就卓越的女科学家和教育家，直到80岁才离开教学岗位，被誉为爱国爱校顾家的"乐观主义者"。

西迁60余载，女教授们和交大一起走过，她们巾帼不让须眉，在祖国需要的时候胸怀大局，扎根西部，奋斗不息，在各自岗位上不忘初心，追求卓越，做出了不平凡的业绩，用自己的行动展示了当代女性自立自强的优秀品格和爱国奋斗的崇高精神，为交大这个大家庭注入了坚韧灵魂，也增添了许多柔情。交大西迁的谱系中，永远闪耀着她们的身影。

交大西迁，不仅仅是交大教职工的大事，更是交大每个家庭、无数家属亲属们的大事。由于交大在上海市已有60年的历史，迁校不只牵扯到上海市的千家万户，而且牵扯到全国许多省市。据不完全统计，单是调动问题，就牵扯到200多家；家属（包括子女）就业、上学，也牵扯到好几百家。

许多老教授的夫人，不少是有职业的妈妈，在上海有着稳定而体面的工作，有着众多亲友和社会关系，但她们毅然离开繁华的大都市，离开方便舒适的生活，离开条件优越的工作环境，跟随丈夫，带领子女来到欠发达的西北地区。她们人到中年，上有老下有小，既扮演着妻子、母亲、媳妇等多重家庭角色，同时又有着职业妇女的社会角色。交大著名教授蒋大宗的爱人黄宗心，万家翔先生的爱人卢琬华，虞洪述先生的爱人邵爱芳，还有像周惠久先生的夫人、顾崇衔先生的夫人，等等，也都随丈夫来到西安。她们不在交大校园里工作，上班单位远，交通不便，工作环境完全陌生，她们比一般的交大人面临着更多的困难、更大的挑战，但是她们都坚持了下来，同样做出了不可磨灭的贡献。

交大西迁不仅是一所高校的迁移，而且具有当时中国经济、文化整体西进的意义。62年来，西迁的交大师生克服重重困难，用青春和汗水在西北建设了一所著名的高等学府，一南一北两个交大，像两棵参天大树。当中国进入新时代，以"爱国、奋斗"为核心的西迁精神，依然在社会各界引起强烈反响。

## 枝繁叶茂

当时，有不少人担心，一棵大树从南方迁到北方，是否会影响损害"根系"？这也是所有西迁人最担心的问题。但是他们的心理底线是：个人生活的困难都可以克服，就是这棵树不能受到一点损害，否则有悖于初心。

1959年3月22日，中央决定在高等学校中确定一批重点学校，交大西安部分和上海部分，以西安交通大学和上海交通大学名义同时进入全国16所重点学校的行列。1959年7月，国务院决定将交通大学西安、上海两个部分，分别定名为西安交通大学与上海交通大学，一南一北，两个交大。

一晃62年过去了，当年的创业者老了。他们中，许多人都已经长眠，许多人都已经退休，还有为数不多的人仍然发挥着余热。交通大学已经在西北深深地扎下了根系，大树西迁却丝毫没有伤及根系，为建设大西北发挥了义不容辞的刀锋作用，并且，这棵大树在一代代交大人的奋斗中，枝繁叶茂，硕果累累。

现在的西安交大，已经发展成为一所具有理工特色，涵盖理、工、医、经、管、文等10个学科门类的综合性研究型大学。2017年入选了国家首批"双一流"建设A类高校名单。

担任过上海市市长，后又任国务院副总理的陈毅元帅，当年是深为赞同交大西迁的。他曾讲过一句意味深长的话：迁校对不对，十年后作结论。

让我们看看六个十年来，西安交大奋斗的足迹：

迁校的第一个十年间，学校培养毕业生1万余人，相当于中华人民共和国成立前53年的总和。迁校初期，一批教授围绕国家需求攻坚克难，开拓了计算机、原子能、工程力学、应用数学等尖端的新专业。科研更是异军突起，1965年，在北京举办的全国高教部直属高校科研成果展览会上，交大周惠久院士创立的"多次冲击抗力理论"，被列为五项重大科研成果，即被誉为"五朵金花"之一。

1958年，周惠久院士一家七口全部西迁，迁校后任机械系主任。立足国防工业建设急需的钢铁材料问题，他在国内率先倡议建立了"金属材料与强度研究室"，创立了多次冲击抗力理论，在国际上率先提出了从服役条件出发研究设计材料的思路。20世纪80年代，周惠久领导的"低碳马氏体强化理论与应用研究"项目达到了国际先进水平，他研制的低碳马氏体钢，提高了强度，减轻了重量，延长了使用寿命，降低了石油工人的劳动强度，获得了1987年国家科技进步奖一等奖。该理论被广泛应用于石油、机械、矿山等领域，至1987年，产生的经济效益达3亿元。

1928年出生于重庆的涂铭旌，毕业于同济大学机械系。1958年10月，身为交通大学机械系教师的涂铭旌离开上海前，学校已决定在上海和西安两地同时发展交通大学的工学类学科。作为机械系重点培养的青年教师，他若要申请留在上海根本不成问题。然而，涂铭旌却坚持服从组织安排，登上了去西安的列车。在西安交大的30年间，涂铭旌作为主研人员跟随周惠久院士从事金属材料研究，并和周惠久共同创立了金属材料强度理论。1988年，涂铭旌作为主研人员的"发挥金属材料强度潜力的理论研究"荣获原国家教委科技进步奖一等奖。

今天，西安交通大学金属材料强度国家重点实验室，是我国最重要的以研究材料力学行为基本规律、特异现象和材料服役效能为主的科研机构之一。这个实验室的建成，前期历经几十年，是交大金属材料学科几代人的集体智慧的结晶，其中在金属材料及强度研究所工作多年、后期担任所长的涂铭旌功不可没。

迁校的第二个十年间，即是在"文化大革命"的艰难岁月，交大师生临危受命，自主研发了用来冷却卫星通信战略雷达敏感元件的低温制冷机，为我国第一颗人造卫星的成功发射做出了重要的贡献。

迁校的第三个十年间，西安交大被列为全国10所重点建设的大学之一，"八五"期间建成11个国家重点学科、5个国家重点实验室。

朱城教授、唐照千教授前赴后继创办力学专业。朱城教授废寝忘食，在专业组建成的第二年不幸患病去世，年仅39岁。唐照千等一批交大青年才俊迎头顶上，1959年他研制成功频谱仪，1964年建立了国家教委直属的"振动测试基点"，1981年固体力学专业获得中国最早博士学位授权点。在海外留学期间，面对海外亲友的竭力邀请，唐照千毅然回绝："祖国再穷，总是我的母亲，我不会只为个人安逸、舒适而留居国外。"因为积劳成疾，他离世时只有52岁。他在已经失明的情况下，坚持通过口述，由妻子和学生代笔完成书稿和论文。

1978年，西安交大讲师孟庆集在中法设备索赔谈判中，为我国挽回了600多万元的经济损失，在全国产生重大影响。1980年5月21日《人民日报》头版以《在和外国厂商技术谈判中显才能——孟庆集分析质量事故有理有据》为题做了报道，并结合事迹配发了《有真才实学才能建设四化》的社论，为中央落实"重视知识分子，创造条件让知识分子破格而出"政策营造了良好的氛围。

迁校的第四个十年间，西安交大成为全国第一批开展"211"和"985"工程建设的高校，并跻身全国重点建设世界一流大学的行列，是西部地区唯一入选的高校。

1995年，迁校整整40年的西安交大迎来了一次本科教学工作的"国考"，获得"优秀"成绩，向党和人民交上了一份满意的答卷。2017年，在最近一次全国高校本科教育教学审核评估中，专家这样评价道：西安交大是一所能在浮躁世界中放下一张平静书桌的地方。

进入新世纪，2000年，西安交大与原西安医科大学、原陕西财经学院合并，成为一所具有理工特色的学科门类更为齐全的综合性研究型大学，在近20年的发展中，在人才培养、科学研究、社会服务等方面，显示出更强的实力，迸发出更大的活力。

扎根西部，就是要为西部培养和输送大批社会需要的栋梁之材。西迁以来，交大已经培养出毕业生26万余名，其中40%留在西部建功立业；培养出的34位两院院士有近一半在西部工作。科研方面，以国家三大奖为例，1978年以来，西安交大共获得国家科学技术奖226项，位居全国高校前列，其中，2017年以主持单位获得国家科学技术奖7项，位居全国高校第二。

沿着西安交大最受崇敬的校友、中国载人航天技术奠基人钱学森学长走过的路，交大西迁后培养的一代代校友在祖国各行各业奋斗奉献。校友王华明院士是我国"金属3D打印"技术领域的首位院士；校友王珏担任"长征五号"运载火箭的总指挥；在读工程博士生景海鹏、校友陈冬是我国的航天英雄。

1981年4月，时任教育部部长蒋南翔在西安交大发表讲话指出：交大的迁校，是周总理亲自领导下我国在调整高等教育战略布局方面的一个成功范例。

2006年，在西安交大110周年校庆之际，时任教育部部长周济评价道：正是交大的西迁，改变了整个中国西部高等教育的格局，改变了西部没有规模宏大的多科性工业大学的面貌。西安交大通过自身的发展壮大，引领和带动整个西部地区的高等教育乃至整个教育蓬勃发展，形成了"一马当先，万马奔腾"的局面。

潘季教授回忆说：1956年，交通大学从上海迁往西安时，我还是一个青年教师。1956年秋季开学时，师生们走进了新的教室上课，没有耽误一天功课。退休后，我经常晚上站在窗口看校园，看到办公大楼、实验室灯火通明，老师和同学们都在忘我地学习和工作，我感到非常高兴。前不久我们参观了中国西部科技创新港。不到一年时间，这里高楼拔地而起，很快就能建成使用，学校的发展真是日新月异。我们这些老同志感到，西安交大在中央关怀下，在陕西省委、省政府的支持下，有着蓬勃发展的光明前景。现在西安交大正在创建"双一流"，我们这些老教授也在发挥余热。全校教职员工将继承交大的传统、爱国的情怀、艰苦奋斗的精神，完成党交给我们的任务。

卢烈英教授说：我是首批从上海迁来西安的教师，作为"西迁精神"的践行者，使命感、自豪感、荣誉感到现在还在激励着我。60多年来，我见证了祖国翻天覆地的变化，也见证了交大始终以国家发展需要为使命，默默扎根西部、为大西北发展提供重要人才和科技保证的历程。一直以来，"胸怀大局、无私奉献、弘扬传统、艰苦创业"的西迁精神就是我们交大人的精神血脉。近几年，我经常给青年师生做报告，讲西迁的历史、西迁的精神，也讲党的路线方针政策和创新理论，继续传递一个老党员、老教育工作者的正能量。

胡奈赛教授说：62年前西迁时，我还不到23岁，是个小姑娘。其实在我心里，真正的西迁主力是我的老师们，是他们那些老同志。比如我的老师周惠久先生，他的一生都与国家命运紧紧联系在一起。周惠久先生1931年大学毕业，当年9月1日到沈阳的东北大学任教。不到20天，九一八事变就爆发了。他毅然南下，到清华大学任教。为了更直接地为抗日战争做贡献，1941年周惠久先生又转到陆军机械化学校战车机械工程研究所工作，当时的条件非常艰苦。1945年抗战胜利后，周惠久先生先后到重庆、上海任教，一直在搞科研、筹建新专业，研制国内急需的机器设备。为响应支援大西北的号召，周惠久先生全家迁到西安。他一生辗转多地，真正是"哪里需要去哪里"。

朱继洲教授说：我1958年跟随学校最后一批队伍迁到西安，到今年已经在西安工作了整整60年。从上海来西安，要舍弃太多熟悉的东西，要改变多年形成的生活习惯。老先生要拖家带口，年轻人要辞别父母，到陌生的、艰苦的地方生活和工作。当时西安条件还很艰苦。有时候食堂没有面粉了，年轻教师就去面粉厂把面粉背回来。夏收时节，老师们到临潼割麦子，晚上睡的席子上有很多跳蚤，一夜下来身上都是红块块。这些困难，大家都克服了。

当时，在这些教授心中，"课比天大，教学优先"。大家不觉得生活苦，共同的心愿就是要把迁校这件事办好，把交大的牌子传承好，要在西部为国家培养高质量的人才。

## 根系蔓延

西部资源丰沛，地域广阔，人口负担相对小，是保持经济、文化、社会良好生态重要的支撑。西部是中国的"巨无霸"储藏库，储备着阳光、土地和水，以及种种物质和精神的巨大资源。

交大西迁的过程酿就了一种精神，这个精神就叫西迁精神。2005年，西安交大党委常委会审议，将西迁精神概括为"胸怀大局、无私奉献、弘扬传统、艰苦创业"16个大字，作为学校最核心的大学文化和大学精神。

西安交大是西安的"金名片"，西迁精神与革命时期的红船精神、井冈山精神、延安精神、张思德精神、西柏坡精神，以及社会主义建设时期的大庆精神、红旗渠精神、焦裕禄精神等，共同形成了中国共产党的精神谱系。它所承载的爱国精神、奋斗精神、奉献精神、创新精神是我们顽强奋斗、不断发展、奋勇向前的强大精神动力，是推动大西安奋力追赶超越发展的宝贵精神财富。

西迁精神体现了知识分子的家国情怀。在中国传统文化中，家国情怀是一种深层次的文化心理密码，是"天下兴亡，匹夫有责"的使命情怀，是"为天地立心，为生民立命，为往圣继绝学，为万世开太平"的价值取向。

西迁精神体现了知识分子的价值追求。"党让我们去哪里，我们背上行囊就去哪里"，西迁群体始终把实现民族复兴的根本要求与学校命运、个人发展紧密结合在一起，不计名利，不论得失，听从人民的召唤、事业的召唤、内心的召唤坚定前行。

西迁精神体现了知识分子的使命担当。62年前一群胸怀爱国大志的人用激情、热血和青春芳华，打造了西部首屈一指的科教高地。时光荏苒，历经一甲子风雨磨砺的西迁精神，不断焕发出旺盛的生命力。这种生命力来源于西迁人兴学强国的悠久传统、艰苦创业的顽强意志、开拓进取的事业追求。迁校以来，西安交大兴办国家需要的尖端专业，勇担国家科研任务，解决了一批制约经济社会发展的重大科技难题。

胸怀大局，是西迁精神的一个灵魂。交大西迁是党中央的决策，是国家行为，这就是一个大局。时任校长彭康一再告诫交大人：不能把眼界、心胸局限在狭隘的小圈子里面，我们心里面不仅要装着民族国家，甚至要装着全人类，对交大人来讲西部不仅仅是区位的概念、地域的概念。当时交大人很清楚建设西部就是一个伟大的使命和伟大的责任，当时的背景是1956年前后国家开始进入社会主义建设时期，"一五"计划实施了，所以这时候要开发大西北，要发展西部，这就是当时的使命和责任。交大人就是把个人的命运、前途跟国家的需要、党的要求紧密联系起来。

无私奉献，是西迁精神的核心内容。西迁的过程对所有的交大人是一个"小我"与"大我"的博弈和考验。每一个人都有"小我"的一面，比如生活上的一些问题、家庭的问题、事业的问题，还有一些社会关系等问题。怎么样使得"小我"的利益服从"大我"的需求？这需要个体做出一种自觉的、不计回报的，把集体利益看得高于个体利益的行为，就是奉献。井冈山精神、延安精神、张思德精神、大庆精神、焦裕禄精神等，这些精神都是不同时期奉献的生动体现和丰富的内涵。一个人活在世界上，你看重什么、看轻什么，坚守什么、舍弃什么，就像一把无形的尺子，量出一个人品格的高度，显示一个人境界的高低。

西安交通大学退休教师、交大西迁时为马列教研室教师的86岁的卢烈英说："每个人背后都有一些'小我'的困难，每个教师当时在上海最起码都有一个'窝'，都有一个舒适的家，西迁意味着什么？就是要舍弃这个家，要到祖国最艰苦的地方去，当时大家都争前恐后。因为上海交大当时要留一点人，所以也可以提出来哪有困难，需要留的可以报名，大家基本上都没啥报名的。"

"那个时候哪儿艰苦往哪儿跑，党的需要就是我的志愿，那是没话的，也不在乎艰苦。走！去西部！"今年81岁的老教授金志浩，当年是第一批报考的学生。他仍记得那西行列车的乘车证，印着"向科学进军，建设大西北"字样。西迁时为机械系学生的金志浩，唱着《再见妈妈》就一路奔到西安来了。

老教授率先垂范，更多师生也义无反顾。西迁开拓者们让大西北拥有了国家重点大学和一批新兴学科。西迁以来，西安交大的毕业生已近25万人，其中40%以上在西部奋斗。

弘扬传统跟艰苦创业也是西迁精神的重要内容。艰苦创业体现在学校发展的各个阶段、各个方面，贯穿全过程。迁校的困难只是一时的困难，建校的困难才是长期的、长远的，也就是说这棵树在西部扎根，能够茁壮成长，难度是更大的，是要一代又一代人接续奋斗的。

"爱国爱校，饮水思源"是交大的革命传统。作为我国最早兴办的高等学府之一，其前身是1896年创建于上海的南洋公学。在百年教育中形成的交大办学传统也有一些特色，简单地说：第一，起点高。第二，基础厚。这个基础不仅是专业基础，而且是做人的基础。第三，要求严。对学生对老师的要求都很严。交大有名的教授，学生考试分数59点几分也不给及格，不是刁难学生，因为他们明白严格才可以出人才。第四，重实践。学校理工为主，要求学生动手能力很强，到了岗位要干什么就能干什么。

西迁精神虽然是在一个时代、一个地域发生的一个事件中形成的精神范式和行为典范，却显示了那一代人最普遍的品格特质和思想内涵，为后代留下了能够继承的宝贵精神财富。厚重的西迁精神实际上代表着新中国知识分子的集体精神，是他们生命、意识、风骨、品格的集体写照。

西迁精神既高尚又平凡，既特殊又普遍，它不仅具有深刻的历史意义和广泛的社会意义，而且具有强大的现实价值。西迁精神将不断发挥道德示范、价值引领作用，鼓励新一代知识分子到国家需要的地方去建设，到生活艰苦的地方去锻炼，到文化落后的地方去发展。

西迁老教授胡奈赛介绍说，当时迁校的时候，因为建设需要，国家要求所有高校要筹建新专业，要培养国家急需的人才。学校从只有8个系、32个专业，到现在有80个专业。从1957年开始，西安的新校就筹建了高压技术、内燃机、核物理、计算机、自动化、半导体等一批新的专业，而且先后建设了45个实验室，其中18个为尖端的专业实验室。当时师资不足，一个老师要讲几门课，但是所有老师都无怨无悔，没有叫苦的，艰苦创业，把这个担子挑起来，一定要让这棵大树在黄土高原枝繁叶茂，茁壮成长。

西迁精神还是一个群体意识，是团队精神，是交大人共同的价值选择和判断。在西迁的时候，真是做到了全校一盘棋，上下一条心，大家心往一处想，劲往一处使，人与人之间，部门与部门之间，扯皮推诿的情况甚少。大家都争着干，真正做到了我为人人，人人为我。

举一个例子，后勤的职工当时为了使教师没有一点后顾之忧，把全部精力放到科研和教学上，他们把担子挑起来，把方便留给教师，把困难留给自己。搬迁是一件非常细致、复杂、烦琐的事情，每个家搬过来都不容易。当时运到西安的交大物资至少有700节车皮，物资要及时、安全地送到指定的地点。西迁教授卢烈英说：当时老师感觉到很方便，只要在家里拿手指，说这些要搬走，那些不搬，然后登记造册、打包装箱等都有后勤职工安排得好好的。教师一到西安新的住所，一进门，所有东西都摆好了。所以这个精神真的是难能可贵。而且在搬运的过程中做到了没有一点差错，没有一点损耗，有的教授开玩笑说自己家的筷子运过来都没有少一根。但是，很多后勤员工在西迁的过程中却累倒了……

1956年迁校的时候，他们还都是20多岁的年轻人，斗志昂扬地投身祖国西部建设，成为西部开发的先行者。而现在都已经是近90岁的耄耋老人了！很多已经长眠在异乡的这块黄土地了。

他们中有著名的教育家、教授，也有讲师、助教、管理职员、技术员，还有炊事员、理发师、花工等后勤服务人员，甚至包括酱菜厂、豆腐坊、煤球厂的工人。他们以自身的艰苦奋斗，表现了与党同心同德的高尚情操，共同铸就了可歌可泣的西迁精神，是胸怀大局的精神写照，是一代中国知识分子响应党的号召为建设祖国西部而无私奉献的壮丽凯歌。

"作为承上启下的一代人，传承西迁精神，就是要传承好这些老师的精神力量和无私奉献精神。我们常说不忘初心，就是要为国家培养更多优秀杰出的人才，将西安交大建成世界一流大学，这些正是我们接好接力棒，为之不断奋斗的前进动力。"西安交大机械工程学院教授蒋庄德说。他回忆时，西迁艰苦奋斗的往事仍历历在目："我的导师赵卓贤教授指导我从几何量测量开始从事科研工作，当时他有病在身，还一直坚持认真修改我的论文；已故的屈梁生院士当时家里冬天还点着炉子，雪夜约我到家里长时间讨论动态数据处理……"

交大西迁最珍贵的是迁来了一批有思想有大爱之人，他们不仅在西迁历史中做出巨大贡献，而且成为治学之路的标杆。1994年胡奈赛退休后，一天也没有休息，继续在岗位上工作。她一边从事教学工作，一边搞科研。她说："干活让我愉快，工作让我有成就感。革命人永远年轻。"1997年至2013年，她是学校督导组专家。2014年至今，是学校教师教学发展中心专家组成员，平时的工作内容是培训、听课和教学改革等。采访刚结束，胡奈赛就背着小布包起身，因为下午她要和同事讨论西迁精神征文稿，晚上还要听课，工作安排得满满当当。

电信学院院长、2017年新当选的中国科学院院士管晓宏1995年留学归国。面对多所东部高校伸出的橄榄枝，他却毅然选择回到当时生活和科研条件仍较为落后的西安交大从事系统工程理论与应用研究。

"当我走近他们，感受到他们的人格魅力，了解到他们每个人都有非同寻常的家世和经历，又都是交大西迁大军中的中坚力量，对他们更是敬由心生、感佩有加。"管晓宏院士说，初到西安交大任教时，他所在的相关学科云集了众多享有盛誉的西迁老教师。黄席椿、沈尚贤、蒋大宗、胡保生、万百五、罗晋生、郑守淇，这些在教科书和文献里看到的名字，突然间成了近在咫尺的先生。

## 华章之道

习近平总书记指出，幸福都是奋斗出来的。

作为知识分子爱国、奋斗精神的重要体现，西迁精神是千千万万普通人的所思、所想、所为、所成，交大人用实践赋予了时代内涵的西迁精神，也焕发出新的时代价值。西迁精神不会随着交大西迁盛举的结束而结束，它已经凝结成一种不断应对新问题的智慧、能力、动力和活力。伴随着第一批西迁人润物无声的感染与影响，越来越多的交大人沿着先辈走过的足迹，步履铿锵。

2014年，西安交大正式开启了中国西部科技创新港的建设。在西咸新区沣西新城的渭河之滨，一个庞大的建筑群正在拔地而起，上百座塔吊，近万名建设者正在热火朝天地作业，打造中国西部科技创新港。教学科研板块159万平方米的建设任务，从2月动工到11月封顶，仅仅用了不到10个月，提前一个月完工，这让人不禁想起62年前迁校时的"交大速度"。

2020年全面投入使用后，这里将成为世界级科技中心，国家级科技成果研发转换平台，也将成为我国第一个没有"围墙"的大学。西安交通大学党委书记张迈曾认为，创新港是交大人的"二次西迁"，就是要在这一片广袤的充满希望的土地上，再次从零开始。

一片新开垦的土地，新的一张纸，大家知道能够展现无限的可能。

"第二次西迁虽然距离不及首次西迁远，但是这次我们面临着更大的困难。1956年的西迁，前辈们主要是克服办学和生活上的困难，现在我们面临着创新的问题……"管晓宏认为，在新世纪科技飞速发展的今天，大学不但要有大师，还要有大楼。有了大楼，才会出更多的大师。中国西部科技创新港需要在新的起点上，完成一个创新的跨越式发展，按照党中央的统一部署，把西安交大办成真正的世界一流大学，不能只是简单地把东西搬过去。

同年，西安交大还发起了"丝绸之路大学联盟"，成立新丝绸之路经济带研究协同创新中心，得到了陕西省委、省政府的大力支持，目前已得到包括英、法、意及中国周边国家40余所高校的响应。

2017年9月，教育部、财政部、国家发展和改革委员会公布的"双一流"建设高校及建设学科名单中，西安交大入选全国36所世界一流大学A类建设高校。同时，力学、机械工程、材料科学与工程等8个学科入选世界一流建设学科。

2018年1月，在2017年度国家科学技术奖励大会上，西安交通大学主持的7个项目获得国家科学技术奖。国家自然科学奖、国家技术发明奖、国家科学技术进步奖获奖数量，西安交大位居全国高校第二。

围绕"双一流"和创新港建设的这一系列改革，也取得了立竿见影的成效。

继今年分子生物学和遗传学、经济学与商学首次进入ESI世界排名前1%，学校进入ESI全球排名前1%的学科增至14个之后，材料科学也在近期进入世界前1‰，学校进入前1‰的学科数增至两个（工程学和材料科学）。

在上海软科发布的"中国最好学科排名"中，西安交大电气工程、动力工程及工程热物理和力学三个学科排名全国第一且进入前1%，进入学科数位列全国第五。

如今的西安交大，不仅是重要的人才库、智力库，更是西部地区位居前列的科教高地。这一切，都离不开那一场浩浩荡荡的西迁，更离不开西安交大人对西迁精神的传承与弘扬。大力传承和弘扬西迁精神，让西迁精神融入西安交大人的血脉之中，已经内化成为西安交大建设世界一流大学的精神力量和动力源泉，随着时代的变革，历久弥新。

天地作广厦，日月作灯塔，哪里有事业，哪里有爱，哪里就是家！

在西安交通大学众多的奖学金中，有一类特殊的奖学金被称为"西迁奖学金"，以交大西迁人的名义设立，由老一辈西迁人自己出资并感召了一批批交大人共同捐资助学，包括陈大燮奖学金、钟兆琳奖学金、姚熹铁电奖学金、王世绍助学金、陶文铨奖学金、李怀祖奖学金等共计36项奖（助）学金，捐资总额超过3100万元。

2018年11月28日下午，西安交通大学举行2017—2018学年学生表彰奖励大会，3.4亿余元用于资助学生。其中，26名学生获得由西迁老教授陶文铨、王世绍资助的"西迁人"奖（助）学金。

"西迁奖学金"获得者宋秉烨说：老教授们平时对我们悉心指导，现在又为我们颁奖，我很感动，我希望能够尽自己所学为社会做大事。

西安交大机械工程学院博士生崔敏超说：老一辈人的西迁事迹更是让人敬佩，我在西安交通大学度过了九年的时光，九年里交大教给我最重要的东西是树立了正确的价值观。我钻研的领域是机械工程，毕业后我依然会选择扎根西部，在机械制造领域追赶德国和日本的技术，打破他们的技术垄断。

西安交大金禾经济研究中心大三学生刘天皓说：获得奖学金不是终点，是一个新的起点，老一辈西迁人在艰苦的环境中取得了巨大的成就，我们现在的条件比他们当年好得多，因此，不断提升自己的能力和科研水平，以时不我待的紧迫感加强工作和用更多的成绩回报母校，才是我们对西迁精神最好的诠释。

2017—2018学年，西安交通大学本科生资助总金额达到6463.82万元。5012名学生获得各类奖学金，总额1326.3万元，其中，795人获得国家级奖学金，3450人获得校级奖学金，767人获得64项社会奖学金。同时，在助学贷款、勤工助学、困难补助、学费减免、能力提升等方面资助3.7万人次，资助金额3504.98万元。

……

历史犹如一条长河，流淌不断。交大西迁就是这样一段宝贵的历史。交大西迁的故事已经远去，但西迁精神永不褪色。物换星移，西迁人把毕生奉献给了大西北，他们中的大多数已献身于此，部分健在者也已入耄耋之年。

行文至此，作者心潮澎湃，是什么连接了过去和未来？是什么让西迁精神历久弥新？

答案是：爱国、奋斗的基因。

2018年9月的一天，金沙曼和妹妹们给父亲金精在北京过了生日，96岁的父亲和86岁的母亲精神矍铄，生日致辞时，两人充满感情地回忆起西迁的故事，无怨无悔。父亲即席做诗《寄语母校》表达对母校感恩之情：

> 万里求学南下北上，九十耕耘只愿国强；
> 七十春秋教书育人，百年名校育我成长。
> 西迁精神代代传承，争创一流奋发向上；
> 莘莘学子牢记校训，矢志不渝后人更强。

新时代，"胸怀大局、无私奉献、弘扬传统、艰苦创业"这16字蕴含的精神，正蔓延至全中国学人，并随着时代的变革，熠熠生辉，必将鼓舞年轻一代不驰于空想、不骛于虚声，沿着前辈们的爱国奋斗足迹，继续为祖国的伟大事业而奋斗不息……

爱国！奋斗！必定要成为新时代的主旋律和最强音。

——原载"学习强国"平台

## 华阴老腔与陈忠实

陈忠实先生一辈子业余爱好甚少,却好抽卷烟,看足球赛事,好听几句秦腔,尤其以华阴老腔为甚。他不会唱,就是喜欢听。每每听到忘情,就会哈哈大笑或是咬牙切齿、捶胸顿脚。

2021年4月29日,在"陈忠实与当代现实主义创作暨纪念陈忠实逝世五周年研讨会"上,在送走先生已经整整五个年头的这个清晨,华阴老腔艺术团团长党安华言辞间仍难掩悲痛。他说:"对老腔来说,把一个恩人和导师失去了。"

华阴老腔生死存亡至关重要的一个节点在2005年——陈忠实把它推荐给话剧《白鹿原》导演林兆华,濒临危境的老腔一在舞台亮相,命运开始发生了逆转——几乎是在一夜之间蓦然复苏,奇迹般地创造了古老民乐的新辉煌。

除过先生与华阴老腔的缘分及与老腔艺人的深厚情感,先生的性格、骨气与华阴老腔之间到底有什么渊源呢?

华阴老腔吼起来字正腔圆、音乐形象顶天立地,是豁达豪放、爱憎分明、撼天动地的艺术,这正同先生堂堂正正的品格一样,先生迟早说起话来,总是是非分明、斩钉截铁,决不含糊其词、阳奉阴违。言谈话语不藏情，喜怒哀乐溢于表，地道的老腔道白，梆子爽朗，掷地铿锵。

先生作品里多见金石有声、慷慨悲歌之士，慷慨激昂的旋律，吃钢咬铁的气势，仿佛老腔永远都是他作品的贯穿红线与背景音乐。先生满脸沟壑，可他胸藏丘壑；先生一身布衣，可他大气磅礴，波澜壮阔。他为陕西文学艺术的繁荣发展和整体推进而呕心沥血，他以自身的创作高度和人格、人品高度，塑造了一座如秦岭的巨峰。

他的全部作品，他的一贯的文艺思想与创作态度，他的人生观与价值取向，不见风使舵，不趋炎媚俗，代表了一种正确的方向和中国人渴望补充精神钙质的强烈愿望……在这些深层气质上，华阴老腔与陈忠实，陈忠实与老腔艺人，陈忠实与《白鹿原》，华阴老腔与《白鹿原》，都是血肉契合的！

抚案唏嘘，如果没有先生的强力推荐，老腔也许至今还在濒危的境地盘桓。先生一生除过巨著《白鹿原》，引以为豪的一件事情，就是直接推动了老腔的传承！

## 溯源

水是生了万物的命脉，双泉村顾名思义有两眼泉水。

这个叫双泉的小村庄位于黄河、渭河和洛河三河交汇之处，华山脚下。远至两千年前，为了方便水路运输，西汉年间，在三河口处有一座西通长安的水陆码头，军队在这里修建了一个粮仓，作为将军粮运往长安的重要枢纽。

如今，从西安市驱车向东，约莫一个半小时就能到达西岳华山脚下的华阴市。双泉村本是连霍高速旁的一个普通村庄，如果不是导航软件，双泉村的位置并不好找。

经过一段8公里的县道，路边的一幅大广告牌上写着"华阴老腔发源地"几个大字，标明了双泉村的入口。自从华阴老腔走红之后，这里不再平静，广告牌上的老腔艺人们挥舞着手中的乐器，笑容绽放。然而就在旁边，由政府所立的界碑提示着路人，这仍是一个需要帮扶的贫困村。

双泉村不大，村子面北，南面为一片坡地，远处为山，山后面还有山，秦岭的分支在此绵延。坡地上面的花椒，此时正弥漫着花椒的气味，不少农人提着篮子，在一颗颗地采摘。通往坡地唯一的一条土路的入口处，竖着一块石碑，上写"京师仓遗址"字样。问它的来历，村民会告诉你，这里曾经是西汉粮仓的所在地。粮仓在西，东边则是驯马场，佐证着这里曾经是驻军重镇。现今，这里还有古城墙和古粮仓的遗址。这些遗址的发现，是因为20世纪80年代的一次考古发现。工作队正是在这个村后面这片坡地的土塬上，发掘出了一些汉代瓦当，有些印着"华仓"字样。而华仓，就是西汉京师仓的同义词。

"老腔""华仓"，共同诉说着双泉村遥远的历史，也多少能还原出这么多的"老腔世家"在此产生的原因。

秦汉以前，华阴东北地带，为列国接壤之地，城阜相望，秦、魏、晋诸国修筑的阴晋城、秦宁城和魏长城遗址至今犹在，双泉地区西临魏长城，东界三秦门户古战场潼关，是战争的频发地区。西汉京师粮仓的建成和关中漕运的开通，历史性地确立了这一地区的军需民生地位。为了保障安全，这里常有重兵把守。这些驻军有守护的职能，但也有自己的军旅文化生活。他们在卫戍之余，可能有时排兵布阵、挥戈习武，有时会扬鞭驰马、比射争标，在活动中总会鸣金伐鼓、号角嘶鸣、呐喊助威。在节日中，也会有文娱表演，载歌载舞。码头上有一群船工，每到曳船时，总有一人起头喊号子，众人紧跟着齐喊用力，另有一人用块木头有节奏地击打船板。后来，这号子便成为一种号召，起头喊号子的人演变为主唱，跟着一起喊的众人演变为帮腔满台吼，木块击板也成了乐器。于是，黄河岸边诞生了老腔，之后又演变成戏，有了唱腔，而老腔是"声腔"与"皮影"的结合，也就形成了"老腔皮影戏"这种以皮影为载体的地方剧种。

后来因为政治、经济、文化中心的转移，老腔皮影由于特定的声腔所限，发展和生存受到影响。也正因为它处于这个属于自己的独特空间，所以成为这里人们的节庆祭祀、婚丧嫁娶必不可少的一种生活佐料，在华山脚下经世不衰，具有顽强的生命力。

那时的老腔，通常与皮影一起演出，成为在当地盛极一时的老腔皮影。而当时双泉村里最大的人家张氏家族，就成为这一剧种的传承者。历史上，老腔一直为村子里张姓的家戏，民国时期才流传到外姓。20世纪50年代，三门峡水库移民又将老腔带到更西北的宁夏。

华阴老腔是双泉村张家世代相传的独门手艺，不外传，传男不传女，演出范围也只限于邻近的几个村子。出了这片村落，即便是陕西人也极少有人知道华阴老腔的名字。

当时村子里几乎"人人都会唱几句"，一唱起来就会有人扎堆儿。夏天晚上没事的时候，几个人凑在一起，谁要起哄说整上一段，就会有人唱上那么几句。

那时乡村文化匮乏，看戏的人很多。有的人甚至要跑几十里路跟着看。有时一本戏唱完，台下的人还要求多唱几个折子戏。艺人张四季为此还得到过几包烟的奖励。他每唱上一段，就会有人给他买包烟。

这些表演原本就是他们的生活。曾有采风者到华阴一个村里的戏班子座谈。聊着聊着，大家就抄起乐器，唱了起来。正热闹时，一个婆姨推门进来，推搡了一下自己的男人："该去吃饭了。"男人二话没说，放下手中的二胡就走。他刚放下，旁边一个人就抄起二胡，接着拉。

不一会儿，这个男人端着一个大碗回来。他呼噜呼噜地将饭灌进肚里，把碗往桌子上一放，用衣袖一抹嘴，说了句"走开"，一把夺过自己的二胡，又加入进来拉了起来。

　　女娲娘娘补了天，
　　剩块石头成华山。
　　太上老君犁了地，
　　豁出条犁沟流黄水……

——这就是最原始的华阴老腔，声律铿锵，冷倔苍茫，喜悲忧乐皆成戏，世态人情自入腔。

一方水土养一方戏，一方戏体现一方人精神世界的复杂面相。在磨难中生长出来的农民是一个沉默的群体，沉默地活着、老去，他们需要把生活的悲苦在顷刻间发泄出来。这一吼，是一种生命的挣扎与呐喊，凭借月琴、胡琴，还有自制的梆子、钟铃这些简单的器具，甚至还有一条原模原样的长条凳，就能震撼人心，且如此接地气，好像每一个字落在地上，都能冒出烟来，给人一种质朴真挚荡涤胸怀的震撼和感动，让观者从心底热血沸腾、激情澎湃！

老腔声律铿锵有力，唱腔激越豪放，悠扬古朴，是民间戏曲音乐中阳刚美的典范。由于它有较强的听觉冲击，所以其中的一些审美因素可能与现代观众产生审美心理上的共鸣，在瞬间就能激发观者的情绪，并能不断地掀起高潮。听懂者或听不懂者，都能被它的气势和节奏深深地感染，随着一起大声叫好。

2004年金庸先生登临华山，观看老腔后无比喜爱，欣然题词：精彩无比，叹为观止！金庸还表示，老腔极具壮美因素，它是大汉王朝尚武精神的写照，也是北方汉子豪迈气概的赞歌。

曾经有一位北京的艺术家，专门到张喜民家来听华阴老腔。张喜民给对方唱了《薛仁贵征东》这部戏："将令一声震山川，人披衣甲马上鞍。大小儿郎齐呐喊，催动人马到阵前。头戴束发冠，身穿玉连环。胸前狮子扣，腰中挎龙泉。弯弓似月样，狼牙囊中穿……"当张喜民唱完，对方泪流满面，激动地拉着他的手说不出话来。

"现代社会节奏快，现代人正是在这种快节奏中常常迷失了自我。有着两千年历史根基的老腔虽来自乡间来自自然，但不惧不怯，天人合一，从容面对都市，展示其形而上的本性和勾魂的意蕴，使现代人不得不深思：什么是人生？什么是生命的原本？什么是生活的真实？"

文化学者路树军先生曾说："欣赏老腔，重要的是感受一种宣泄的情绪，感受演唱者一种忘我的状态。直面老腔，似乎任何语言都无以表达内心的澎湃和激动，甚至大脑会突然出现空白而导致一时失语。沉浸于古朴、率真的旋律中，所有的烦恼、喧嚣、欲望、压力都会远遁而去，一颗颗枯竭、疲倦的心，会在三月的甘霖中再次复苏萌动，从而繁衍出一片新绿。

"这种古老独特的演唱形式，对承受压抑、心灵扭曲的现代人来说，无疑是一剂身心排遣和释放的良药。现代人似乎厌恶了灯红酒绿、车水马龙的生活，他们渴望走出围城，哪怕是片刻，去寻觅一湾深山古潭的清纯、一缕田野湿地的馨香，于是，老腔便成了他们当然的一时的精神家园……"

## 沧桑

华阴老腔音乐体系的形成，从汉魏六朝的孕育滥觞，到宋元明清的完善繁荣，再到新中国成立后的转折困惑和抢救复兴，已经历了约两千年的风雨沧桑。

华阴老腔发展成为完整意义上的剧种，应当在隋唐以后，漫长的汉魏六朝时期只能是它音乐语言和戏剧因素的孕育雏形期。在此期间的老腔基本上还是一种以说戏者为主体的抒情说唱，角色性的情节表演还处于一种萌发状态。它的声律，在缓慢的演进中，当然不可避免地要受到相邻乐曲流派的浸染和熏陶。来自长江中游的弋阳腔音乐体系，汉魏以后流传黄渭流域，它与北方的地方民乐相融，形成一种高腔流派。由于华阴三河口的水运交通地位，高腔在双泉地区盛行，对当地这种说唱音乐的套曲化起到了催化作用。

隋唐是中国封建社会的兴盛期。由于经济的繁荣，文化交流频繁，并出现了文娱演唱的专门场所"梨园"。隋唐时社会上流行的有两大音乐体系：一种是趋于典雅的"清商乐"，它主要流行于宫廷府第；另一种是民间俗乐，流行于民间劳动阶层。老腔风格粗犷通俗，当属后一类型。

当时还有一种"燕乐"，开始在民间广泛流行，这种音乐派系是胡乐的民俗化。其实胡乐向汉民族地域的传入，至少可以上溯到汉魏时代。据汉书记载，东汉的蔡文姬长于乐律，于战乱中被匈奴所掳，后被曹操接回洛阳，整理出胡乐典籍《胡笳十八拍》。此后，当在民间流传，至唐宋时，它已完全汉化，形成"燕乐"，成为民间音乐的主流。北方民乐中普遍使用胡琴和竹笛，都源于胡系乐器。有些乐器往往多与少数民族的国名有关，如"龟兹"（即唢呐）、胡琴。

华阴老腔中主要乐器是胡琴和月琴。板式中的月调（华阴迷胡中也有此调）也可能与燕乐中的"月支"音系有某种联系。同时，月琴的形制和拨奏法与燕乐的琵琶也有许多相似之处。至于老腔中用以烘托战场气氛用的战鼓，其形制也与胡乐中的羯鼓相近。除了乐器的这些影响痕迹以外，还可以从乐风上找到一些相通之处。燕乐趋于野犷，听觉刺激性较强，与老腔的音律有一定的合拍性，那种大漠烽烟的音乐意境被老腔有意无意地吸收，是很可能的。20世纪50年代初，在双泉村西北处曾出土过一批石雕群像"十美女进膳"，乐伶所奏的乐器，都属燕乐系列，可见燕乐当时在华阴一带的盛行情况。

皮影戏的形成应当早于北宋，不过到北宋时才有皮影戏的活动记载。北宋皮影戏演出盛行，在《东京梦华录》《夷坚三志》《梦梁录》《武林旧事》《续明道杂志》等北宋典籍中，都有有关其种类、造型以及表演活动的记述。老腔皮影戏在当时活动的地域不会很大，但从其周边环境来看，它已拥有一定的社会文化环境。因为这时的民间戏曲游艺，已部分开始进入城镇的勾栏瓦舍，转型为一种场地卖艺的文化形态。

在这期间华阴流行着四种民间演唱：同州梆子、碗碗腔、华阴曲子（迷胡）和老腔。同州梆子激昂豪放，流行于渭滨广大地区，在声源上，基本因袭老腔，它就是以后在西北流行的秦腔。碗碗腔（后称时腔）流行于华州一带，它与华阴老腔先后都走上了以皮影表演为载体的地方戏舞台，由于它形成较晚，后世就把前者称为时腔影子，把后者称为老腔影子。在这四个剧种中只有华阴曲子（迷胡）还长期保持着以说唱为叙事方式的坐场演出传统。

至元时，城乡戏曲已蔚然成风，华阴老腔皮影戏在当时浓郁的戏曲社会文化氛围中，遇到了新的发展契机。

到明初，具有古楚风遗绪的江湘民间戏曲，流传至黄渭流域，进一步推动了华阴老腔板式的规范化。据说当时有一班由湖北老河口来的民间戏曲艺人，漂泊江湖，落脚到华阴三河口卖艺，与泉店老腔艺人朝夕相处。这两种戏曲音乐都有河运文化的积淀，亦同属高腔流派，很快就取得了音乐语言上的沟通。经长期互相切磋磨合，华阴老腔的乐器配备和曲牌板式，更臻完善丰富，从而基本形成相对稳定的音乐程式，并一直传承下来，成为关中东部最有影响的剧种之一。

清代至民国是华阴老腔的空前繁荣时期，从一些口头传闻和收藏至今的实物以及剧本中的记事来看，老腔在清初已对其周边地区产生了较明显的文化影响。双泉张氏现藏古戏抄本300多册，其中有50多本都是民国前的，最早的有乾隆和同治年间的手抄本，还有一些乐器如堂鼓、手锣等都属于清朝中期的遗物。当时的活动地域，已走出关中，远涉晋豫西部、甘肃东部，以及渭北和陕南广大地区，为广大城乡群众所喜闻乐见。由于文史数据的缺乏，一些艺事活动和艺人情况，只能从世代相袭的传闻中，知其大略。

相传道光年间的张笨（音闷）是张氏家族中的一个早期艺人。据说，他的祖父就曾领过老腔班子，演艺也曾享誉一方。他家藏有明时留下的箱底子（包括乐器、剧本和皮影箱等）。因为少时就才艺出众，后来他就继承了祖父的戏班子。他的唱腔铿锵硬朗，顿挫有致，很受观众欢迎，因而在当时民间就流行着"笨儿的影子板板硬"的谚语。

同治光绪年间，著名的老腔艺人有张规、张坤、张怀英、张小六等。张怀英一开戏便先声夺人，人称"吓死娃"。他又善唱时腔，故又称"双下索"。张小六能吸收诸剧之长，亦能移植剧种，改编剧本，多唱怪戏、耍戏，号称"天外戏"。

民国时，华阴老腔进入鼎盛时期。最出名的艺人有张志英、张五常、张玉印、吕孝安、张全生等。张五常是张笨的第七代传人，他生得体态魁梧，脖长喉大，嗓音恢宏，韵味悠长，人常说，在夜静时，在十里以外都能听到他的唱腔。他常唱的戏有50多本，最拿手的要算《出武关》《柳河川》《借赵云》《长坂坡》《薛仁贵征东》《敬德投唐》等。张玉印秉性豪强，声如响雷，他是张坤的嫡孙，父亲张猪儿是当时有名的签手。他天资聪慧，13岁就能登台演戏，一鸣惊人。最受观众赏识的剧目有《访永宁》《下南阳》《反平凉》《收姜维》《五虎投唐》《临潼会》等20多本。

张全生出生较晚，他是张氏"老腔世家"的后起中坚，从十岁就辍学从艺，此后就凭着嗓音，一腔激越的戏情，征服了观众，赢得殊荣。

班社活动是清代与民国时期老腔演出的特点，一般班社每年演出都在200场以上。民国时，班社组织打破了家族的藩篱，扩展到外姓和潼关、蒲城一带。班社的活动除参与古会和庙事助兴以外，多数时间是应酬民间的红白喜事，如婚嫁、丧事、贺寿、道喜、"脱服"等。一般小康之家"过事"，很少不请皮影戏班子，殷实的家庭还往往会多台汇赛，显耀光彩。

据说清代，西王村的豪富王福、王孝弟兄为母亲"脱服"，皮影戏就请了15台，一直演了半个月。

民国年间，五方村官僚豪绅刘必达给儿子结婚，二华（华阴、华县，今华阴市、渭南市华州区）的皮影请了十多家，其中就有老腔六家。他们对擂搭台旗鼓相望，刘必达亲自点戏，品评高下。最后还是老腔占了上风，张全生夺了魁。

从这些事例可以看出，华阴老腔当时在本地和周边一带民俗生活中已占据了其他剧种难以取代的地位。当时二华民间流传着这样的顺口溜："泉店的影子夫水馍（华阴夫水镇的六棱馍），离了一个不能过。"

老腔以浓郁的民间文化气息，以及富有戏剧魅力的视听效果，影响到这一带民间的文化习尚和审美心理。各地城乡群众中都有一些老腔戏迷，他们都能哼几板老腔，每遇演老腔影子，他们总要挤到台子跟前，一直看到提灯煞戏。有时为了看一场戏，竟要跑到二三十里路以外去赶场。传闻有一次几个戏迷晚上赶路，仿佛听到老远有老腔的马锣声，就顺声音传来的方向去找，因为天黑路生，竟走了许多冤枉路，赶到戏台下时，东方已经发亮，戏也刚吹了煞戏喇叭，几人懊丧不已。戏班子知道后，就专门给这几个戏迷加演了一场梢戏。

　　由于华阴老腔题材的历史经典性，很多目不识丁的劳苦农民也由此增长了历史知识，他们不少人都能依剧情说三国，讲列国，话隋唐，评封神。直到近代，在华阴的不少乡间，儿童能用硬纸雕成皮影戏中的人物，在巷口檐下撑起布帘，点上油灯，演起了娃娃老腔影子。

## 灯幕背后

　　老腔的繁荣盛况，也给漂泊江湖的老腔艺人带来了风光和自豪。但在辉煌的灯幕背后，却也埋藏了外人难以尽知的苦涩和黯然。他们创造了艺事的辉煌，也体味了人世的凄凉。

　　对于华阴老腔艺人的生存状态，民国以前的具体情状难以考证。我们仅能从健在的老腔艺人口中掇拾到新中国成立前的一些生计片段。

　　在旧有社会，由于等级观念的影响，民间艺人被鄙视为下九流。华阴老腔艺人出身穷苦，一般十多岁就辍学从艺，跟上父辈青灯冷帐，卖艺求生，尝尽人间辛酸。他们出门的行囊是肩挑车推，给人"顾事"吃的是下席，睡的多是草房牛棚，人称"下处"，盖的是爬满虱的补丁被子，人常说"龟兹戏子，一人一被子"，可见境遇困顿之一斑。

　　张全生18岁时曾被国民党拉过壮丁。30岁因唱戏累出大病，几个月躺在炕上动弹不得，因无钱看病几乎致瘫，但还是硬撑了过来。民国二十年（1931），全生接了潼关苏家村的戏，可是父亲突然得了急病，一时脱不了身，误了开戏时辰，竟被吊在树上抽打，被人扯了帘子，收了戏箱。老腔新手王振中，开班不久，有一次应了洛南的庙事出演，他们跋涉在100多里的山路上，不幸遇上了暴雪，几次从坡上滚下来，跌得遍体鳞伤。赶到台下，手足都冻僵了，但因错过了敬神的吉时，虽叩头求饶，还是免不了一顿惩罚，接着还得忍着冻饿和伤痛上台演到天亮。

旧时婚事都讲究门当户对，由于艺人社会地位低下，儿女婚事常会受到影响。张全生的大儿子张发成聪明能干，可就是因为出身戏子，近30岁还定不下亲。

新中国成立前的老腔艺人，不但遭社会上的势利人的白眼，还免不了受伪军政反动势力的欺凌。艺人靠演戏，往往很难维持生计，农活又经常耽误，遇到歉收年，田赋和箱租就不能按时交纳，连年关也不得好过。有时地方官僚或反动军队为了开心，还逼着艺人给他们演戏，不给报酬。民国三十四年（1945），抗日战争吃紧，驻在黄河岸上的国民党部队，苦中寻乐，逼着全生来军营唱戏。开戏不久，就遭到日军的炮火射击，台下的兵士都跑光了，伪军还逼着全生冒着炮火把戏演完，煞戏了，不但不给分文，还把全生一班人乱棍赶走……

民国时的华阴老腔艺人就是这样在充满激情和愤慨的岁月中书写着自己悲喜交错的剧史。

新中国的成立，改变了华阴老腔艺人的社会地位，过去被鄙称的"戏子"，也被尊称为民间艺人。社会文化革故鼎新、欣欣向荣。

老腔皮影戏阵容的变化和旧班社的解体，使华阴皮影戏一时处于艺业交替、班社重组的活跃状态。张全生、张奉军率先成立了老腔"新生社",移植上演了《血泪仇》《穷人恨》等现代剧目,表达了翻身农民的心声。吕孝安、任浪渔等也应时搭班演出,增强了老腔阵容。时腔艺人段转娃、王平安等也相继组班、不甘落后。华阴的皮影剧坛进入一个新的群星争耀时期。

"组织起来"的号角在农村吹响后,很快就波及民间的文化活动。当时的县长王润亭是一个皮影戏迷,他看到华阴皮影班社在自发分散活动中出现的一些问题,于是出台了筹建华阴"革新社"的方案。

革新社初成立的地址设在岳庙街东头的火神庙,以后迁址到北街城楼、杨氏代罗庙等地。革新社成立后,就得到了县政府的关心重视,王润亭亲自过问事务,给戏社指定了馍铺、油店,安排了人事,办理了演出证,开始实行巡回的场地售票演出。1956年,皮影艺人赴省参加了陕西省第一届皮影木偶观摩演出大会。华阴老腔艺人张全生获得了二等奖,张奉军获得了三等奖,会上还为张全生的《诸葛托事》、史长才的《月下来迟》、段转娃的《战樊城》等唱段录了音。会后,当时的省长还特意把张全生等几个华阴皮影艺人请到家里演了场戏,和他们拉家常、合了影。这次演出活动为华阴人争了光,也扩大了华阴老腔的影响。

革新社的成立,为华阴老腔的地域文化交流创造了一定的社会条件。他们除在县境的各乡镇巡回演出外,还多次到渭北和西府一带出演。通过频繁的演出活动,不断地丰富剧目、充实阵容、探索技艺,从而取得了一定的艺术效果和社会效果。

华阴老腔皮影戏除革新社的活动外,其他社会文艺团体也排演了一些老腔剧目,并做了一些继承和革新的有益尝试。1958年"大跃进"期间,因社会思潮的影响,孟原公社文工队,敞开思路，创作了现代剧《深翻地》，以老腔的演唱形式在大舞台上演，为老腔的舞台移植开了先河。1960年，华阴县剧团将老腔传统剧《借赵云》，经过专业化的艺术调度再度搬上舞台，由名演员卫赞成主演，并参加了"陕西省新搬上舞台剧种会演"，受到关注。

革新社的演出活动以老腔人气最旺。这样，张全生就自然成为革新社的台柱子，后来他被选为革新社社长，更是名噪一方。在革新社活动期间，华阴还有为数不少的民间老腔艺人活跃在民间，像红岩、黄甫峪、西王村、南寨等都有自组的班子，这些班子与革新社相互竞争。革新社是一种由政府直接管理的集体性文艺组织。因保守的传统观念的影响，在人员组成上，一开始就出现了一些偏见。当时吸收的都是早有定论和有资历的年长艺人，对个别初露才华另立门派的新秀不屑一顾，并把他们排斥在组织之外。老腔艺人王振中就是一个典型。

革新社在初成立的短期内，演出活动还算频繁，也产生了一定的社会文化效应。由于社会政治背景的深刻原因，革新社很快就暴露出它在管理体制上的诸多问题，加上破旧立新带来的影响，上座率下滑，这时不少艺人已自行离社，只有张全生几个人支撑到最后。鉴于革新社的艰难处境，县政府做出决定：改社团的脱产组织为亦工亦农的民间业余组织，返乡分散活动。革新社的命运实际上是终结了。

艺人回到民间，获得了自主权，又恢复了生机，但愈演愈烈的极左政治路线，给民间的传统文化却带来了严重的干扰，致使华阴老腔从此开始经历一次长达数十年的命运劫难。

1958年公社化后，传统戏遭到批判，民间的戏曲活动被视为集体生产劳动的对立物，大年初一吃了饺子打井，说是大干"开门红"。公社干部在农村的任务就是割资本主义的"尾巴",一打听到哪里唱灯影戏,就要赶到现场去"压戏",说这是扰乱集体生产,结社演戏也是搞资本主义。

三年困难时期,农村人瓜菜代粮,人人饿得面黄肌瘦。老艺人王振中为了生计,也为了割舍不掉的老腔情结,偷偷出外演戏。为了不缺勤,往往是晚上唱一通宵戏,天亮了还得回来到生产队上工。他出门唱戏,多数赚不到工钱,只背着半口袋干馍回来,可一进村,看见贪玩的孩子们个个饿得无精打采,善良的他就掏出口袋里的馍给孩子们散,虽然他回家还得饿着肚子,但心里还是乐滋滋的。

其他的几个老腔艺人张全生、张奉军、任浪渔等,虽然也间断有一些民间演出活动,但已是门庭冷落,风光不再了。

"文化大革命"期间,传统剧目一概封杀,地方的"文化大革命"组织贴出通令,收缴民间的皮影戏箱和旧剧本。收缴来的戏箱统统封存到县文教局的库房。老腔艺人张全生、张奉军、任浪渔、王振中等家中都遭受过红卫兵的冲击、搜查。好在执行任务的某些头头心慈手软,走漏风声,使得一部分皮影戏箱和大部分的老腔剧本事先转移隐藏,幸免于难,为历史留下一点财富。(收缴的戏箱后因玩忽职守大部分失散,剩余部分约三大箱于20世纪80年代初交县文化馆保管,不幸又于1996年被盗。)

"文化大革命"营造出了一种虚假繁荣的畸形文化,那时的华阴农村几乎每个生产大队都唱"语录歌",跳"忠字舞",演一些红色革命的节目。王振中由于有非凡的音乐戏曲才能,被造反派纳入"可以团结的对象"。为了使自己的戏曲艺术生活不致中断,他只好顺应时势,张罗着给文艺宣传队编剧本、排节目。由于他的组织和辅导，南寨的文艺宣传队就活跃了起来。他排编的《金花和银花》《学毛选》等唱段和节目，一时竟不胫而走，传到华阴农村的许多宣传队。

可是这种文艺活动并没有抵消他对传统老腔戏的依恋。

老腔艺人为了能登台唱戏，也只有一条路可走，那就是忍痛割"旧"，学演"革命样板戏"。可是样板戏是当时的红色经典，金科玉律，一个字也动不得，如果用老腔的板路曲牌移植过来，很难做到合辙合韵。这的确是件难事。

可是这对晓文通律的王振中来说，却是一个大显身手的时机。他边学边编边试演，反复琢磨，终于到1973年完成了《智取威虎山》《杜鹃山》两本老腔移植剧，同时还协助皮影雕刻师陈增礼刻出了这两本戏的皮影。在体育场演出时，戏曲界的人都赶来观看，引起轰动效应。这在老腔的皮影史上不能不说是一个创举。可是在当时"否定一切，怀疑一切，打倒一切"的政治氛围下，他的这场改编演出还是遭到了极左思潮的政治非难，被以"歪曲革命英雄人物"的罪名打入了"冷宫"。

从此，华阴老腔就彻底偃旗息鼓，销声匿迹。这种万马齐喑的局面一直延续到"文化大革命"结束。

1976年，一声春雷，得知"四人帮"被粉碎了，华阴老腔人欣喜若狂，一些人开始搜罗旧部添置乐器，筹办戏箱，老腔活动一时生机萌发。

王振中怀才得遇，壮心可酬，于1979年第一个恢复了自己的老腔班社，在体育场演出了原来创编移植的《智取威虎山》《杜鹃山》和自己新编的《逼上梁山》，博得了观众的喝彩和文化主管部门的肯定。接着，他又改编了《闹天宫》，创编了《三打白骨精》。

1980年创编了历史剧《李世民取朔州》，随后又把张玉枫创编的华山神话《回心石》移植为老腔皮影戏。1982年，他演出的《木阳城》在音乐会上被录制为电视艺术片，接着又为湖北剧目研究室改编演出了《碧游宫》，在湖北电视台播放。1984年，在陕西省第一次民间文艺会演中，他唱的《访白袍》获得了二等奖。1985年，他演的《宋江投明》被渭南地区摄像存档。1988年，他参加了中国音乐学会第二届年会，会上演唱的《陈宏通宫》获"钟楼杯"一等奖。1992年，西安电影制片厂来华阴为他摄制了戏曲专题录像。1993年由余华、芦苇任编剧，张艺谋执导，葛优主演的电影《活着》，以及次年由芦苇、张锐任编剧，王新生执导的电影《桃花满天红》，都请他做了配音。一时佳绩连连，赞誉有加。

　　这时张全生虽年事渐高，但仍宝刀不老，雄风依旧，他恢复整顿了自己的班社，上演了一批传统剧目。1984年，应邀赴山西风陵渡演出，当地政府赠给他"艺术超群"的锦旗，载誉而归。此后，还在多次文艺赛事中，屡获嘉奖。1988年，《中国戏曲音乐集成·陕西卷》收录了他的有关资料，同时他获赠一面题有"老腔正宗"的锦旗。1990年，西安电影制片厂给他摄制了电影拷贝。鉴于他在民间戏曲音乐上的特殊贡献，连续两届被推荐为华阴县政协委员，为他的老腔人生赢得了光耀的夕晖。

　　为了挽救"文化大革命"对民间文化所造成的严重损失，20世纪80年代末期，国家对各类民间艺术进行及时的抢救。华阴文教局和文化馆组成了专业组，对包括老腔在内的华阴民间艺术进行深入细致的普查搜集和数据整理的抢救工作，完成了《陕西民间戏曲音乐·老腔卷》的集成工作。在集成工作中，老腔艺人张全生、王振中提供了大量第一手数据。集成工作组还为他们的典型唱段录了音。

老腔艺人陈增礼，别出心裁，把一些知名艺人的演唱制成录音带，自己配上签手（皮影戏操作者），轻装简从，走村串镇，为群众文化生活服务，人称为"老腔影子的轻骑兵"。

近千年的风雨沧桑见证了华阴老腔的发展史，直到近年来"中国民族民间文化保护工程"启动，使华阴老腔进入一个全新的复苏时代。

## 班社秘密

皮影戏是一种的特殊剧种，其演唱特点是借口传言，隔"亮子"唱戏。以前的老腔是用皮影表演，只要五六人即可完成，从班社组成来看，它具有一身多职、文武兼备和精兵简编等特点，演出方便。

### 老腔往事

班社是一种戏剧文化的社会组织形式，具有民间会社性质。它有着自身的活动规则及明显的职责分工。

旧时"说戏人"是班社演出活动的统领者。班社使用的皮影道具等资产叫戏箱。戏箱的所有者叫箱主。班社多依附于箱主而存在。班社与说戏人的关系是雇佣和被雇佣的关系，说戏人向箱主租用戏箱，年终须向箱主交纳一定租金，对戏箱的缺补由箱主负责。班社多以箱主的人名或堂号命名。清以前的老腔班社已无籍可查。民国时最有影响的是"三坤班"，它实际上是包括了张耀坤、党丙坤、李西坤三个班社。河口镇的张自强班社称"强盛班"，其他如"永盛班""杰盛班""林胜班"等都与箱主的名字或堂号有关。这些箱主与艺人依附关系的形成有其一定的社会根源。这是因为艺人多数贫寒，无力购置戏箱，同时也为了得到社会势力的庇护，取得比较安全的演出环境。当时的箱主多属地方豪绅显贵，如西关村的周树亭、坡上村的卫定一、南城子村的张耀坤、阳化村的杨团总（名字不详）、河口镇的张自强等。此外，如兴洛坊村的富怀、段村的李务林、西王村的王廷海等都有私家戏箱。还有少数艺人自置戏箱，如泉店的张玉印（全盛班），段村的张奉军、张定华等。老腔名家张全生过去的班名沿袭自家的堂号"新兴堂"。20世纪50年代后，张全生的班社重新活动，改为"新生班"。20世纪90年代以后成立的班社有"振中班""喜民班""新民班""军民班""全稳班"等，都以班主的名字命名。说戏人以外的演职人员，根据自己的技艺、特长、人际关系，自由选择乐意参加的班社，找班主搭班。"文化大革命"前，搭班为一年三季。一般为农历正月十五（元宵节）至五月初五（端午节）、农历五月初六至八月十五（中秋节）、农历八月十六至腊月初八（腊八节）。"文化大革命"后，搭班时间少则半年，多则一年以上。要和班主签订书面协议或约定口头协议，一旦加入，就必须严格遵守班社纪律。如：不准参加外班演出，必须提前赶到演出地点，携带演出用具，动手搭台，等等。各班社之间人员可以互借，但必须经班主和被借用者同意。

清代和民国时期，有一种家庭皮影戏。一些家庭自制戏箱，用以自娱自乐，并不参加社会文化活动，如负庄的李家等，这些家庭都属当地的富豪，是上流家庭。

新中国成立后，由原华阴县文化部门直接组织管理的革新社，是一种集体合作性质的文化机构。它的财务独立,自负盈亏,社员的报酬视班社收入的情况按劳分配,实行等级工资。初成立时,史长才、赵忠运、张全生和卫存才的工资最高,每月30多元,一般成员只有20多元。革新社的社长由社员选举产生,艺人赵双长、张全生都当过社长。副社长由政府派员兼职,协助社长工作。第一任副社长是苗培烈。革新社其他成员由艺人组成。内务、出纳、会计、保管、后勤以及班社的伙食都由艺人兼管。1956年11月,该社出席了陕西省第一届皮影木偶戏观摩演出大会,演出了老腔戏《借赵云》并获奖。上海电影制片厂虞哲光先生在评论中说:"《借赵云》用老腔音响,韵味独特。在公孙瓒捧面哭泣一段,演出者老泪纵横,声响明朗;与曹兵大战一场,技术熟练,激烈开打,有紧张气氛。特别在后段演唱,用帮腔和声,音韵显得圆润,慷慨激昂。"老艺人段转娃演唱的时腔(也称碗碗腔)《审录》深受欢迎。革新社获集体演出一等奖。史长才向大会献演了时腔《店遇》,张全生演出了老腔《访永宁》《西凉遇马超》。省电台录制了《访白袍》《托词》。华阴皮影艺人一时饮誉三秦,名声大振。1965年,革新社组织瘫痪,活动停止。它闪现过的光芒,已永远留在历史长河之中。

为了适应频繁的对外文化交流活动,2005年,华阴市文体局在已有老腔班社的基础上,重组了演出阵容,成立了"华阴市老腔剧团",任命文化馆干部党安华任团长兼导演,文体局直接管理演出事务。剧团属一种非全脱产的民间文化团体,按具体活动收益付酬,没有固定的工资。其活动特点是,有事集中,无事分散,统一管理,灵活有序。由于采取了较好的管理措施,调动了演职人员的积极性,因此产生了良好的经济效益和社会效益。与此同时,艺人张军民还独立组建了老腔班社，参与社会文化活动，有固定社址，社员有固定工资，也取得了较明显的社会效益和经济效益。

### 戏台搭建

华阴老腔的表演空间由演员动手搭置，叫"灯影台子"，白色纱幕叫"亮子"，幕布背后的皮影叫"影子"。人们为这种戏台的搭法归纳了一个顺口溜："十长八短（指椽），六块宽板，八页芦苇一卷，六根长绳一挽，两张桌子加板凳，搭台子事别再管。"当然，搭建材料的数量，如椽数、板数，根据实际需要有所不同。

传统的老腔在历史上长期依附于灯影舞台的表演，舞台的结构与其他皮影戏大体相同：先用木椽搭成外侧呈斗状的框架，周围架上木板，供艺人围场演示，然后撑好纱幕挂上油灯，借助灯火，以竹签挑拨用皮革雕制成的戏剧人物进行表演。

搭戏台在过去多就地取材，如利用碾场碌碡、绞水架子组成地座，既安全稳固又具有乡土气息。由于生活方式的逐渐现代化，清油灯到20世纪50年代改为汽灯，70年代以后又改用电灯，光照效果大大提高。为了便于演出，90年代后，影戏台架改用钢管对接结构，更为合理适用，便于拆卸转运。

### 皮影雕刻

老腔是借助皮影制品表演的一种民间戏曲艺术。华阴的皮影雕刻业也有悠久的传承历史。在文化馆收藏的明清皮影，形象传神，刀法精巧，涂色古朴，大多是本地域的产品。但在近代一段较长的时间内、皮影雕刻业的传承基本中断，其艺史也无籍可考。到民国时，艺人李计柱才重操旧业，恢复了华阴的皮影雕刻工艺。

华阴的皮影雕刻业有一个特点，就是老腔艺人的直接参与。他们既刻又演，刻与演相得益彰。陈增礼是这种职业的一个代表。

他小时跟李计柱学习皮影雕刻，以后又随吕孝安学老腔，从此就长期参加老腔班社演出，给班社及时填补戏箱。20世纪60年代，为了适应皮影现代剧的需要，他与其他艺人合作，自己设计、雕刻了一系列的现代皮影戏剧人物和场景道具，协助班社演出了一批现代剧目，赢得了社会的赞誉。

陈增礼50岁以后，逐渐脱离了班社的演出活动，办起了家庭皮影作坊，并传艺于其子陈艺文等人，陈艺文又传于陈氏的第三代陈校习等人。他们的刀法流畅，工艺精湛，是东府皮影工艺的杰出代表。取材于历史战争中的代表人物，是陈氏皮影雕绘内容的一大特点。它脸谱丰富、服饰考究，突出表现了剑佩戎装的孔武神态。除了用于戏剧演示的产品以外，他还绘制了许多系列的老腔皮影画作为艺术收藏品。如"三国""封神""水浒""瓦岗寨"等皮影人物长卷，"五虎上将""杨门女将""沉香劈华山"等独幅皮影装帧艺术品进入了文化市场，拓展了老腔文化的影响。

## 角色分工

一出戏由一人主唱，生旦净末丑全担，其他五人帮腔。

主唱怀抱月琴，边弹边唱，还要打板打锣和敲鼓。另一人挑签子表演皮影。其他人分别负责板胡、大号、手锣（也叫小锣）、勾锣、铰子、梆子、铃铃和木块击板。近十种乐器由五个人承担，每个人身边都有几件家什，放下这个便拿起那个，配合默契。

分工一般为：

说戏：也叫"前手"，或叫"叮本的"。坐在台口左侧，上方悬堂鼓、手锣和云锣，右前放干鼓，旁边摆开剧本，怀抱月琴，边弹边唱边表演，包唱大多唱白，并掌握剧情进展快慢。道白或表演时，放下月琴，一手执小锣，一手执鼓尺，边敲边指挥所有乐器。他是演出班子的主体，在最大程度上决定着演出的成败，多由造诣较深的全把式担任。说戏的唱腔要求字正腔圆，便于观众进入剧情，但旧时多数艺人连小学都没有读完就开始学艺，有的甚至就是文盲，学戏全凭耳音，边唱边记，经长期耳濡目染，才勉强能读通戏文，甚至达到"吃本"（背诵）。说戏者具有一人多角色的演唱特点，旧时都由男性担任。

签手：也叫"捉签子的""拦门的"。坐在台口正中，在他的左右上方各绷一条绳子，上挂剧中皮影人物，以备随时取用。主要操作全场皮影表演、换场、布景、排兵、杀战等，有时还要配合说戏者，做一些简单的对白和助威呐喊。

签手是皮影戏可视形象的操作者，要求有娴熟的表演技巧，善于把握各种不同身份人物的动态特点。在老腔的一些武打场面中，尤其能体现得淋漓尽致。如"马签子"中动态转换，格斗中的刀枪相加，血肉横飞，好的签手对此都会表现得惟妙惟肖，不留破绽。

帮档：也叫"坐档""贴档"或"择签子的"。坐在台子右挡板的右端，面向亮子，前方置皮影夹子。他的职责是根据剧情进展，提前安排好将要上场的人物和场景等，随时供签手使用，必要时还要协助签手"绕朵子"（即人物上下场）、排兵、对打，帮说戏的呐喊。此外，还要吹喇叭，要操持老腔戏的特殊打击乐器——震木的击拍。帮档不仅要求通熟剧本和音乐节奏，还要有一定的表演技能，这样，才能使演出避免失误。

后槽：也叫"打后台""打后槽的"。坐在台子后台板的右端，侧身向左，前上方悬挂着与他正对的大勾锣和与勾锣成90度角的马锣（也叫战锣）。演奏时左手前击，右手横击，互不干扰。勾锣下平放一圆形垫圈，上置大铙钹，演奏时一手提击铙钹。铙钹旁置梆子（也叫截子）和碗碗（即铜铃）。演奏时左手用小铁棒敲击碗碗，右手上下敲击梆子。唱时演奏碗碗、梆子，表演时演奏勾锣、铙钹、马锣，并在人物上场、行兵、升帐时呐喊助威。好的后槽还要能随机应变，填词插科，增强老腔的表演风趣。

板胡手：俗称"拉胡胡的"，坐在后槽左侧。板胡是老腔伴奏和曲牌演奏的主要乐器，它的音色覆盖力较强，对老腔音乐主旋律的形成起着重要作用。板胡手还担负着大小铙钹的演奏和喇叭（也叫大号）的伴奏以及配合助威的呐喊声。

老腔的弦乐器有月琴（用牛皮弦）和板胡，管乐器有大号两把，打击乐器有手锣、铰子、勾锣、铙钹、板鼓、堂鼓、梆子、铜铃等。老腔的板路有二慢板、二流板、紧板、流水板、飞板、哭板、走场子、滚板、拉坡、科子板、花战等十几种。演奏的戏曲牌有正杆、神仙、金线吊葫芦等20余种。唱腔有花音苦音之分，亦可根据不同的词格或不同的角色行当，产生许多板式变异和旋律转化，但总的音乐声腔风格趋于悲壮苍凉。

音乐唱腔

老腔音乐包括武场（打击）音乐、文场（曲牌）音乐、吟诵音乐和唱腔音乐四个部分。其乐队和表演是个既分又合的群体。文场音乐的乐器有截子（梆子）、惊木、铃、月琴、板胡，20世纪50年代后有的班社又增加了低音板胡、二胡等，主要用于文雅细致的表演、道白，配合演奏曲牌和唱腔伴奏。武场音乐由干鼓、堂鼓、手锣、云锣、马锣、大铙、小铙、勾锣、喇叭等乐器组成。主要任务是奏各种锣鼓札子以招徕观众，制造气氛，增强表演动作的力度和节奏感。人物表演主要由说戏的（前手）和操演皮影人物的签手完成。他们两个,一个通过模仿人物的道白、诗、引、唱腔等声音展开剧情,一个通过操纵各种人物表演展开剧情。二者紧密配合,同步进行,如同一人。

由武场面演奏的打击音乐,贯穿于剧情的始末。未开演之前,先演奏一通大型套曲,名曰"开场",以招徕观众,督促演职人员做好各种准备。开场曲有好几种,大部分已经失传,目前流行的只有《桂花城》和《十样景》,即便如此,能完整演奏的人也已为数不多。每一个开场,都由许多单独札子(锣鼓经)连接而成,而这些单独札子的名称大部分已失传,能说全的人已无法找到。开场打完,稍停一时,演出开始,皮影人物多半踏着鼓点(或踩着曲牌节拍)上场。

老腔的唱腔要求慷慨激昂、豪迈悲怆,因女角色的唱腔极少,乐器突出使用堂鼓、暴鼓、大锣。"拍板"更是老腔的独有打击乐,方言也叫"dan板",只在情绪激越和格斗的场合下使用。"拉坡"是老腔剧种的特有声腔板式,对渲染戏剧气氛起着重要作用。

华阴老腔音乐的主旋律铿锵高亢,但也有少数的曲牌声腔,风趣活泼,体现了其音乐风格的多样性,如变态的流水板和科子板等。

### 唱词板式

老腔的唱词极具地方特色,口语化,非常生动。老腔唱腔主要受到陕西的梆子腔影响,音乐结构形式较为多样。

老腔主要的板式包括慢板、流水板、飞板、滚板、拉板、科子板、哭板七种形式,其中主要使用的是慢板和流水板,哭板、飞板和拉板是老腔的特色板式。

慢板多为旦角、生角所用,唱词多为十字句,速度较慢,情绪平稳，擅长抒情。流水板的速度变化大、旋律伸缩性强，节奏灵活、自由，表现力丰富。

哭板是哭诉时的唱腔板式，声调高昂、情绪激愤，有哭喊、哭诉之感。飞板的速度非常快，情绪紧张激烈，豪迈奔放，多用于高潮之处，戏剧性极强。飞板演唱常用惊木、呐喊助威。拉板，与其说是一种板式，不如说是一种特殊的腔调，往往在流水板、飞板之后出现，即"一人主唱，众人帮腔"，形同于旧时船工的拉坡调，多用在剧情的高潮，造成一种慷慨悲歌的气势，极具特色。

华阴老腔的演唱除了上述的音乐表演基本程式外，还有一些特技，如灯光的情绪化运用：情节高潮时的吹灯，表现阴曹地府的暗灯，利用乐器对风声、雨声、水声、车声、雷声以及战马的嘶鸣声的意象模拟。

在老腔上还有一些口技，如对鸡声、犬声、羊声、牛声以及狼嚎虎啸等声音的模拟。有一种口技叫"胡哨"，有明显的游牧民族文化的烙印。

### 影子的命运

自唐代始，老腔是和皮影戏结合的，老腔一直是皮影戏的幕后配音，它们构成了互为载体的封闭式演出。老腔艺人们处在被包得严严实实的环境中，对于艺人，观众"不见其人只闻其声"。人们听老腔皮影，看到的是白幕上的几个影子，表演者在帷幕后，被遮得严严实实，观众甚至看不到他们的一条腿。

演出时，艺人们都要一人多能，多才多艺，操持如此多的乐器和演出场景，与剧中人物同呼吸、共命运，倾注情感，声情并茂，精湛的才艺被白幕亮子挡住，观众只能从听觉上去欣赏，难以感受到听觉和视觉相结合的冲击。

改变，要从一个叫党安华的人的出现说起。现年64岁的党安华是华阴老腔艺术团团长。2001年，他的身份是华阴市文化馆干部，地方戏导演。这一年里，一个偶然的创意使得老腔演唱从皮影中剥离出来，演员阵容和乐器增加了，演出场所变了。党安华就是促成这一改革的关键人物。

那是一个不经意的发现——2001年秋天的一个晚上，党安华和一个朋友去王河村看张喜民的老腔皮影戏班唱戏。当时已经是深夜11点钟，台上皮影戏短兵相接，演得热热闹闹，可台下却冷冷清清，只有三人看得无精打采。党安华感到有些心酸。由于皮影戏是封闭式表演，艺人们都在幕布的后面，他们其实看不到有多少观众，所以表现出的都是真实淳朴的演出，没有一点杂念。党安华好奇地掀起了帷幕，这一掀，让党安华"惊呆"了——张喜民怀抱月琴仰头高歌的样子，他十多年未忘。

党安华后来说："后面的东西真是太精彩了！单是靠看皮影戏的时候听他们的演奏，感受不到那种激情和冲击。艺人们从血脉里迸发出的激情，让我一下子看到了表演的最高境界。把老腔皮影从封闭式的艺术表演形式改为开放式的表演形式，把展示皮影技巧改为弘扬人性真、善、美的创作冲动，使我下决心对老腔皮影戏传统艺术进行探索创新……"

党安华对素不相识的张喜民说，为什么不考虑把幕撤掉，让表演者直接面对观众？张喜民闷声回答："我们世世代代都是在幕后表演皮影，哪有在台前表演的？"

金子是宝贝，但埋在地下就难以发出光芒！学导演出身的党安华意识到：与其把皮影戏呈现给观众，不如把最原生态的东西直接呈现给观众！

当时正赶上党安华在文化馆里评职称，需要拿出一个能参赛获奖的节目来。看到这些皮影戏艺人，党安华如获至宝。皮影艺人带头的是张喜民，皮影戏在他家族中世代相传，已经有好几代人了。平日里他们和村里的农民一样，种地、收麦、打粮，遇到哪家有红事白事，就搬出戏箱子，组上一支队伍去人家里演皮影戏，往往一演就到夜里。在他们世代习惯的演出中，皮影人物是台前的主角，艺人们或弹琴，或拉胡，或唱曲，都是隐在幕后，只闻其声不见其人，所谓的老腔，并不是和秦腔一样的戏曲剧种，而是皮影戏的伴唱和伴奏。

党安华对皮影戏不感兴趣，他感兴趣的是被罩在幕后的这帮真性情的艺人们。

几天之后，党安华骑摩托车到距离华阴市区10公里的双泉村，造访张喜民。张喜民召集了一些老腔艺人，与党安华展开辩论。党安华研究过老腔和皮影的历史，现在试图来说服他们，先有老腔，后有皮影，因此他主张的新的表演形式其实是让老腔"回归到最初的状态"。尽管处境不妙，但传统技艺仍旧矜持地抗拒着。

他向张喜民他们建议：能不能不演皮影戏，只唱老腔，把老腔唱到台前来？张喜民一听直摇头，老祖宗可没这么干过。

看到艺人们执拗得难以沟通，党安华就问他们平常唱一天皮影能赚多少钱，答曰："20元。"党安华一拍大腿说："那我就一天给你们20元，还管一顿午饭，你们来陪我玩，行不？"

直到几个月后，党安华第二次来到双泉村时，张喜民同意试试。当时张喜民的皮影班社只有五个人，党安华就从村里又找了两个班社，挑了十二三人组成了一支老腔表演队伍。党安华虽是本地的"土导演"，但在上海戏剧学院上过进修班，懂得不少戏剧调度和演出编排，他选了华阴最有名的民间传说沉香劈山救母，为老腔艺人们打造了一台剧目，搬上华阴市的剧院演出。

"直接把生活还原在舞台上。"党安华对艺人们说，"当你想发泄的时候，不管你做出什么样的动作，只要是发自内心的，都是最美的。敞开怀把北方人的那种豪放豁达体现出来。"此后，老腔艺人们正式走上前台。

"第一次演出并不成功，但算是让老腔上了大舞台了。"党安华说。遭到挫折后的党安华有些灰心，南下去电视台帮朋友打工一年。这一年间他始终没放弃改造老腔的想法。"在那一年我琢磨明白了，老腔的音乐我没有摸透，老腔的音乐没法塑造人物。"

当时华阴的一位作家路树军也来看了，安慰党安华说不要着急，老腔的好以后就能看出来了。后来路树军果然与老腔有了合作，他撰写的《关中古歌》被编入老腔曲目后大放异彩，谭维维与老腔艺人在《中国之星》中的演出就是由此而来。

2003年回到华阴以后，党安华又把老腔艺人召集到一起，编排了一个叫《古韵乡曲》的节目。他在这个节目中增加了戏剧性的唱词和表演，让老腔不仅仅是一种演奏，更像是一台小话剧，中间添加了不少诙谐幽默的段落。这个节目去参加渭南市文艺会演，让评委们一下觉得十分另类，不仅获了奖，还受到了一些媒体的关注。

谁也没有想到：没了皮影的老腔，反倒火了！去掉皮影的小舞台，却让艺人们走上了大前台。

## 神来之笔

2004年排演《取中山》时，党安华为老腔的表演加入了砸板凳的桥段。据党安华讲述，有一次他与老腔艺人张四季在排练场内一语不合，发生口角，张四季气得把板凳一摔："不排了！"党安华也在气头上，狠狠踹了一脚板凳，蹲在屋外抽烟。

大家自然是好一番劝说，陕西人性子直，一顿烟后气也消了大半。党安华忽然觉得，那一脚踢得特别带劲，待到重新开排时，他就吩咐张四季，当演出到拉坡最高的时候，就把凳子举高冲到最前面，狠狠摔在地上，然后用枣木块去砸。

这枣木块，原本是老腔艺人在演皮影时的一种拟声道具。皮影戏里多武戏，遇到两军交战短兵相接，艺人们就会用枣木块去砸座下的门板来模拟战况之激烈。

张四季没见过这么演的，推说自己不会。党安华就拿起木块给他示范，还半开玩笑地说："你是不是特恨我？你就把那板凳当我，把党安华的脑浆砸出来最好！"

从此以后，原来用木块击打木块的表演，换成了用木块击打农家常用的长条木凳子。砸板凳成了华阴老腔最具标志性的桥段。经常是老腔艺人去某地演出，还没开唱，台下的观众就起哄："砸个板凳！"

多年后，中央电视台的一个记者问党安华：老腔表演中有个著名桥段"砸凳子"，这条普普通通的木板凳为什么会赢得观众如此强烈的掌声，会给观众留下非常深刻的印象？

党安华不知道怎么突然冒出来一句经典的回答，他说："当代现实社会中，每一个人心中都有要砸的东西，一板凳砸碎了心中的愤懑和块垒。"

除了板凳，那块惊堂木也成了华阴老腔独特的乐器。这些独特的乐器都走到哪里带到哪里，从2002年就开始跟着艺人们满世界地跑。

在演出中，一人突然站起来，一手持惊堂木，一手持长板凳，用惊堂木猛烈敲击板凳，发出节奏鲜明、古朴清脆的巨响，给观众强烈的视觉冲击，再合着"嗨嗨嗨"几声吼，让观众惊叹不已，感染力极强。

为什么观者会被强烈地震撼？为什么观者肆意地泪流满面？

答案是：

也许，那一声声砸凳子的声音，穿透、震撼了我们的心灵深处，砸碎了心中世俗的"小"！

也许，那一声声惊堂枣木狠砸凳子，击中了我们心中的块垒和委屈，砸碎了心中要砸的东西！

也许，是那种气势磅礴、粗犷豪放、慷慨激昂、雄奇刚健的旋律，把我们潜存在心灵底层的尚未被庸俗化的神经撞响了，让几乎要窒息的它们开始了呼吸！

**困境**

此时，老腔也只是在陕西省内有了些名气，华阴老腔表面红火、实质萧条。社会在发展，时代在变迁，如果华阴老腔既不能跟上现代音乐的潮流，又无法保持经典民俗的特色，势必要在转型和怀旧的冲击下淡出观众的视线。

当时，华阴老腔的生态已陷入不可自拔的困境：

老腔的观众数量缩减带来生存危机，流行歌舞风靡城乡，录像、电视涌进了千家万户，影院、舞场、游戏厅接踵兴起。它们以富有刺激性的视听觉效果，占领人们的业余文化生活阵地。而如老腔等一些民间传统文艺，因受其表演功能上的某些局限必然会退出主要的文化消费市场。

随着新型大众文化的兴起和都市文明向城镇乃至乡村的扩散，在新兴媒介便捷化、大众审美期待趋新化、文化娱乐多元化的今天，生产于帝制时代和农业社会的华阴老腔，其陈旧的表达或表演方式已满足不了全球化、市场经济和信息时代的文化艺术需求。

不仅如此，华阴老腔所隐含的一些旧观念和价值尺度已解释不了新生事物。因此，华阴老腔在审美趣味多元化的今天不但难有昔日的辉煌，而且面临着诸多生存危机，甚至成了急需拯救的濒危文艺。

如2005年7月18日，华阴市五方乡王寨村关公庙会演出，观众很少。演出刚一开始，几个孩子因为好奇瞅了几眼就走了，只有十几位老人似看似听地坐在那儿。演到一多半时，狂风大作，雨点哗哗而至，最后只剩下几个老头被迫躲到庙里看演出并坚持到了最后。这种情况的出现，对华阴老腔来说是中青年观众严重流失的信号。

老腔断代失传、后继乏人也绝不是危言耸听——一个原因是经济效益太差，演出收入低微，不仅年轻人看不上这个行当，连过去那些颇具演唱天赋的老艺人也因入不敷出而另谋出路了。过去，有不少活跃在乡村的自演自乐的或紧凑或松散的班社，由于被现代文艺挤压，这些班社渐渐失去了观众，要么解散，要么几乎少有演出之机。到了2000年前后，华阴就仅存"白毛"这一拿得出手的老腔班社了。双泉的张氏家族，虽还有几个传人，但能全面继承家族演艺传统的只有张喜民一人，何况他们都年过七旬，每况愈下。其子女为了生活出路，各有所营，无意于老腔的继承了。

针对华阴老腔的当前生存状态和华阴的文化旅游环境，老腔保护发展中心提出了"保护开发并举"的工作思路。依托华山旅游文化市场，加大对老腔的开发力度，从表现手法上，立意推陈出新。提升老腔的审美价值和艺术感染力，配合市政建设，创建以老腔为地方文化特色的现代化旅游城市。

为了使华阴老腔薪火不息，后继有人，文体局鼓励艺人物色传人，授业传艺。王振中开始接收门徒，殚心授艺，张军民、张喜民也都开始在家族中找寻继承人。

出于保护传统文化的目的，华阴市文化局也与渭南师范学院丝绸之路艺术学院签订了传承华阴老腔的教育实习基地共建协议书。但目前就是没人愿意学，愿意学习华阴老腔的学员年纪多已五六十岁，年轻人少。

作为国家级传承人，张喜民早已摒弃了"不外传""传男不传女"的家族规矩，凡是愿意来学的，张喜民都会倾力相授，不收学费。张喜民说，吸引来的学徒往往只有三分钟热度。因为大多数报名来学华阴老腔的年轻人，都是看了2016年春晚。那次演出在全国观众面前，让张喜民和他的老腔剧团一下子又火了一把，但是吸引来的人没有坚持下去的。

党安华坦言："年轻传承人少，严重制约着老腔发展，急需新鲜血液加入。"虽然华阴老腔保护中心每年都搞"非物质文化遗产进校园"活动，也有几位中学生表示想学，但是学了十几天就放弃了。"兴趣和热情才是学好老腔的决定因素，没有兴趣，永远学不好。"

2009年和2014年的时候，华阴老腔保护中心曾先后办过两期学习班，2009年那次有27个学员，2014年那次有54个学员，时至今日也只剩下30多人了。而且，虽说是新学员，却都是"大"学生。两次学习班中最小的学员46岁，最大的学员55岁，这让党安华非常担忧。即便是来学老腔的人也坚持不了多久。华阴老腔一板一眼，没个三五年是学不了多少东西的，但有些学员急于求成，学点皮毛、学点折子戏就想着出去挣钱，对于老腔的掌握只能浮于表面。而另一方面，老腔表演很难带来特别大的经济收入，别看现在很火，但演出收入并没有想象中的多，所以学老腔的人就更少了。

"想靠唱华阴老腔谋生，天赋好的都得学一两年，有这个时间，年轻人去打工赚钱，都够赚四五万块了。"张喜民感慨。

前些年有电视台找他录节目，张喜民和他的演出团队站在了舞台上，电视台却不满意："都是老人，没有一个年轻人，这不行。"

张喜民老了，他头发花白，精力一天不如一天，嗓音也越来越嘶哑。他知道自己的衰老不可避免，但是作为华阴老腔的第十代传人，他最惦记的，是老腔不要一起老去。即使收获再多掌声，张喜民仍然晓得，这门家族艺术正在面临后继无人的危机。他有两个儿子,却都对老腔不感兴趣。

"一村姓张的,没有年轻人唱老腔。"张喜民说。他曾经把所有的希望寄托在孙子张猛身上。

记得2005年张猛刚上小学时,中央电视台的《戏曲采风》栏目到双泉村录节目。镜头对着张喜民,主持人却把目光投到了一旁的张猛身上。

"爱不爱听老腔?"主持人问张猛。

"不爱,爱听流行歌曲。"这个年幼的孩子回答。

虽然不爱老腔艺术,可作为老腔世家的新成员,到了该打基础的年龄,张猛还是跟着爷爷一起,吊起了嗓子,拉起了月琴。那时他人小力微,抱不起月琴,张喜民就专门给他做了一把小的,琴身小了一整圈。那唱腔他曾经一度很抵触,高中住校的时候,这抵触到达了巅峰。周末回了家,他会假装作业没有做完,不肯去吊嗓子,一个小时能写完的作业,他拖了四五个小时,还坐在桌前不肯搁笔。他羡慕同学抱着的是吉他,唱的是摇滚,时尚又炫酷。

那时他没把这抵触说出口,可张喜民仍然察觉到了。老人看着孙子脸上紧绷的表情,什么都明白了,也都能够理解,没为这个批评过他。

这把小月琴陪着张猛度过了大学的岁月。小张学的是测控技术与仪器专业,老张只知道孙子念的是理工科。这位老人能背下来几十本老腔剧本唱段,能一个人演出生旦净末丑五种角色,却没法把那个拗口的专业名称念出来。

2006年,张喜民领着戏班参与话剧《白鹿原》的演出,让日渐凋零的老腔重新回到大众的视野。而听着华阴老腔长大的张猛,却因为演唱老腔，遭到了同学的嘲笑。"你爷爷唱的那是艺术，你唱得太土了，像狗叫！"看似玩笑的话，却让还在学习阶段的张猛心一下子沉到了谷底。他觉得因为老腔自己脱离了群体，内心深处时常感到孤独。他说，那段时间自己都是躲着爷爷走，生怕让他唱老腔。张猛也开始追起流行，什么歌儿火就听什么。直到大一放假回家，爷爷特意叫他到屋里，语重心长地说道："虽然现在有不少人来学习老腔，但都是老年人了。年青一代里，只有你。咱自家的戏都没人学，是有多么地不行？"

张猛上学的地方离家 1800 公里，在那个南方沿海的小城里拨动琴弦，唱几句关中古音。在福建读书的这几年，华阴老腔的这几轮翻红，也让张猛生出凭着家族衣钵谋生的希望。每个假期他都要赶到全国各地，陪着爷爷站到大大小小的舞台上。他甚至想过给老腔注入新元素，试图和大学吉他社团的同学一起，把老腔和摇滚结合起来，最终的效果却不咋样，有些"不伦不类"。

爷爷对他隐约的期盼，他察觉到了，也很难无动于衷。最终，张猛 2018 年大学毕业后从福建回到了双泉村老家，这个 90 后年轻人有着烫卷的刘海儿和推平的鬓角，爱穿牛仔裤和旅游鞋，用手机自拍时会开美颜功能。张喜民说，自己已经不再强求家族的传承，可若是张猛愿意唱下去，老人仍是高兴的。

张猛的现实考虑是，能进入华阴市文化局系统内就继续学习老腔，如果不行就另做打算。

大家看到更多的却是张猛的"犹豫"和不确定。

他开始备考公务员，多次报考，但最终未能遂愿。于是，他理所当然地到外边的公司去工作了——面对艺术的传承，生活表现得如此真实！

目前，近800人的双泉村里几乎看不到多少年轻人。偶尔碰到几个年轻人，均表示不喜欢看老腔表演。整个华阴能唱老腔的不过20余人。年纪在40岁以下的艺人，几乎没有人能唱本戏。

白毛和张喜民近年收了不少徒弟。他们也想教这些徒弟唱全本戏的老腔，可是没几个愿意学。

"老腔现在火了，很多人都是冲着这个来的，想现学现卖，急功近利地挣快钱呢。"张喜民说。

另外一个，每一种民间文化形态的产生和传递，都必须扎根于一定的原生文化土壤。华阴老腔根植于华阴民间，有生以来，它一直与本地域的世风民俗息息相关。如一些传统的民俗节日，一些地方人生礼仪习尚和民间崇拜等。由于岁月的流失，不少的地方民俗习尚逐渐淡化或消亡，从而导致了华阴老腔文化土壤流失。

华阴老腔与生俱来的一系列的"封闭性""自闭性"，在保证了唱腔"纯正"的同时，也客观限制了其传播范围和发展的速度：老腔的剧本从不外传，大多遗落在民间，这无疑大大限制了它的传播范围。所以时至今日，它依旧仅保留在华阴境内。

华阴老腔的传统剧目丰富多样，从清乾隆年间到新中国成立之初，老腔世家张氏一族一直都有手抄剧本传承，其中以民国时期的手抄剧本为多。目前，这些剧本大多还保存在个人手中，如双泉张氏现藏手抄戏本300多册，其中有50多册都是民国前的，最早可追溯至乾隆和同治年间。但是从《第一批陕西省非物质文化遗产图录》(第四辑)中民国以前老腔剧本的照片可以看出，剧本的保存状态不是很好，纸张发黄且有污渍，页脚破损很严重，里面的字迹也模糊不清，因此，老腔剧本的搜集整理与保护仍需方言也是个门槛。华阴口音并非全国人民都能听懂。华阴老腔兴于华阴，却也受限于华阴。众所周知，华阴老腔特色之一是它的华阴口音，使得老腔雄浑有力，高亢有韵律，但这也是华阴老腔仅仅局限在陕西难以走向全国的原因。华阴口音不是全国人民都能听懂的，就算是100多公里外的西安，也少有人能听懂。想学老腔就得矫正口音，只有跟双泉村的口音严丝合缝了，才能把华阴老腔的每一个字唱准。可以说，华阴口音至少阻碍了华阴老腔在全国的发展和传播。在走访中，我们发现农村人口渐渐涌入城市，无论是生活习性还是语言发音都难以保存华阴老腔原本的特色。当地人口并不算多，许多年轻人由于常年在外，华阴口音并不纯正。

许多地方小戏都有各自的口音，这就导致了一个地方的人才能听得懂、唱得出当地的小戏，就这样局限在一村一县的范围中，随着时代的变迁慢慢消亡。老腔对于团队的协调配合也有非常高的要求，这也是艺人常年一起练习才会有的默契。

老腔想要走出华阴，进入全国人民的视线，就要登上大舞台，老腔如何跨越基因里的这么多的"故步自封"呢？

### 邂逅

2004年初的一天，老腔到西安为陕西省"两会"代表、委员演出，陈忠实老师恰好在台下观看。就是这一天，华阴老腔与陈老师结下了不解之缘。此后，陈忠实一边极力向外界推荐着老腔，一边将更多精力用于关注它的生存危机与传承上。

据党安华叙述，当时的情形是这古老的汉族戏曲表演形式正呈现萧条之情状，与许多非遗项目一样面临着传承的困境，他正为老腔的后继无人乃至断档而揪心——老腔艺人中最大的78岁，最小的也已经61岁，传承人屈指可数，几近失传。

后来隔得时间不长，陈忠实成立了一个白鹿书院，开业时把老腔又邀请到了灞桥演出，此外邀请的都是些文化界名人。当天老腔只演出了两个节目，但是在场的文化界名人激动得不得了，都说再来一个再来一个。后来没有办法，把演出过的那两个节目重复再来了一遍，好多文化名流都和艺人们合影，有些还要艺人给他们签名。著名作曲家赵季平、张千一，著名导演林兆华，看了老腔后都欣然题词，赞叹不已。

在那个场合演出后，老腔简直就火爆得不得了。当时给党安华印象最深的是，省上一著名书法家，观看的时候几乎有点癫狂，一直在声嘶力竭地喊：美得很，美得很！

著名作家张贤亮激动地说："这是生命的呐喊和挣扎，你们让我看到了曾多年都没让我激动过的节目。"

世间万物，都在埋种子。可能就是那一次，陈忠实老师对老腔有了更深的印象……

陈忠实2012年8月3日发表在《光明日报》上的文章《白鹿原上奏响一支老腔》描述："2004年春节的气氛尚未散尽，一台陕西民间多剧种的演出，当晚开幕，不属商业性质的演出，只供喜欢本土文化的各界人士闭门欣赏。朋友随口列举出诸如眉户戏、线腔、碗碗腔、阿宫腔、关中道情、同州梆子、老腔等多种关中地区的戏曲剧种。这些地方小戏我大都看过演出，也不甚新鲜，只有他最后说到的老腔，在我听来完全陌生。尽管他着重说老腔如何如何，我却很难产生惊诧之类的反应，这是基于一种庸常的判断：我在关中地区生活了几十年，从来没听说过老腔这个剧种，可见其影响的宽窄了。"

"老腔带着一人唱满堂吼的气势，带着以木击板的震撼，去唱征战和剿杀，去唱牺牲和失败，给人以苍凉悲壮之感。老腔的演出者都是普普通通的农民，他们有着一种天生的本能，那就是苦难中提取情趣。这样富于艺术魅力的老腔，此前却未听说过，也就缺失了老腔旋律的熏陶，设想心底如若有老腔的旋律不时响动，肯定会影响到我对关中乡村生活的感受和体味，也会影响到笔下文字的色调和质地……再看白发白眉老汉，安静地在台角下坐着，我突然生出神秘感来。"

在那次邂逅的两个月后，陕西省发改委到华阴做民间文化调研，一行人向当地文化部门提出要看老腔。带队的一位领导说："陈忠实老师推荐说，华阴有个好东西，那就是华阴老腔，这次我们一定要看看。"

当地文化部门一听这才急了，赶忙调请来老腔班社，七八位年过花甲的艺人被派去的车拉到市政府大院，就在大院里一开阔处临时搭台，石破天惊般喊出了一嗓子。

听着那一声声狂野不羁的呐喊，看着台上一位位老艺人白发皓首的沧桑颜容，调研组一行人感动得几乎要落泪。

这次调研后，华阴老腔声名远播，之后又被邀请前往西安音乐学院演出，第一次登上了音乐殿堂，命运慢慢出现逆转。

## 逆转

老腔命运最关键的逆转是在 2005 年 10 月份，小说《白鹿原》被改编为同名话剧时，北京人艺话剧《白鹿原》主创人员来陕西采风。后来，在话剧《白鹿原》筹备阶段，编剧孟冰要用老腔的唱词创作一首主题曲，电话嘱陈忠实提供关中民间歌谣。陈忠实几乎本能地想到几句流传甚广的既能唱也能顺口溜出的词儿来：

他大舅他二舅都是他舅
高桌子低板凳都是木头
走一步退两步全当没走
前奔颅后马勺都有骨头
金疙瘩银疙瘩还嫌不够

天在上地在下你娃甭牛
太阳圆月亮弯都在天上
男人笑女人哭都在炕上
男人下了原女人做了饭
男人下了种女人生了产
男人下了原女人做了饭
男人下了种女人生了产

娃娃一片片都在原上转

娃娃一片片都在原上转

　　……

　　这几句出自老腔的唱词,饱含着生长在乡野的原始冲动,一下子打动了孟冰,他似乎感受到这样结实的大实话只有在关中这块苍茫土地上才会产生。之后,导演林兆华托陈忠实找几个唱秦腔的民间艺人参与演出。

　　这时,陈忠实突然记起他看过的一场老腔演出很"带劲",就又找了白毛等老腔艺人。老腔艺人一开口,陈忠实发现林兆华"眼睛都直了",当场拍板邀请白毛等人参与话剧《白鹿原》的演出。于是,话剧《白鹿原》的主题曲由"白毛"老汉他们唱响了,唱段《太阳圆月亮弯都在天上》成了老腔经典唱段,成了老腔后来演出时点播最多的唱段。

　　再后来,导演林兆华和党安华深入合作,在话剧《白鹿原》中"借老腔辅助故事的叙述",从而为改革后的老腔走向全国、走出国门提供了一个重要契机。

　　具体地说,老腔命运最重要的拐点是"九段唱腔"。

　　2006年的5月29日,党安华带着老腔艺人去了北京。当天休息,第二天下午3点,林兆华老师把北京人艺的100多人集中到北京人艺排练场,他一开始就说:让小党带的这些老腔艺人今天下午给大家把九段话剧白鹿原中所要用的给大家表演一下。

　　57分钟的九段表演,林兆华老师中间一句话都没有说,也没有打断。表演,大家长时间地给老腔艺人鼓掌。林老师那个人话不多,慢慢地走过来,走到党安华跟前,拍着他的肩膀说:小党,我太感谢你了,太感谢咱们这些老艺术家了!

林老师深深地给老艺人们和党安华鞠了一个躬，排练场又是100多人长时间的掌声。

经过辛苦地合成排练后，北京人艺版《白鹿原》在2006年首演于北京人民艺术剧院，堪称北京人艺近年来最大的制作。由著名话剧编剧孟冰改编，林兆华导演，第一版由濮存昕、郭达、宋丹丹任主演。全剧最大限度保留了故事主线，巧取风水地、恶施美人计、孝子为匪、亲翁杀媳等情节都被舞台立体呈现。

此前，有人质疑说：北京人艺的味道是烂肉面、炸酱面、烤鸭，白鹿原上的味道是泡馍、水晶饼、油泼面。两者融合后会成为"四不像"！13年前，伴着质疑，首都剧场初品陕西风味；13年后，这道大餐已由"北京大厨"反复加工了100次。

曾有人评价道："话剧《白鹿原》最大的成功是引入了原汁原味的老腔表演。"

"他大舅他二舅都是他舅，高桌子低板凳都是木头。太阳圆月亮弯都在天上，男人笑女人哭都在炕上……"开场的一段唱，是林兆华特别请《白鹿原》原著作者陈忠实写的词，展现最普通的陕西人民生活。演出一开始，老腔演员就以那憨厚、古朴、原生态的演唱，带来了空前绝后的震撼和心灵冲击力，把观众从繁华喧闹的城市生活迅速带入了清末民国初年的白鹿原。

全剧结束时漫天大雪纷飞，老腔演员集体演唱，如泣如诉、憨厚、古朴、悲凉、苍劲的唱腔沁人心脾。

著名戏剧评论家童道明曾说："我用'苍劲、苍茫、苍凉'来概括《白鹿原》的演出，这老腔唱得我们觉得黄土连天，极目苍茫。这老腔那么粗犷，但在粗犷中有如诉如泣的神情——与黄土苍穹相依时的深情。听着这老腔，感觉到民族的灵魂是可以触摸的，可以感知的。"北京人艺话剧《白鹿原》中的九段精彩的老腔选段是：

第一段：《太阳圆月亮弯都在天上》
——著名作家陈忠实作词

他大舅他二舅都是他舅
高桌子低板凳都是木头
太阳圆月亮弯都在天上
男人笑女人哭都在炕上
男人下了原女人做了饭
男人下了种女人生了产
男人下了原女人做了饭
男人下了种女人生了产
娃娃一片片都在原上转
娃娃一片片都在原上转


第二段：《征东一场总是空》
——选自古典老腔皮影戏《薛仁贵征东》选段

征东一场总是空
难舍大国长安城
自古长安地
周秦汉代兴
山川花似锦
八水绕城流

临阵无有文房宝
该拿什么当笔尖
无奈口把中指咬
昏昏沉沉疼煞人
中指咬破当墨水
手扯龙袍当纸张
上写着诚惶诚恐三叩首
拜上高丽圣明君
东至东洋东海岸
西至西洋驼荠山
南至南洋南海岸
北至秦关一方城
长安三地由你管
又管八百文武官
再写三宫和六院
普天之下众百姓
我父基业被我废
顷刻卖了唐社稷

**第三段：《拉坡》**
纯音乐

**第四段：《六月六日降雪霜》**
——选自古典老腔皮影戏《罗成征南》选段

两次打我八十棍

三次一百二十刑

无奈宿在合奉驿

六月六日降雪霜

**第五段:《收五虎骂开道》**
——选自古典老腔皮影戏《收五虎》选段

手指开道叫着骂

我把你无知匹夫骂几声

昨日梁王吩咐你

为何过耳全不听

失了沧州还犹可

兖州地面风里灯

若王不看梁王面

推出辕门问斩刑

**第六段:《惊醒南柯梦中人》**
——选自古典老腔皮影戏《罗成征南》选段

本待与你多讲话

鸡鸣犬吠魂难行

临旁边击一掌

惊醒南柯梦中人

第七段：《一颗明珠卧沧海》
——选自古典老腔皮影戏《秦琼打粮》选段

　　一颗明珠卧沧海
　　浮云遮盖栋梁材
　　灵芝草倒被蒿蓬盖
　　聚宝盆千年土内埋
　　怀中抱定山河柱
　　走尽天下无处栽
　　清早打粮仓未开
　　赤手空拳转回来
　　自古人都有兴和败
　　何况我秦琼运不来
　　那国烟臣子犯地界
　　皮楞双锏把马排
　　上阵杀得人几个
　　唐主爷圣旨降下来
　　大小封个乌纱帽
　　方显秦琼有奇才

第八段：《解放区的天》
——选自民歌《解放区的天是明朗的天》

　　解放区的天是明朗的天，
　　解放区的人民好喜欢，

民主政府爱人民呀，
共产党的恩情说不完。
呀呼嗨嗨伊咳呀嗨，
呀呼嗨呼嗨，呀呼嗨嗨嗨，
呀呼嗨嗨伊咳呀嗨。

第九段：《将令一声震山川》
——选自古典老腔皮影戏《薛仁贵征东》选段

将令一声震山川
人披盔甲马上鞍
大小儿郎齐呐喊
催动人马到阵前
头戴束发冠身穿玉连环
胸前狮子扣腰中挎龙泉
弯弓似月样狼牙囊中穿
催开青鬃马豪杰敢当先
正是豪杰催马进
前哨军人报一声……

共为九段，其中一段《拉坡》为纯音乐部分。

实现成功嫁接的华阴老腔，一经在舞台亮相，命运开始出现重要拐点——跟着话剧《白鹿原》的火爆，老腔自此开始名扬天下，后来，不少电视节目和戏曲舞台上都因融入了老腔而倍增华彩。

话剧《白鹿原》演出半个多月，观众对剧中插演的老腔和秦腔唱段反响强烈。因为剧中的插演主要为着烘托剧情的气氛，有的插演仅仅唱一句两句，观众似乎很不过瘾。

2006年6月，陈忠实去北京人艺。陈忠实见到濮存昕，一起商量想利用话剧休演的一个晚上，搞一场秦腔和老腔的专场演出——"老腔·秦腔·《白鹿原》原生态作品音乐会"，让那些专业人员和倾心的观众一饱眼福和耳福……在陈忠实和各方的使力下，这场音乐会终于变成了事实。

那晚在中山音乐堂的演出，可谓别开生面，濮存昕一人坐镇，优雅自如地担当节目主持人，郑重而又幽默。在表演高潮时他竟然上了台，模仿艺人张四季的动作，用枣木块狠狠砸起凳子，引起台下一片叫好，观众充分感知到这位艺术家对来自民间的艺术演员的敬重之情。

当晚，主持人濮存昕向观众介绍《白鹿原》作者陈忠实先生就在台下时，观众的目光随主持人手指的方向聚焦，大家并没有看到陈忠实老师。

演出结束后党安华问陈老师演出时到哪里去了，陈老师说："刚才艺人们演得好，我感动得不停地流泪，坐在前排怕被媒体人看到了不好，哪像个陕西汉子！我悄悄地由前排挪到了最后一排。"

其外表刚强，内心情感深重的秉性可见一斑。

## 混搭

有人知道老腔，是看过话剧《白鹿原》；更多人认识老腔，则是因为歌手谭维维、白霜等人把老腔与现代流行乐进行"混搭"

的创新和尝试。

"混搭"似乎成了华阴老腔突破濒危之地的绝招！早在20世纪90年代初，张艺谋拍摄电影《活着》时，片中葛优饰演的福贵有演皮影的戏份，白毛在剧组中担任皮影戏的配音。

两年后，华阴老腔"混搭"陈道明主演的电影《桃花满天红》，其中，白毛唱的一曲《人面桃花》，至今仍让不少人难以忘怀。

如果说老腔"混搭"电影《活着》《桃花满天红》只是让人们知道了老腔的存在的话，那么老腔"混搭"话剧《白鹿原》则让观众对老腔有了面对面的深入了解。

话剧《白鹿原》与老腔的"混搭"非常成功，将濒临危境的老腔由陕西推向了北京，北京观众接受了老腔。演出为《白鹿原》大增异彩，华阴老腔也因此轰动京华。在新闻媒体和政府不断的推广活动中，老腔走向了全国。

2015年5月9日，西安警花陈卫在央视《星光大道》月赛中"混搭"华阴老腔，演绎了一曲《在希望的田野》。一个歌声细腻温柔，一个吼得尘土飞扬，珠联璧合让所有评委感到震撼。这也是老腔与民族唱法歌者的首次"混搭"。

当谭维维遇上老腔，乐坛一声炸响！

2015年12月东方卫视一档综艺栏目上，谭维维邀请五位陕西民间老艺人，共同演绎一首华阴老腔改编的摇滚乐《给你一点颜色》。席地而坐的老人以板凳、惊木、板胡、月琴为乐器，谭维维则手持响锣，关西大汉的豪迈气魄，加上谭维维铿铿有力的呐喊，中国乐坛在这一刻炸开了！

《给你一点颜色》把濒危状态的传统曲艺和摇滚乐"混搭"结

合的表演形式呈现在广大受众面前。发源于西方的摇滚乐,根植于黄土高坡的老腔,这是两种看起来没有任何相关性的艺术形式,却在《给你一点颜色》中完美融合,不仅苍凉原生态的华阴老腔与现代摇滚的融合让人热血沸腾,人们更好奇的是谭维维身后手持月琴、二胡,还有独特的"打击乐器"长板凳,着装鲜艳,声音浑厚的几位老艺人。

演出前谭维维甚至不太自信,说这个节目未必完美,然而结果是这首歌太完美。

《给你一点颜色》的歌词采用两段式,前四句后八句。前面四句讲的是过去:"女娲娘娘补了天,剩下块石头是华山。鸟儿背着太阳飞,东边飞到西那边。"这是对神话中的华山的追忆,是一个地方起源的传说,暗示着是上天赐给了我们这块土地,那当然应该好好珍惜了。

第二段也是这样:"天空和大地做了伴,鸟儿围着那太阳转。华山和黄河做了伴,田里的谷子笑弯腰。"在天空、大地、鸟儿、太阳、华山、黄河、田里、谷子各种意象的拼贴中,展示了一个和谐有序的自然场景。但后面是惨淡的现实,是失落和追问。后八句又具有两个层次,是并列式的。第一段:"为什么天空变成灰色?为什么大地没有绿色?为什么人心不是红色?为什么雪山成了黑色?"质问上天赐予的东西为什么被糟蹋。紧接着:"为什么犀牛没有了角?为什么大象没有了牙?为什么鲨鱼没有了鳍?为什么鸟儿没有了翅膀?"这是在拷问为什么依赖于大地生存的动物被残害。第二段:"为什么沙漠没有绿洲?为什么星星不再闪烁?为什么花儿不再开了?为什么世界没有了颜色?"这是与第一段对应,是对自然生态恶化的质问。后四句:"为什么我们知道结果?

为什么我们还在挥霍？我们需要停下脚步，该还世界一点颜色。"这四句道出了真相，原来我们是知道会有这样的结果的，那么为什么还要这么做呢？这就是对人性的拷问，对现实的质疑。前后两段形成了一种反差，产生了戏剧冲突，加之语言通俗、直白、容易理解，在与观众的沟通上毫无障碍。正是这种质问，将歌者与受众拉到了一个统一的立场。对于现代化带来的生态恶化与危机，对于明知故犯的人为破坏，很多人是有切身感受的。对此审美艺术层面的研究，忻州师范学院的刘晓伟曾撰文并发表在2016年2月第2期的《歌唱艺术》上。

崔健称这首歌为"教科书式的作品"，刘欢说这首歌每个音砸到地上都能冒烟……

不管风评如何，这种跨界和"混搭"已算是对传统戏曲剧种推广和保护的一次成功尝试。

2016年2月7日晚，中央电视台春节联欢晚会播出。谭维维在春晚表演的节目为《华阴老腔一声喊》，将华阴老腔与现代摇滚再次融合，在内容上挖掘更深，歌词尽量以老腔古文为主，使得节目更具传承性与民族性。

华阴老腔与现代摇滚的数次完美融合"混搭"，让观众感受到了"黄土与摇滚、电声与弦乐的碰撞"。网友看完节目后表示"太震撼了"。喊了千年的老腔，沉郁悲壮、粗犷豪迈，喊火了。春晚之后，华阴老腔邀约演出就没断过。一时间，不仅谭维维成为备受瞩目的焦点人物，华阴老腔的艺术家们的电话也几乎被打爆，采访邀约接连不断。

2018年12月25日，渭南师范学院教师白霜创作的一首豪气十足的《倚剑行》，把国家级非物质文化遗产华阴老腔与现代流行乐相结合，既唱出了老腔刚直高亢、磅礴豪放的气魄，又唱出了流行乐仗剑走天涯的武侠风格。

年已花甲的作家路树军一直关注着老腔的传承与保护，在渭南师范学院召开的一次国际论坛上，他向参加老腔表演的学生鞠躬。"当时，他来到后台对我们说，'你们现在这些年轻人是很伟大的年轻人，把华阴老腔传承下来，这是许多年轻人都做不到的。你们做的事情在当下看来是很简单的事情，但是从长远来看是很伟大的事情。'然后他给我们鞠了三个躬，给我的触动非常大。"回忆起当时的场景，白霜仍激动不已。

白霜及其所在的大学生老腔剧团的成员们演出50多场之后，许多人对老腔的认知度越来越高。2018年，他们两次登上央视参加演出，收到众多好评。现在，渭南师范学院大学生老腔剧团已由2016年成立之初的11人发展成为拥有60多人的团队。在日常练习老腔的过程中，创新是白霜及其团队成员们一直在尝试做的事情。他们会在表演中把古筝、笛子、架子鼓等与月琴、板胡、钟铃等老腔特色乐器相结合，让传统的表演具有新的特点。下一步，他们也打算尝试把老腔生活剧以话剧的形式演出，让更多人了解并喜欢上老腔。

先有话剧《白鹿原》与老腔的融合非常成功，将濒临危境的老腔由陕西推向了北京，北京观众接受了老腔，然后才有在新闻媒体和政府的不断推广活动中，老腔走向了全国，华阴老腔出人意料的好事接踵而来：

2006年，华阴老腔被列入首批国家级非物质文化遗产名录。

2007年，老腔第一次登上了"千秋华宴——2007中央电视台春节戏曲晚会"的高台，同时又受邀参加中国文联于人民大会堂举办的"百花迎春"春节联欢晚会的现场演出。紧随其后,又赴上海、成都、深圳、湖北、苏州等省市演出;著名歌手任贤齐赶到华阴跟"白毛"老汉等人学唱老腔;韩国国家电视台追到华阴双泉村,不惜费时一周拍摄老腔艺术专题片;在陕西当地频频被邀出场,不止一次到我国的香港、台湾演出;按照文化部的安排,又先后到日本、德国、美国献演。

2008年,张喜民被文化部授予"国家级非物质文化遗产华阴老腔代表性传承人"称号。

2012年,有意识地使用老腔元素的电影《白鹿原》在全国热映,再次形成对老腔的强力宣传。

2014年,老腔再度登上《新闻联播》。

我们看到,十多年来,老腔与各种艺术形式融合,在拯救、保护、弘扬老腔方面,各级政府和文化管理部门、民间等各方各层采取了十分有效的推动措施,加之媒体各种新闻形态的推介宣传,终于形成了一股庞大的合力,使得国家级"非遗"项目华阴老腔呈现出前所未有的辉煌,老腔由此开始走向世界!

老腔现象引起了社会对更多非物质文化遗产和传承人的关注,也为其他濒危状态传统曲艺的传承提供了可贵的启示!

这时的华阴老腔充满着机遇和生机,它的命运开始有了根本性的转机。对此,有人比喻"是一把把钥匙合起来,打开了一把生锈的锁"。

而第一个持钥之人,应当说是陈忠实。

## 农民明星

老腔得到了无数掌声,默默无闻的老腔艺人们也成了明星。

生活中的老腔艺人其实是一个沉默的群体,话不多,总是露出憨憨的笑容。然而,当他们开口吼唱时,他们的表情瞬间丰富起来,随心所欲地释放心情。

舞台上的老腔艺人们是抢眼的演员,而生活中的他们是地道的农民。来到双泉村后让人颇感意外,华阴老腔早已享誉全国,甚至还远渡重洋,到国外演出多次,可这些老艺人的家在村里一点都不显眼,很普通,有的家境看上去甚至还很贫寒。

若是遇到农忙与演出有冲突,这些农民演员还要犹豫一番,是下地还是上台……

他们说,演出挣不了多少钱,也就是养家糊口,所以不演出的时候就会到地里干农活。

> 太华有奇叟,眉发白如银。
> 逢场唯作戏,孤坐常抱琴。
> 声撼白虎帐,弦拨龙门阵。
> 宝刀何曾老,犹自将千军。

"风花雪月平凡事,笑看奇闻说炎凉。悲欢离合观世相,百态人生话沧桑……"架起琴,搭上弦,面前这位80多岁的老人拨弄起手中的月琴,口中一腔慷慨,唱出人生的苍凉。

他叫王振中,眉发如雪,嗓子浑厚苍凉,从小如此。一个民间艺术的怪杰,是国家级非物质文化遗产传承人,也是年纪最长的华阴老腔艺人,最早参与电影拍摄的老腔艺人,享受政府津贴。

因为生来有白化病,肤色与毛发皆白,人们不叫他王振中,只叫他王"白毛"。得了"白毛"的称号,他也不见怪,这反倒让他在一众老腔艺人中最为醒目。

从很小的时候开始,"白毛"就知道了自己长大后是个唱戏的。他排行老大,自己得了白化病,其余三个弟弟妹妹都正常。

"老天爷觉得我可怜吧,让我从小就比其他孩子都聪明,什么文章,我看过两遍就能背,虽然看不清黑板,可成绩依然是班上最好的。"他说,"我上了三年半的学就退学了,因为我爹得食道癌死了。突然间,生活就苦了。我那年11岁,每天要犁地、拉车、绞水、编箩筐、烙锅盔……弟弟妹妹都小,为了生计,我什么都得干,眼神还不好。好在我有爱好,喜欢戏,身体再累,唱几句就舒服了。"

他天资聪颖,多才多艺,于老腔、秦腔、拉花等地方剧种都是行家里手,编、导、演、唱、弹、拉无所不能,而且精通乐理,中西会通,还能移植和编写剧本。1958 年,他应聘担任了县文工团的音乐教练,后跟老腔艺人吕孝安专攻老腔,一登台便一炮打响。

"吕孝安虽然是我师傅,可他有些保守,觉得戏不能轻传。可我记性好,他的那些戏,他唱过两遍我就会唱了。所以,他还没来得及教我一句,我就都自学会了。"他笑着说。

除了唱戏,"白毛"还爱看书,没有学上时,就更爱看,《西游记》《三国演义》《封神榜》,也不知道看了多少遍。他也喜欢自己写东西，一次突然想起了早早过世的爹，心里很难受，就写了《哭灵》：实难忘，父为儿，饥寒无常；实难忘，父为儿，东来西往；实难忘，父为儿，昼夜奔忙；实难忘，父教儿，忠厚善良；实难忘，父教儿，克勤克俭；实难忘，父教儿，精务农桑。

1952年，县上筹办成立了集体文化组织革新社，"白毛"被吸纳在其中。"白毛"认为民间戏曲也需要不断创新，才会有自己的艺术生命，他在继承传统的基础上对老腔的乐器和曲谱做了一些大胆的出新尝试，但总是得不到革新社内正统流派的赏识，只好自立门户，成立了"永胜班"，进行社外业余民间活动。他的名声很快攀升，竟能与一些知名的老腔前辈抗衡了。"白毛"嗓音洪亮，善于塑造人物性格，不落俗套。在演出活动中经常与革新社旗鼓对擂，致使革新社的演出受到一定影响。

1958年6月30日，他以初生牛犊不怕虎的精神与被誉为"老腔正宗"的张全生在城西对台，一个唱《薛丁山征西》，一个唱《马灵官三投胎》，赛得旗鼓相当，难分难解。这天晚上，河南固始县有人来请张全生的戏，但看了两家对台以后，却变了主意，改订了"白毛"的戏。他在固始县连演几天，场场爆满，从此他的名字就传到了河南。

几十年来，只要把戏箱往独轮车上一放，或是往骡子背上一放，往汽车行李厢一放，"白毛"心里就高兴，不管有多远都要出门献艺去喽。那时候，人们都喜欢听戏。"白毛"什么时候到，原上的台子都是搭好的。

有一次，他们去洛南驾鹿唱戏，那天，雪特别大，到的时候是晚上，台下站满了看戏的人，头发眉毛都白了，远处的火把还朝这边涌，天还下着雪，这场面给他们激动坏了，一下就忘记了饥饿和疲惫，马上登台，一唱唱到了天亮。

"文化大革命"时期传统剧目一概被封杀，华阴老腔当然是在劫难逃。不能再上皮影戏台演戏，这是老腔艺人的最大痛苦，因为对他们来说，老腔就是他们的第二生命。一天晚上，郁郁不能入睡的王振中，实在忍不住久抑于内心的老腔戏瘾，冒着被打为"牛鬼蛇神"的危险，偷偷地钻进了自己藏有戏箱的黑房子，挑起皮影，过了一阵传统老腔的戏瘾。真是"无风不透墙"，不知是谁告了密，他的"罪状"被红卫兵抓到了，红卫兵就闯入家门，翻箱倒柜，抄没了他的戏箱，并当着他的面把皮影焚烧在巷道。

"白毛"是个硬汉子，家里出再大的事，也未能挫伤过他的感情，可是，这回他却面对着熊熊的火焰，滴下了滚烫的泪水。

"白毛"也是最早参与电影拍摄的老腔艺人。1993年，张艺谋拍摄电影《活着》时，片中葛优饰演的福贵有演皮影的戏份。《活着》的编剧芦苇是西安人，几年前曾来华阴听过王振中的戏，就举荐他去剧组。"白毛"在剧组中担任皮影戏的配音和指导。至今回忆起给葛优教唱腔和动作时，"白毛"都记忆犹新。"当时葛优念词，他用普通话，我说不行，你演这个得学陕西方言，我就一句句教给他，葛优学得快！"他说。

两年后，陈道明主演的电影《桃花满天红》，仍是一个与皮影有关的故事，"白毛"这次去指导的是陈道明。"白毛"唱的一曲《人面桃花》，至今仍让不少人难以忘怀。在片中，陈道明饰演皮影班社的当班小生满天红，有大段的唱段，都是"白毛"所教。小说《白鹿原》被改编为同名话剧时，"白毛"等人受邀参与话剧《白鹿原》的演出。

2013年，孙楠在江苏卫视参加比赛，邀请王振中去帮他演奏。

王振中却在酒店里摔了一跤，伤得不轻，出院后就不再公开演出了。随后他把自己多年的戏箱子也卖了，彻底淡出公众视野。

毕竟是81岁的老人了，最近的一场演出，后台吵闹不堪，可"白毛"竟靠在一把椅子上低头睡着了。快要上场彩排了，"白毛"才醒了过来。

2016年除夕夜，谭维维携华阴老腔艺人亮相中央电视台猴年春晚，演唱《华阴老腔一声喊》，完成了中国摇滚乐和民族音乐相结合。81岁的"白毛"不在其中。他的年纪实在是有些大了，身体情况和嗓子不太好。在采访时他多次表示自己"气短着呢，唱不成，教人还凑合"。

提到传承，"白毛"明显沉重起来："你一说传承，我心情就不太好了，可能二十年三十年后，你们再看老腔，就要到博物馆去看了。"尽管现在老腔的势头很猛，当地也一直在开办老腔学习班，"白毛"也是主讲之一，但面对学生，他还是感到担忧："学的人倒是很多，但是年龄太大了，有的比我还大，说不好听的话，可能我还没下世，学生就走到前头去了。"

"不是说年轻人不学，还是经济账。唱老腔能挣钱，那就是工作；不能挣钱，那就是爱好。"

"白毛"是孤老，一辈子没有成家，收养一子。儿媳姓杨，性格开朗，阳光外向，把老人赡养得满面红光，身心舒坦。他耳朵不好，听人说话时，得用手围在耳边；眼睛也不太好了，看东西都眯起来。采访时，"白毛"带我到二楼存放乐器的两间房子，敲了一段云锣，手脚灵活，节奏铿锵。

"白毛"所有的乐器都是自己亲手做的，也就有了感情和灵性。曾经有一把月琴特别神，"白毛"把它挂在床头的墙上，它有时会突然自己响。这就是给主人说,请戏的人要来了。响一声,不出三天就有人来请戏,响两声,说明请戏的人已经在路上了,当天就能到。后来,这琴不再响了,就算有人来请戏,它也不响了。"白毛"想,它可能是应该退休了,就做了个长条的木盒,把弦的部分保护起来。

"白毛"虽逐渐淡出舞台,但是为了把老腔绝活传下来,仍然摒弃门户之见,老骥伏枥,坚持授徒,教授弹琴和唱曲秘诀,他对外放出话:给学生二十四小时开放学习,不厌其烦……

末了,蛋黄色温暖的余晖洒在院子里,"白毛"抱起月琴,眯着的眼中含着点点泪花,百味杂陈的一曲"去年今日此门中,人面桃花相映红。人面不知何处去,桃花依旧笑春风",充满沧桑和凄凉。

人生一台戏,日月两盏灯,余音绕梁中,好像人生中那个美好的女子,正离他越来越远去了……

> 恢宏承汉魏,雄奇继宋唐。
> 征帆皆逝远,余响自悲凉。
> 土声传四海,古调誉三江。
> 三河日夜流,清音万古扬。

华阴老腔艺人张喜民,是名震一时的老腔艺人张全生之子,擅长唱武戏。2008 年,他被评为首批国家级非物质文化遗产皮影戏(华阴老腔)代表性传承人。

张喜民身材高大,声音沙哑,举止威严,俨然一个秦东大汉,演出时爱穿一件暗红色中式衣裳,在后台则总是抱着月琴静静地坐在自带的高凳上。琴鼓是八角形，老腔演出少不了它。

华山脚下的双泉村，张喜民家就在村庄的最顶端，他的小院与村里乡亲别无二致，只是门头上挂着的"老腔世家"牌子标明他的独特身份，挨着的是他哥张新民家。

华阴老腔皮影戏本是张家的"家窝戏"，用于自娱自乐、自我消遣，并且只传本宗本族本家男性。直到近代，才有外姓人偷学到技艺。但老腔的"正宗"，始终是双泉张家。

回忆起当年学唱老腔的往事，张喜民说："当时家里条件不好，想多学门技艺，多个糊口的营生。老腔又是家传的，那时候根本不知道啥叫传承，只是到了农闲的时候就跟着父亲唱，到了我这一代是第十代了。"

1962年，张喜民开始学习老腔，父亲送了一把琴给他。琴上现在还能见到用毛笔写的"62"字样。他幼时刚学识谱，用的是传统的工尺谱，那些密密麻麻的字符，如今在大部分人眼中如同天书。唱词之外，唱曲则主要靠一代代艺人们口传心授，这也是张喜民家之前秘不外传的"传家宝"。

学艺得下苦功。"生旦净末丑"在老腔这个剧种里一样不缺，只不过，这五种角色都由主唱一人担纲。因此，主唱的嗓音天赋和苦功就尤为重要。那时每天天不亮张喜民就起床，对着村前一片池塘吊嗓子。老话有讲究，学唱必须对着水，能保护嗓子。还有人说，喝自己的尿可以保护嗓子，他愣是硬着头皮喝了一个月的尿。

当时他刚刚15岁，学艺五个月后就登台演出，一出《罗成征南》使他名声大噪。有人说他"气死全生，吓死白毛"。

后来，张喜民成立了老腔班社，名声越来越响。以张喜民为班首的老腔戏班远近闻名,从双泉村一直唱到山西、河南。20世纪80年代行情最好,一年演出上百场。

20世纪90年代后期,班社的生意一落千丈,庆典祭祀不再请老腔演出,往往以电影、文艺晚会取而代之,电视机也把戏台前的村民都拽回了各自的屋里。

幸运的是,在电影《活着》《桃花满天红》里曾零星用到老腔。后来,华阴市华山老腔艺术保护发展中心主任党安华找到了张喜民,和其他的老腔艺人一起,把这一声吼从皮影戏的幕后吼到了台前,吼到了《白鹿原》的话剧舞台上,吼到了春节联欢晚会的演播厅中,吼到了人民大会堂的穹顶下。后来,他们甚至漂洋过海,吼到了美国的音乐厅里。

无论从相貌还是穿着上看,张喜民都是一位地地道道的秦东大汉,一口醇厚的方言,笑起来颧骨突出,额上堆满纹路。拨弄着手里的八角月琴,说起华阴老腔的传承,他时而深思,时而欢畅。张喜民表演了一段表情戏,大笑、奸笑、冷笑……生动而丰富。用张喜民的话讲,无论是华阴老腔还是皮影戏,原本就是一个"谋生的行当"。老张家祖祖辈辈,也的确是凭着这一嗓子绝活儿,一代又一代地讨生活。

几十年来,张喜民坚持每天早起都要吊吊嗓子,想让岁月的侵蚀来得不要那么急切。"嘿嘿嘿、吼吼吼",后脑勺和下颌的肌肉一起用力,音节从撑得浑圆的喉腔里一个个弹出来,就像一颗颗子弹。

"小时候是听着爷爷的华阴老腔入睡,长大了是听着爷爷的华阴老腔醒来。"孙子张猛说,"老腔对于爷爷来说就像每天要吃饭一样",是最自然的事情。爷爷张喜民小学只上到二年级,后来靠着自学记，学会了许多字。每天早上，他起床第一件事就是练声，吃完饭就看剧本。对于剧本里讲的历史和人物，他烂熟于心。干农活儿的时候爷爷也会听着老腔，听到激动的地方，就开始给小张猛讲剧本里的故事。

对于张喜民幼年学艺时的喝尿一事和如今的天天吊嗓子，艺人"白毛"不屑一顾：别说喝尿，嗓子我都从来不吊，唱了一辈子戏，我没练过一天功！嗓子不好的人才要吊！

张喜民不服气地回应：嗓子再好也没用，唱的老腔都是自己瞎改瞎胡弄的，一点都不正宗！

张喜民家里有一个保险柜，里边整整齐齐码着五十来本书边起皱、纸面掉色的手抄剧本。剧本的封面标注着手抄时间，"民国十年三月""民国廿四年二月"，十分珍贵。内页唱词以毛笔竖排写就，但若仔细考究，其中也有不少错别字。

他拂挲着这些偷偷保存下来的老东西，遗憾地说，过去对皮影剧本没有保存意识，有些坏掉的都扔了，现在只保存有民国时期的，都是老先人留下来的。

"文化大革命"中，张喜民才十八九岁，当时的造反派、红卫兵要收他的皮影、老剧本，那时好些老剧本、皮影都被红卫兵给烧掉了。张喜民当时只是交给他们一部分东西，算是丢掉了。大部分东西都被他在原上挖个洞给埋起来，埋了大概一年多，等到"破四旧"的风潮过了，他才把它们又挖了出来保存下来。如今，这些宝贝被裹进包袱，放在电视机下的保险柜中，很少拿出来。

近期来村子里的人越来越多了，有的是来采风的学生，有的想来学琴学唱，有的只是为了合一张影。

有两位客人来访，都是附近的老腔戏迷。聊着聊着，一人对张喜民说:"整一段?"

"整一段!"

就这么唱开了。一把月琴,一把二胡,一个铃铛和一对梆子,足够。无论有多少人前的红火和风光,回到村子就是普普通通的农民,渐入老境的张喜民需要照顾自己的二亩地,养活自己的一家老小。生活固然不再清贫了,但也完全谈不上富足,外界一切关于老腔的讨论似乎都与他们无关。

关起院门,取下墙上的月琴拨弄琴弦,生活仍在继续。

惊世木一声,天下闻四季。

曲自心田起,揭地又掀天。

从话剧《白鹿原》到电影《白鹿原》,在华阴老腔的演出中,一人突然站起来,和着曲调,狠狠敲打板凳的画面,最让人们印象深刻。如今,张四季砸板凳成了老腔的一个符号。外地人看不懂老腔,但一看到"砸板凳",就知道是老腔。

在与谭维维的演出中,老艺人张四季一手持着惊堂木,一手摁着长板凳,用惊堂木猛烈敲击板凳,发出节奏鲜明、声音清脆的哐哐巨响,让观众惊叹。连刘欢都按捺不住,上前饶有趣味地进行了尝试。

有一次演出结束后,出现了很有趣的一幕,有两个观众径直跑到台上拉着张四季手的说:"你是不是生气啦?你砸板凳干啥呢?"

张四季说:"这是导演安排的,为了表现一种情绪,增加舞台音乐气氛。"

这个观众说:"我以为是别人都在那儿唱不让你唱,把你生气得一个劲在那儿砸板凳呢。"

尽管老腔有着千年的历史,但"板凳"这一元素却是近几年才加入的。最早的老腔是船工敲击木质船桨,但是搬到舞台上后,不可能再用船桨,而木头条凳是陕西人家家必备的,所以就用板凳替代了船桨,成为华阴老腔中一种奇特的乐器。

"那块惊堂木也是我们华阴老腔独特的乐器,演出时情绪到了拍起来,再和着'嗨'一声吼,我们的风格和气场就是这样的。"张四季说。

张四季与新中国同龄,他从小也是学弹唱,同样是因为在声音上缺少天赋,后来跟着父亲学"后槽",如今在戏班里主要负责打长板——用惊堂木敲击板凳打节奏。

"文化大革命"期间,双泉村的老腔艺人为保存剧本,颇费心思。张四季的父亲则在家中进门的地方挖一个大洞,洞中放了一口大水缸,将戏箱放进水缸后,再在水缸上盖了一块石板。石板上垫上土,最后又把地面复原。红卫兵来抄家时,他准备了一些破损的剧本和皮影,交出了事。2006 年,张四季跟着党安华到北京演出。回来第一件事就是把自己的孙子叫过来,教他唱老腔。孙子唱了那么几句,张四季感觉心里舒坦了。不过最终孙子也没跟着他学戏。

张四季用空闲时间到处找老旧的枣木,没事就在家里砍砍斫斫,做了好多枣木梆子,积攒了一大箱子。

这位 70 岁的老人,喃喃地说:碰到愿意学习老腔的人,我就给他送一把……

## 传承之问

终于，华阴老腔作为富有陕西地域特色的非物质文化遗产，得到了媒体的大量报道，受到了人们的广泛关注。从 2001 年老腔走出白幕亮子，走到前台至今，已经演出 600 多场，但是关于皮影与老腔的"剥离"话题的争论一直在继续。

前前后后，党安华为这个老腔班子编排过 70 多个节目。现在常演的是两台晚会、23 个节目。一台晚会叫《老腔原生态作品音乐会》，另一台叫《老腔音画·活着》。每台晚会时长近 1 小时。对于传统段子，党安华往往只取其中最精彩的高潮部分。

"传统的表演，一台老腔皮影戏通常要唱一个本戏和两三个折子戏。本戏往往长达 3 个多小时。而现在的演出，每个节目都很短，长的不过 10 分钟，短的只有两三分钟。"张喜民说，"党安华往往只取其中的高潮部分。如今舞台展示的'慷慨激昂'只是老腔皮影艺术中很少很少的一部分……"

张喜民多次表示："不过瘾！""不完整！""太遗憾！"

有一次，一家电视台来拍华阴老腔。张喜民家的二楼，有一间逼仄的小屋，原来供自家班社排练之用。自从跟着党安华开始演出后，这里基本用不着了。这次遇着拍摄，正好支起幕布来一出。

人是现成的，很快就摆开架势。张喜民主唱，他的弟弟张拾民操弄皮影，哥哥张转民拉板胡，张四季后槽，哥哥张新民则帮档。一只 300 瓦的灯泡亮起来，皮影挥舞，张喜民放开了嗓子。

谁知刚唱一小会儿，记者就说够了，不拍了。

"不过瘾。"张喜民嘟囔着说。他已经好多年没有唱过一出完整的戏了。

张喜民保留有50余本剧本。现在，他几乎连一本也记不全了。跟着党安华跑东跑西，他用不着费神记剧本。即使是排演传统段子，也只用其中的一小部分，每个长度不过几分钟。他们的父辈、祖辈，视剧本和皮影为宝贝。那是他们的饭碗，丢了这两样，就等于砸了饭碗……

"白毛"说："皮影戏皮影戏，没有皮影就没有戏，皮之不存，毛将焉附？！没有了皮影，许多东西展示不出来了。传承时应该教两拨人，两套戏。要保留皮影，先学皮影，皮影是根本。"

张喜民说："老腔追求的'慷慨激昂'只是老腔皮影艺术的一部分，缠绵细腻没有了，原汁原味没有了……"

张四季说："剥离出来后，老腔算有名气了，但是表演的只是唱，只是'腔'。皮影戏里有生旦净末丑，有故事有情节有表演。如今，没有了皮影，没有了缠绵细腻，没有了故事，没有了戏……"

党安华坚持说："尽管和皮影戏剥离开来了，但它的风格一直没有被破坏啊。"

同时，关于神来之笔"砸凳子"情节也是争议不断——

"他只知道在舞台上摔板凳，然后跟外面的人说这是'原生态'。可是，我唱了一辈子老腔也没见谁摔过板凳啊！皮影戏台后面哪有板凳给你摔？用的只是块惊木而已。""白毛"说，"保护遗产最好的方法就得有人继承。老腔成为'国家级非物质文化遗产'后，我听说国家每年拨十万块钱来保护它。于是，我就跟党团长说，想办一所教老腔的学校，可说了好几次，他都不表态……"

党安华说：这就叫"导演"！老腔如果不经过"艺术加工"，现代观众谁又能坐下来听呢？

"白毛"反问：那这听众到底是来听老腔呢，还是来看摔板凳呢？板凳谁都会摔，何必要看舞台上的人摔呢？

……

一次老腔在美国演出，台下一位学生提问说：皮影戏有2000多年的历史，老腔才20多年，老腔是对传统皮影戏的背叛吗？

党安华回答说：皮影戏的历史渊源很久远，但是随着社会的发展，这种表现形式已经吸引不了更多的观众了。老腔是对传统的一次创新，创新必定有一些突破和尝试。

"整得我也挺头疼。"党安华一直在反思，把老腔从皮影戏中剥离出来，是不是最好的传承？该往前迈，还是不该迈？周围人都在鼓励他，不往前迈就是死亡。而地方戏专家和学者们却在告诫他，别让老腔变了味。

对于局中人的各执一词，专家屈健的观点却是：传承与创新是艺术发展的两个面，缺一不可。纵观中外艺术史，没有一成不变的艺术形式。民间艺术更以其灵活多变、自由自在，以及多元化、平民化的特质，体现出了对新生事物更加敏锐，更具开放性的吸纳与接受能力。党安华让老腔从皮影戏中剥离出来，之后谭维维以华阴老腔与摇滚对接的尝试，大受观众追捧，即是眼前的成功例证。从长远传承的眼光来看，党安华仍是华阴老腔的功臣！党安华的这种尝试和创新挽救了老腔艺术，经过变革后的老腔开始引发外界关注。是他，一念之差，一步之遥，给华阴老腔带来巨大变化；是他，带领一群黄土高坡上的农民，将一种濒临灭绝的唱腔带出困境，走向复兴，走向辉煌……

随着老腔被推到前台，赋予了时代气息，抓住了现代人的审美需求，后来承接外地的演出越来越多，华阴老腔闯出了一条路子。老腔团队每年外出表演100余场，党安华身兼数职，既是导演，又管创作、舞美、现场调度，既要照顾老艺人，又要应付各种推广和接待活动。"谈钱脸红"的他，还要硬着头皮跟商人们坐下聊投资。

"多挣钱是好事。"党安华安慰自己。每次带团出去演出，党安华都拎上个开水壶，走到哪儿烧到哪儿。"风风雨雨这么多年，在一块儿摸爬滚打，情感上丢不开这11个人。"

如何处理"传承"与"创新"的两难，是困扰诸多非遗剧种、剧团的重要问题。

华阴老腔改革的重要意义在于：目前全国地方稀有剧种的生存现状普遍堪忧，保护与传承是当务之急。除了政府的扶持，还有一些地方性的戏曲栏目致力于推荐濒危剧种、稀有剧种、国家级省部级非遗剧种等，遗憾的是影响力都甚弱，甚至不如电视的一档真人秀节目。华阴老腔的发展，为非遗项目探索出了一条发展的路子——传统风格与现代审美的高度契合，在舞台上产生了奇妙的化学反应，没有变质变味，用对传统的敬畏与诚意征服了观众，为其他濒危状态传统曲艺的传承提供了可贵的启示。

"剧本创作也是华阴老腔传承的一大问题。"党安华说，戏曲发展离不开剧本，但是现在很少有新剧本。金庸先生曾提议，希望老腔艺人们通过老腔的形式将武侠小说表现出来。"这一建议很好，但是没有人能写出适合的剧本，目前只能传承，先做好传承。"

就老腔剧本问题和舞台表现形式，专家呼吁有关部门应该做好以下几件事：

一是抢救保护。传承下来的传统老腔剧本是老腔传统文化的文本承载，也是我们对老腔进行开发的基点和出发点。对它的保护至关重要，要尽快采取有效措施，进一步对其进行普查、征集、编目存档，还要组织人力有计划地给以整理、录音、录像，形成资料性的文化出版物，以便今后为老腔剧本的开发出新提供传统依据，从而推出一批在构思与手法上有所出新的"老腔影子戏"。

二是大舞台的情景式老腔剧，是一个新的开发空间和领域，从视听觉效果上看，它自有其广阔的开拓前景。目前虽做出一批新成果，但对老腔文化的精神内涵还把握得不够，必须重新审视老腔，探赜索隐，找寻新的视角，做出既不负于时代又不愧于前人的新剧作。

专家提出几点剧本构思的启示：

启示一，河运文化是老腔主旋律形式的母体。如果能把有关河运文化生活（如船工号子）化入老腔的具体情节，那才是真正地回归原声，回归了原生态，像《黄河大合唱》那样，既富有生活气息，又有时代感，一定会扣人心弦。也可以试编一些贴近河运的历史剧，如《水浒传》有些反映河泊情节的精彩篇章，其视听效果会当更佳。

启示二，尚武情调是老腔的精神取向。唐时的边塞诗，是一个很好的借用题材。它那悲壮苍凉的诗境，与老腔自有一定的文化默契，把它植入老腔唱段，也许会取得事半功倍的艺术效果。再者，历史上的某些典型战争场景，也可以把它移上舞台。通过对皮影程式的模拟和改造，改编为老腔的古装情节剧，使老腔传统剧的壮美因素更加彰显。在形式上还可以用大屏幕动态录像与舞台表演相结合的模式，做一些新的试探。

## 11位老腔艺人"哭腔哀声"送先生

白鹿原上的樱桃红了，那位用一生书写《白鹿原》的先生却走了……

十几年来，华阴老腔和北京人艺《白鹿原》经常排练，党安华等人便与陈忠实有了更密切的接触，年龄相仿的张喜民与陈忠实已是莫逆之交。

"2005年6月在西安为北京人艺《白鹿原》创作组人员演出，第一次见到陈忠实老师，看他穿的是农民衣服，说的是农民话，感觉到和老腔的关系特密切。后来，陈忠实老师来双泉村采风，他说，你们唱这老腔，真正是把先人的东西继承下来了。"

此后的日子里，陈忠实还专程两次来华阴看望老腔艺人，并对老腔的推广和传承提出了很多宝贵意见。针对一些文化现象，陈忠实对老腔提出了真诚的警示："原生态艺术不要受外界污染，要保持老腔文化艺术的纯洁性和纯真性，不要跟风，不要把老先人留下的东西弄得变形变味。"

张喜民是张家子弟中演唱声名最大的一个。陈忠实老师给他留下的印象是："朴素，是个老实人，没有拐弯抹角，很亲近，好像一个村里的人。"

张喜民说："一次在我家吃饭时，陈忠实老师曾经风趣地说：'我知道我老婆蒸的馍好，谁知道喜民老婆蒸的馍还好。'走时，我特意给陈老师带了几个农家馍和一袋农家面粉。"

老腔艺人张转民、张拾民和张喜民是三兄弟，十几年来在全国屡获大奖，在老腔艺术保护、创新方面都做出了突出贡献。张转民回忆第一次见到陈老师：从相貌看，就是一个忠厚、善良、有文化的人，他和群众能打成一片，他为人低调，深藏不露。说话很慢，好像不善言谈，语言少，耿直，说话直截了当。

张转民说："陈老师来双泉村采风时，很关心老腔的发展，问观众多不多，外出演出情况，自己感觉演得咋样。经过多年交往，我感到陈忠实是一个了不起的人，平易近人的人，没有架子的人……"

党安华说："他几乎每次都要叮咛，让老艺人们保重身体。有个朋友给娃办事，求陈老师一幅字当礼品送，朋友给陈老师拿了润笔费，陈老师坚决不收。他说：给娃办事，不光不能收钱，字还要写好……"

还有一些感人的事：

老腔唱词有陈老师写的，获奖后，老腔艺人们要给陈老师一些版权费，陈老师怎么也不收。

有一家公司出光碟，向陈老师征求版权费问题。他说："你把这钱给老腔艺人'白毛'吧，我分文不收！"

2016年4月29日上午7：45，晨光刚刚唤醒这座古老城市的人们，中国文坛最好的作家之一陈忠实，却走完了74载人生路，在西安溘然长逝。消息传开，满目哀伤，先生驾鹤西去，整个社会的神经被牵动。

"听到陈忠实老师去世的消息，就像头顶响了个炸雷，这么好的老汉，咋说走就走了。当时，正准备北京演出，演出结束后，急忙赶回来送陈老师。"这一日凌晨，老腔艺人们早早就起了床，收拾好东西，提着表演要用的凳子等道具，到华阴市与吊唁的队伍会合，从120公里之外的华阴赶赴西安，华阴老腔艺术家们要"吼一声"为先生送行。

祭奠现场在建国路陕西省作协大院，以及复聪路高教公寓两处。这一天，从早上8点到晚上8点，吊唁的人络绎不绝，一队接一队，一批又一批的市民、读者自发赶到陕西省作家协会在高桂滋公馆的追思堂，以各种方式哀悼这位文坛巨星的陨落，千行百业，成千上万，洁白的鲜花寄托着人们无尽的哀思，熟识的不熟识的人同样心怀巨大的悲痛和遗憾。追思堂前，摆放着党和国家领导人乃至社会各界以及与陈老师并不相识的普通老百姓送的花圈、挽联、挽幛。当天，全国的微信圈和网络几乎全部都是有关先生的消息，稍后就是各种悼念文章、诗篇、回忆、图片及现场祭奠的消息被刷屏，堪以亿计。

上午10时，华阴老腔11位艺人风尘仆仆赶到陕西省作协大院追思堂前，首次站立表演，用"哭腔哀声"，吼唱《白鹿原》片头片尾曲，用苍凉、悲壮、凄婉的远古之音、雄沉之气，深切悼念一位让华阴老腔走向世界的大作家。

这独有的表达敬意、悼念恩人的方式，其苍凉悲壮的气质感染了在场的所有人，令人潸然泪下……

"面对吊唁人群演唱时，我害怕唱不下去，但还是坚持了下来。我们早早起了床，就往西安赶……"唱完那一瞬，老腔传承人张喜民再也控制不住，泪水，喷涌而出。72岁的张喜民悲戚地说："二十天来，心里一直不美，很难受。"

所有人感受到：先生的离去，给这喧嚣社会瞬间造成了巨大的全国性震动，同时也给老艺人们心里带来了巨大的难以言说的空旷与寂寥……

艺人张拾民说：陈老师对老腔贡献很大，他的离世，让我们失去了一个大文豪，也失去了老腔的一个伯乐。吊唁时，我们人人都眼含热泪，很伤感。从另一方面说，他留下的宝贵遗产不单单指《白鹿原》这部作品，他的为人处世，对工作的认真负责精神，对有求于他的人，从来不收钱财，他从不爱钱，爱的是贡献，这些都发人深思。

党安华说，老腔艺人们吊唁时首次以站立的形式在陈忠实老师灵堂前为他表演，这是对陈忠实老师的感恩和深深的敬意。

先生远去，老腔传承！

这是陈忠实先生宝贵的精神遗产。从先生一生来看，本身就是一台高亢激越的老腔大戏，如今唱到高潮，戛然而止。

他的离世瞬间给社会造成了大的震动，不仅仅是因为作品的艺术高度，更因为他的文学思想与精神风范代表着社会正义和人们的期望啊。

## 结语

世间万物，唯有变化不变！

不知道，那些散发出霉味的剧本，那些被尘封的皮影，何时才会被再次翻出来？

不知道，那些在谁家门口随意地唱老腔段子的记忆，还能不能再现？

更不知道，再过一些年，那些与老腔皮影有关的俗语，比如"老腔影子节节硬"，比如"老腔影子大口派"，是不是还有人明白它们的意思？！

嬉笑怨哀曾入戏，莫叹花零水逝。天苍苍，野茫茫，征帆皆远逝，余响自悲凉……

唉！没精神了就唱老腔吧，唱完老腔就有精气神了！

心里颇烦就唱老腔吧，吼出来心里就不烦了，各美其美，自个儿为自个儿！

一吼一敲，百病全消！

——原载《安徽文学》2022年第12期

# 后记

新时代以来,潮涌东方,气象万千!三个"时代之问"时常萦绕于作家脑中:什么是最适合新时代的文体?写什么?如何写?

第一个问题:什么是最适合新时代的文体?

面对丰富磅礴的现实生活,作家如何去讲述当下最精彩的中国故事,这是时代给作家最迫切的命题。

中国文学历经数千年,在继承中发展,从诗、词、歌、赋,到戏曲话本,再到百年来的新文化运动,生命力鲜活旺盛,形式和文体不断创新。

讲述中国故事最需要的就是报告文学,这种文体具备真实性品格和时代性,与国运血脉相连,它的一个重要特征就是能够忠实地书写时代、记录时代、反映时代。

我国有报告文学的传统,史界太祖司马迁以旷代之识,高视千载,成就《史记》,贯通百代。《史记》就是写实的,写真实历史的。扬雄在《法言》一书中曾评价道:"太史迁,曰实录。"当下更应该发挥这种传统,因为现实如此波澜壮阔，而报告文学正是以真实性和思想性为生命的文体。可见，报告文学是"使命文学"。

第二个问题：写什么？

时代给文学创作提供了非常广大的空间和机会，迫切需要作家深入社会的"肌理"去发掘、放大。作为记者和作家的我感到振奋，也感受到使命和责任。既然坚信传统的报告文学对当今大时代有推动的功用，那么必须下决心立足现实，走出书斋和小文人的视野、思维局限，深入了解国家的变革，把握其中的历史意义，书写中华民族新的"创业史"。

回溯十年个人创作轨迹，大概可描绘为：城市四部曲→农村四部曲→工业四部曲。

2014年前我主要从事散文创作，推出了"城市四部曲"：《泼烦》《觅渡》《超度》《居山活法》。这四部散文集表现出快节奏下的城市迷茫、集体迷失，城市人被裹挟其中的现实。2014年9月我被推荐参加了鲁迅文学院第24届高研班系统学习，这个经历对我的成长影响非常大。通过集中培训学习，我找到了创作方向，获取了新动力，明确了优秀的报告文学对当今社会有大的功用，应该应时而作，为时而歌。

那么，到底写什么？什么才是正在发生的最精彩的故事？

理想的报告文学除过时代性要求，还必须有思想性，有作家对时代的理解，对趋势的判断。以我计划中的"工业四部曲"为例：《党的光辉照我心》——唱支山歌给党听的作者姚筱舟传奇；《引擎》——陕西省的"一号工程"秦创原全纪实；《脊梁》——陕汽在中国工业化进程中的担当；

《动力》——陕鼓如何成为世界一流智慧绿色能源强企。目前,第一部已经完成。

为什么我要写报告文学作家罕有介入的工业题材呢？四部曲中《引擎》是瞄准陕西省的"一号工程"秦创原的。秦创原是陕西发展中的重大决策,是陕西创新驱动发展的总源头和总平台,这个强大引擎将为陕西高质量发展提供蓬勃持久的新动能。作为科教资源富集地,陕西一直在寻求科技成果从"书架"到"货架"的突破点,而这一科创利器改变了老秦人封闭保守的旧形象。

陕汽、陕鼓都是陕西省国企的代表,都是中国工业化进程中的"担当"和"脊梁"。它们艰苦创业,从山沟小厂变为具有全球影响力的强企,几十年坚持创新驱动,从制造到智造,可谓波澜壮阔。深挖基因和根源,高质量的党建工作始终引领整个企业高质量发展是动力源泉,意义重大且深远,值得挖掘、总结、推广。

第三个问题:如何写？

报告文学作家首先应当是一个世界观、知识结构相对成熟的知识分子,所以,报告文学也是"中年的文学"。社会经验的积淀、文学修养的深厚、艺术手段的高妙,都需要时间,是个"综合工程"。

如何做到视线远,见识高,文字生动,笔力洗练,感情充沛呢？我觉得首先作家必须真心地热爱我们所处的时代。有了热爱,作家才能真正地投入创作和爆发潜能,才能有迫切书写的激情。其次,作家必须向人民学习。社会主义文艺,从本质上讲，就是人民的文艺。人民是文艺创作的源头活水，要坚持以人民为中心的创作导向，不断深入生活、扎根人民。再次，需要"深扎"，这是文学抵达的方法和路径。回顾创作道路，我深切地体会到，翔实的素材无不源于"深扎"，鲜活的故事无不源于"行走"。这么多年来，在人民群众火热的生产生活一线，在三秦大地的沟沟壑壑里，到处都有我的采访足迹。我深谙："深扎"的作品才有"地气"和"底气"。

这本书中的中短篇报告文学都是诸多国家战略中奋斗个体的精彩故事：索洛湾的故事、南泥湾老镢头的故事、吴起退耕还林的故事、柯小海的故事、付凡平的故事、吉小冬的故事等，其实就是决战决胜脱贫攻坚中普普通通老百姓的故事。他们是时代大潮中的一个个小浪花，一滴滴小水珠！

滴水藏海！时代大潮浩浩荡荡，一滴水里观沧海，一粒沙中看世界。历史的长河之所以汹涌澎湃、奔腾不息，是因为凝聚着亿万人民群众的心血与智慧。

理想的报告文学要在思想性、文学性和时代性三方面达到一种圆融的境界。很多人对报告文学有误解，认为报告文学只要有事实、素材、题材就够了，甚至有报告文学题材决定论。经过十年的报告文学创作实践，我感觉报告文学要有出色的文学表现其实是最难的，这也是我们年轻报告文学作家努力的空间。最后要说的是，本书中的文章收录本书时，我根据新的认识进行增删，使本书更好地呈现在读者面前。